W9-BEQ-166

MIGUEL BATISTA

ANTE LOS OJOS
DE LA LEY

Grupo Editorial Norma

Bogotá Barcelona Buenos Aires   Caracas Guatemala Lima México
Panamá Quito San José San Juan San Salvador Santiago de Chile
Santo Domingo

Grupo Editorial Norma República dominicana
Calle D, casi esquina Isabel Aguiar
Teléfono: (1809) 274 33 33

Diseño
y armada eletrónica: Marta Lucía Gómez Z.
Diseño y realización
de bocetos y mapas   Jerilee Martínez Anillo
Pinturas de portada Devonna Nelly
                     Domingo Quiñones
Representante
y agente literaria   Elizabeth Martínez
Hecho el depósito legal

CC22146
ISBN: 99934-56-01-2
Impreso por: Quebecor World Bogotá S.A.

Hay muchas cosas que no son probables
ante los ojos de la ley, pero son ley
ante los ojos de la humanidad

*Dedicado a quien en vida fue el mejor ser humano
y abogado defensor de la humanidad: Jesús de Nazaret*

Agradecimientos

El autor agradece profundamente a quienes colaboraron, de una u otra forma, para hacer posible este libro: Detective James Coking y Monique Rodríguez, por la recopilación de la información sobre la ciudad de Phoenix; Juez Edgar Campoi; Juez Gregory Martin; Periodista Jude La Caba; Doctora Rosa Llopis; Doctora Heather Smith (The Doc); Doctor Philip Keen, Head of Maricopa County Medical Examiners Office; Sargento Steve Lowe, Arizona Department of Corrections; Abogado Martin J. Arbarua; Abogado Paul V. Godfrey; Pastor Savino, Cecilia Maria Rodríguez; al Director Warden Bennie Rollins y a los miembros de la Oficina de la Prisión Estatal de Arizona en Florence. Y a Eli, gracias por enseñarme que tener verdadera fe es creer más de lo que es saludable; tratar con más fuerza de lo que muchos creyeron posible. Es sanar con la palabra y dar vida con una mirada. Sin ti nunca hubiera llegado a nosotros el vengador de la sangre...

PHOENIX, ARIZONA

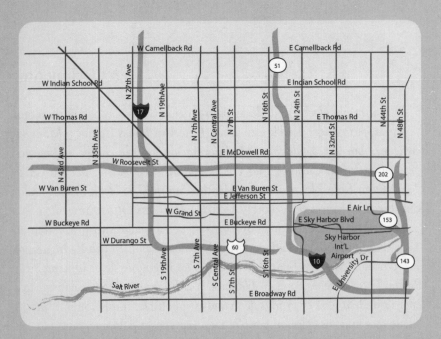

1

CORTE SUPERIOR DEL CONDADO DE MARICOPA, 201 W. JEFFERSON, PHOENIX, ARIZONA

La joven reportera buscaba un lugar propicio desde donde pudiera captar la entrada del Palacio Judicial, en medio del tumulto de la multitud que se había dado cita en aquel lugar.

–Okay, Malí... ¿Estás lista?– preguntó el camarógrafo, mientras trataba de enfocar el lente de su cámara hacia la pintura blanca del vehículo de la estación.

–Sí– respondió ella, y guardó el pequeño espejo en su cartera; las líneas de la pintura resaltaban aún más sus hermosos ojos azules.

–Estaremos en el aire en veinte segundos...

-Asegúrate de captar a la multitud y las pancartas- indicó en tanto se acomodaba un mechón de pelo que se le había revuelto con el viento.

-¡Diez segundos!-. La voz del camarógrafo resonó al mismo tiempo que se colocaba los audífonos y se preparaba para comenzar a grabar.

-Probando sonido uno... dos... uno... dos...- repetía ella acercándose el micrófono a la cara. Parecía murmurar entre dientes; daba vueltas a su alrededor y ensayaba para definir mejor cuáles serían las frases que usaría para empezar el reportaje.

El camarógrafo le apuntó con el dedo índice de la mano derecha, al tiempo que sostenía la cámara sobre su hombro izquierdo:

-¡En el aire en tres, dos, uno!

La joven reportera respiró profundamente, tratando de calmarse. La luz roja de la cámara se encendió: empezaban a transmitir.

-Malí ¿nos escuchas? -preguntaban desde la estación-. ¿Qué nos puedes decir sobre lo que ha pasado?

Con todo su aplomo, inició su relato:

-En estos momentos estamos a la espera del juez Edgard Fieldmore, quien ha sido asignado por el gobierno para asumir el caso del niño Thomas Santiago el cual, como todos ustedes saben, ha sido apodado por la comunidad como "El niño diabólico". Thomas Santiago es acusado por los extraños y despiadados asesinatos que se han producido en los últimos casi dos años y medio, en todo el estado de Arizona. Entre los hechos, figuran el homicidio del ex-síndico de la ciudad de Phoenix, Dan Howard, y el escalofriante asesinato del padre Fabián Campbell, en Sierra Vista, el pasado 31 de enero. Un último hallazgo se produjo dos semanas atrás, en la ciudad de Glendale, más precisamente en la gasolinera de la intersección de la 59 avenida y la calle Cactus...

La comentarista juntó sus manos e inclinándose hacia adelante preguntó:

-¿Quiénes serán los abogados que llevarán el caso?

-Pues bien, el estado estará representado por Morgan Stanley, uno de los más respetables fiscales de todo el país, y la responsabilidad de la defensa la tendrá Samuel Escobar, quien es considerado uno de los mejores abogados defensores de la región. Existen rumores de que se espera una ardua batalla judicial entre estas dos columnas del derecho penal.

La reportera giró levemente sobre su izquierda y señaló hacia la multitud que se hallaba a sus espaldas y continuó:

-Como pueden ver, toda la comunidad de la ciudad de Phoenix y sus alrededores, en especial nativos de las reservaciones de Ship Rock y Kayenta, se han congregado para saber cuál será el rumbo que tomará esta historia, que ha mantenido a todo el estado en una situación de terror durante los últimos treinta y seis meses.

En el estudio, la comentarista se recostó en su asiento y, cruzando los brazos, agregó:

–Creo que desde Jonathan Dooty y el asesinato del templo, en 1991, no se había visto en Arizona un caso que cautivara a la comunidad de esta manera, ¿estás de acuerdo?

Malí parpadeó rápidamente por un segundo, mientras trataba de recordar lo poco que sabía sobre aquel siniestro asesinato en masa.

En septiembre de 1991, nueve monjes habían sido asesinados en un templo budista, en el oeste de la ciudad de Phoenix. El caso era recordado en Arizona como uno de los más espeluznantes y extraordinarios de su historia. Un joven de tan solo 17 años, llamado Jonathan Dooty, y varios amigos asesinaron con la modalidad de un rito militar y de manera despiadada a los monjes budistas, en unas circunstancias que aún no eran del todo claras para muchos ciudadanos.

Este había sido, hasta ese momento, el golpe más duro y trágico contra la religión budista, en sus más de dos mil quinientos años de historia.

–Creo que tienes toda la razón: esta debe ser la segunda vez en que todo el estado se manifiesta de esta manera ante un caso judicial. Muchas de las personas que han venido en el día de hoy, traen consigo pancartas y letreros en los cuales piden que se haga justicia y que concedan la pena de muerte al niño Thomas Santiago– señaló Malí.

La comentarista se echó hacia atrás el cabello y lo acomodó detrás su oreja antes de continuar:

–Está sobreentendido que, de acuerdo con la ley del estado de Arizona, puede ser juzgado como adulto, pero ¿podría ser condenado también a la pena de muerte? Y de no ser así, ¿podrías decirnos qué sería lo más factible que cabría esperar?

La reportera tomó el micrófono con ambas manos, miró directamente al lente de la cámara y respondió:

–Tal como has dicho, será juzgado como adulto y, si es encontrado culpable, podría recibir la pena máxima en años, pero no la pena de muerte. Debemos recordar que la nueva ley 13–703 F–9 protege a toda persona menor de quince años ante la ejecución. Lo que sí podría esperarse es que recibiera una condena de doscientos a trescientos cincuenta años en prisión, como sucedió con Jonathan Dooty, si lo encuentran culpable de todos los cargos que se le imputan.

Entonces la comentarista pasó una de las páginas que tenía frente a sí, y con una mirada de asombro continuó:

–La pregunta que todos nos hacemos, Malí, es ¿cómo pudo escapar de la estación de policía de Glendale?

–Esa es la más grande incógnita –asintió la reportera–. Nadie ha podido explicarlo; la misma noche en que fue arrestado logró escapar y cometió otro asesinato. Según informes, los policías que lo custodiaban están siendo interrogados, pero hasta ahora nadie tiene la más mínima idea de cómo sucedió.

Leyó una página que decía: "Su última víctima murió anoche, luego de que escapara de la reservación de Ship Rock. Según el reporte de la policía, el nombre de la víctima es Andrews Seahawk, de veinticuatro años, miembro de una de las pandillas de la reservación llamada *Los caza cabezas*".

Luego prosiguió:

–Según nos han informado, Thomas Santiago ha sido trasladado al Arizona State Hospital, en el condado de Maricopa, en la veinticuatro calle y Van Buren. La decisión fue tomada por la gobernadora después de que se presentaran protestas en diferentes sectores de la ciudad, tras la noticia de que Thomas Santiago se había escapado y el informe sobre el nuevo homicidio. Otras informaciones que hemos recibido señalan que han preparado una unidad del hospital con sofisticados instrumentos de seguridad, para evitar una nueva fuga. En estos momentos está bajo custodia del FBI. El hospital psiquiátrico está siendo vigilado por varios soldados de la marina.

–¿Es cierto que la abuela del niño y el abogado de la defensa no están de acuerdo con el trato que las autoridades le han dado a Thomas?–, volvió a preguntar la comentarista, mientras entrecruzaba sus dedos y ponía ambas manos sobre la mesa.

–Sí, es verdad. Ambos alegan que las excesivas medidas de seguridad son inhumanas, ya que existen insistentes rumores de que han llegado al extremo de encadenarlo a la pared.

La reportera volvió a leer del papel que tenía en las manos y agregó:

–Nos hemos enterado también de que el hermano mayor de Thomas,

Juan Manuel, recibió permiso del seminario Arca de Dioses, en Los Ángeles, en el cual se prepara para el sacerdocio. Juan Manuel llegó en el día de ayer para estar junto a su hermano menor en esta angustiosa situación familiar...

En ese momento, vio cómo la multitud comenzaba a correr hacia el Palacio de Justicia; los reporteros y camarógrafos se empujaban entre la muchedumbre, tratando de abrirse paso, para captar las primeras escenas de lo que para muchos expertos era el inicio de la noticia más importante del año.

–Parece que el juez acaba de hacer su entrada a la corte–, agregó la reportera, en tanto el lente de la cámara seguía la acción, y ambos se sumaban al gentío tratando de captar las imágenes y lo que sucedería allí dentro.

–Volveremos a estar en línea al final de cada hora...

Desde el estudio, llegó el cierre de la noticia:

–Esa fue nuestra reportera, Malí Fernández, desde el Palacio de Justicia del condado de Maricopa, con las últimas novedades sobre el caso de "El niño diabólico", Thomas Santiago. Les mantendremos informados de cada detalle, paso por paso, aquí en RNN, donde las noticias siempre llegan primero. Vamos a unos cortes comerciales y enseguida volvemos...

2

Estación de gasolina,
5881 West Cactus Road,
Glendale, Arizona
(Dos semanas antes)

En la intersección de la 59 avenida y calle Cactus, la policía trataba de controlar a la inmensa multitud de curiosos que se había aglomerado alrededor de la gasolinera. Una cinta amarilla rodeaba el establecimiento para que nadie interfiriera con la investigación.

Una cálida brisa llegaba desde el noroeste: era una típica noche, como muchas otras, en Arizona. El calor seco y el resplandor del pavimento al llegar el anochecer, confirmaban sin lugar a dudas la reputación del clima del estado.

Un carro Cadillac azul marino con luces policiales llegó de pronto y se parqueó delante de la puerta de cristal.

Un hombre de unos treinta años, de pelo oscuro y ojos cafés, vestido de traje, bajó del vehículo. Ya en la puerta de la gasolinera, uno de los oficiales le pasó un par de guantes de goma, que el detective tomó mientras observaba lentamente, con su aguda mirada, todo el lugar. Se aproximó a otros oficiales que examinaban el cuerpo de un hombre que yacía en el suelo, sobre un charco de sangre.

El detective hizo una señal en silencio a uno que tomaba las incontables fotografías del establecimiento: con apenas un gesto, le indicó que fotografiara a la víctima desde la puerta de entrada. Al fin preguntó:

–¿Qué tenemos?

La respuesta no tardó en llegar:

–Patrick McKinney, cuarenta y cinco años, tiempo aproximado de la muerte como a las diez y cuarenta y tres, respondió un oficial que secaba el sudor de su frente con la muñeca, evitando el contacto de los guantes con su piel.

–Según el forense, murió por estrangulación y fuertes impactos en la nuca–, continuó diciendo, mientras permanecía agachado, examinando minuciosamente el cuerpo y le entregaba la identificación de la víctima.

–¿Algún testigo?

–La señora que atendía el establecimiento–. La respuesta venía de otro oficial que acababa de llegar y leía sus notas en una pequeña libreta.

–Excelente, ¿tenemos una descripción del asesino esta vez?

Los oficiales se miraron de forma extraña.

–¿Qué es lo que pasa?– inquirió el detective ante la reacción de ambos.

Con un suspiro, el oficial bajó la libreta de apuntes y mirándolo a los ojos le dijo:

–Usted mismo tiene que escuchar las declaraciones de la testigo sobre lo que pasó...

La mirada del detective la buscó ansiosamente, y se sorprendió al no hallarla.

–Los paramédicos la llevaron al hospital–. El oficial respondía a su pregunta silenciosa.

– Pero, ¿resultó herida?

–No señor, está en estado de shock...

El detective alzó la mirada y vio algo escrito con sangre en la pared. Se volvió hacia el oficial que estaba a su lado:

–¿Tú qué piensas?

Este concluyó su examen del cadáver, se quitó los guantes de goma y respirando profundamente volvió a mirar a la víctima, rígida sobre el charco de sangre, y murmuró:

–De lo único de lo que estoy seguro es de que Mckoskie va estar bien furioso si no encontramos un sospechoso lo más pronto posible...

3

CORTE SUPERIOR DEL CONDADO DE MARICOPA, 201 W. JEFFERSON, PHOENIX, ARIZONA

La Corte consta de tres edificios principales, el Este, Oeste y el Central. Sus trescientos noventa y cinco mil pies cuadrados ocupan alrededor de seis cuadras y se necesitan veinticinco mil tubos de luz fluorescente para iluminar sus instalaciones. Este es el escenario principal de todos los juicios importantes del estado de Arizona; tiene setenta y dos salas y entre su personal se cuentan ochenta y siete jueces, de los cuales treinta y dos se ocupan especialmente de los casos en contra de juveniles.

Un permanente murmullo colmaba la sala. Todos esperaban en suspenso la llegada del juez y del prisionero, el cual había estado recluido en una pequeña celda detrás de la sala, bajo severa vigilancia.

El fiscal que representaba al estado era Morgan Stanley, apodado por sus colegas "El Bulldog", a causa de su estilo despiadado a la hora de interrogar a los testigos. Lo acompañaba su asistente, una hermosa rubia de ojos color café: Nicole Bach. Su belleza y elegancia cautivaban a su paso todas las miradas.

El abogado defensor, Samuel Escobar, hablaba en voz baja con sus asistentes, dos mujeres y un hombre, al otro lado de la sala, sobre la estrategia a seguir. Escobar, el orgulloso graduado de la Facultad de Derecho de la universidad de Stanford, era para muchos el mejor abogado defensor del país. Su tesis sobre derechos humanos había causado un gran impacto, tanto que la universidad la exhibía en la biblioteca, junto a una copia de la Constitución.

De pronto la puerta izquierda de la sala fue abierta; produjo un seco y agudo sonido que, como acto de magia, sumergió el salón en un absoluto silencio. Dos policías uniformados entraron y de inmediato se ubicaron a ambos lados de la puerta. Reinaba una enorme tensión, como si el mundo entero se hubiera detenido y estuviera suspendido en el tiempo. El vago crujir de unas cadenas empezó a escucharse, cada más cercano.

Un niño de tez trigueña, ojos oscuros, delgados pómulos y un lacio y largo cabello negro, entró a la sala. El uniforme anaranjado de la prisión del estado cubría su cuerpo delgado. Su estatura era impresionante para su edad: con apenas catorce años, medía más de un metro noventa. Traía grilletes en sus tobillos, los cuales le hacían casi imposible poder caminar.

Otros dos policías entraron detrás de él para que no quedara duda de la enorme seguridad y vigilancia que habían puesto sobre él.

Sus manos estaban amarradas con una larga cadena, que subía desde los ruidosos grilletes que traía en los tobillos hasta darle la vuelta a su cintura. Caminaba casi como un pingüino, con pequeños brincos de lado a lado, mientras se acercaba a la mesa donde lo esperaba su defensor. Cuando tomó asiento junto a su abogado, este puso su mano sobre su hombro y le susurró:

–No tengas miedo, todo saldrá bien.

La abuela estaba sentada detrás de él. Al verlo sintió que sus ojos se humedecían y no pudo impedir que las lágrimas brotaran. El hermano mayor del niño la abrazaba con fuerza mientras ambos contemplaban con dolor aquella escena horrorosa.

El silencio era cada vez más denso. Todas las miradas caían sobre el acusado, como un enjambre de furiosas abejas. En ese momento, una voz masculina gritó bruscamente, despedazando el silencio, como un cristal que es golpeado y reducido a despojos:

–¡Todos de pie! ¡Su señoría, el juez Edgar Fieldmore!

Un hombre de unos sesenta años y aspecto severo entró en la habitación; sus ojos profundos, una leve calvicie y su diminuta estatura le daban un aspecto respetable.

El juez Edgar Fieldmore era, sin duda, el más conocido y temido en el estado de Arizona. A pesar de su complexión física, su severidad y sus profundos conocimientos legales lo habían llevado a presidir el Comité de jueces y reformadores de la ley. Después del caso de Jonathan Dooty, ejerció una gran presión, junto con sus colegas del Comité, para presentar ante el Congreso la reforma a la ley de pena de muerte en el estado. Esto le dio fama nacional y permitió al Comité la aplicación de la nueva ley 13–703 F–9, que considera que toda persona mayor de ocho años puede ser juzgada como adulto y que, de los catorce años en adelante, puede recibir la pena de muerte en Arizona.

El juez tomó los lentes, que siempre usaba para leer, y poniéndoselos, abrió el expediente que había traído con él. Luego, alzó los ojos: miró al acusado y al abogado defensor, después al fiscal y saludó:

–Buenos días, señores abogados.

Entonces su mirada se dirigió al acusado el cual, junto con su abogado, se puso de pie.

–Thomas Santiago, el estado de Arizona lo acusa del asesinato en primer grado de dieciocho personas ¿Cómo se declara el acusado?–. La voz del juez resonó firme y severa.

Thomas lo miró con los ojos inundados de terror. El abogado defensor fue quien respondió, con voz contundente, a pesar del sudor que la tensión hacía brotar en su frente.

–Su señoría, la defensa necesita tiempo para hacer una completa evaluación psiquiátrica del acusado antes de responder a cualquier tipo de cargo en su contra.

–Su señoría, el estado cuenta con suficientes evidencias para garantizar que el acusado posee completo conocimiento y capacidad para entender los cargos de los se le acusa–, replicó rápida y fríamente el fiscal.

El juez meditó un instante antes de responder:

–Estoy de acuerdo con el fiscal, señor Escobar; moción denegada.

El defensor tomó entonces una fotografía de encima de su mesa y enseñándola al juez alegó:

–Su señoría, esta fotografía en la cual se basan las acusaciones del estado fue obtenida de un video de seguridad, en el cual no puede verse con claridad la cara del asesino. Además, la fotografía fue manipulada por el departamento de policía, hasta un punto en que la defensa considera imposible creer que la persona que aquí aparece sea el acusado.

–Su señoría, permítame recordarle que la sangre de la víctima en el video fue encontrada en las pijamas del acusado, a la mañana siguiente de que el video en cuestión fuera grabado, y esa es prueba suficiente para proceder con los cargos–, alegó el fiscal, poniéndose bruscamente de pie y mirando desafiante al abogado defensor.

El juez se dirigió nuevamente a Thomas:

–Señor Santiago, ¿usted entiende la gravedad de los cargos presentados en su contra?

El abogado defensor colocó su mano en el estómago de Thomas y con una leve presión lo detuvo:

–Su señoría, indiqué a mi cliente que no contestara a esa pregunta, puesto que su respuesta podría incriminarlo.

El juez cruzó sus brazos y se recostó en su asiento; con voz calmada preguntó:

–¿El acusado se acogerá a la quinta enmienda para decidir si entiende los cargos o no?

–Sí, su señoría...

Como una ola, el inmenso bullicio llenó el salón; aquel reclamo había provocado en la audiencia una ira desordenada.

Dos fuertes golpes del martillo de madera sobre el estrado y la sonora y clara demanda de silencio del juez hicieron que retornara el silencio.

–Hasta que no se realice una completa evaluación psiquiátrica, el acusado se acogerá a la quinta enmienda ante todas las preguntas. Es obvio que, además de que el acusado es menor de edad, su incierto estado de su salud mental lo califica para ser acogido bajo esta ley–, reiteró el abogado defensor cuando todos habían callado.

Entonces se acercó al juez y le entregó un documento del cual proporcionó una copia al fiscal:

-Existen antecedentes en varios casos parecidos, como podrán ver en el escrito...

El juez procedió a revisarlo con cautela durante unos segundos. Con severidad, encaró al defensor:

-¿Abogado, usted está alegando que su cliente es inocente en razón de locura temporal?

-Su señoría, la defensa se abstiene de declaraciones hasta tanto se haya obtenido la evaluación psiquiátrica del acusado.

Una nueva oleada de murmullos y gritos llenó la sala, hasta que el juez con gran enojo impuso silencio.

El fiscal se puso de pie, enderezó el nudo de su corbata y se limitó a decir:

-Su señoría, en respuesta a la solicitud de la defensa, la fiscalía solicita que el acusado sea examinado por un doctor propuesto por el estado...

-Concedido-, respondió el juez, lacónicamente.

El niño se volvió hacia su abuela y su hermano. Ambos vieron el terror en sus ojos y trataron de consolarlo, pero la abuela no pudo contener las lágrimas. Su hermano se contenía con todas sus fuerzas, para que Thomas no lo viera llorar.

-Su señoría, la defensa solicita la libertad bajo fianza. El encausado no tiene historial criminal...-, argumentó el defensor mientras cerraba una carpeta y volvía a ponerse de pie.

-Solicitud denegada -respondió el juez mientras se quitaba los lentes-. Debido a la gravedad de las acusaciones, me veo obligado a negarle la libertad bajo fianza, aunque la defensa está en todo el derecho de solicitarla. Dadas las circunstancias, no creo siquiera que sea conveniente.

Se puso otra vez sus lentes y, mirando al acusado, prosiguió:

- Este caso está programado para el 19 del próximo mes; cualquier petición deberá ser recibida a más tardar el lunes. ¿Algo más?

-Sí, señoría-. El defensor se puso de pie:

-La defensa pide un cambio de jurado.

El juez, cruzó los brazos, endureció el rostro, y lo miró por encima de sus lentes:

-¿Y eso a qué se debe?

-Su señoría, la defensa quiere estar segura de que los miembros del jurado sean escogidos debidamente, ya que mi cliente es un ciudadano americano en los Estados Unidos, pero es nativo de otro país...

–Señor Escobar, Arizona no está reconocido como un estado racista–, respondió el juez, quien se había inclinado sobre el estrado. No podía disimular su enojo.

Uno de los asistentes del abogado defensor le pasó un papel, que él llevó hasta el estrado:

–Su señoría, es mi deber decirle que, en 1985, en dos casos parecidos en que el estado de Mississipi se enfrentó a Palacios y a Hernández, el hecho de no considerar el cambio de jurado fue la base principal para anular la sentencia al apelar ante la Suprema Corte

El juez guardó silencio mientras miraba con enojo al abogado defensor y dijo:

–Espero su solicitud formal por escrito en mi oficina el lunes antes de las diez de la mañana. Después se dirigió al acusado:

–Señor Santiago, se le ordena que permanezca bajo custodia del estado hasta su juicio... Esta corte se reanudará el 19 del mes entrante a las once de la mañana, cuando ambas partes darán su discurso de apertura. Se levanta la sesión.

El juez cerró el expediente y se levantó para marcharse.

–¡Todos de pie!– dijo el oficial que había llegado junto con el juez.

Los policías que escoltaban al niño se acercaron y su abogado volvió a ponerle la mano en el hombro:

–Todo estará bien; tu abuela, tu hermano y yo te veremos dentro de un rato.

El escalofriante sonido de las cadenas acompañó al niño, mientras se alejaba escoltado por los policías, y se fue perdiendo al cruzar la puerta hasta que abandonó la sala, entre las miradas temerosas y el fuerte murmullo de los presentes.

Los reporteros y camarógrafos salieron a toda velocidad, para trasmitir a sus estaciones. El resto de los presentes abandonó la sala en medio de un creciente alboroto.

–Vamos, en una hora lo llevarán al hospital y podremos hablar con él– murmuró el abogado a la abuela y al hermano, mientras recogía sus papeles.

–¡Lo tienen encadenado como si fuera un animal!–, sollozó la abuela mientras se secaba las lágrimas que nacían de sus ojos grandes y claros como la miel.

–Samuel, debes hacer algo; Thomas es tan solo un niño, es inhumano cómo lo están tratando– agregó el hermano.

Samuel los miró y sintió una leve punzada en su pecho; entendía su dolor, pero sabía que tenía que actuar y pensar como abogado antes que nada.

Su cabeza se llenó de recuerdos, como si una cascada de sus más queridas memorias de juventud lo invadiera. Recordó cómo solía jugar a las escondidas con Thomas y su hermano, al llegar de la universidad en sus años de estudiante. Cómo Thomas, apenas un bebé, corría detrás de él alrededor de la casa, con su hermosa sonrisa.

–Lo sé, pero en estos momentos no hay nada que podamos hacer; debemos esperar– les respondió, dándose vuelta y tomando su portafolio.

–¿Esperar? ¿Por qué? ¿Es que no viste que lo tienen encadenado? ¡Esa no es forma de tratar a un ser humano y menos a un niño de catorce años!– gritó la abuela histéricamente.

Samuel la miró a los ojos, los cuales estaban enrojecidos por el llanto, el cansancio, la falta de sueño. La acarició suavemente, mientras le decía:

–Nana, hay que entender que esto es necesario; Thomas se ha escapado de la cárcel y nadie se explica cómo. El estado tomará todas las medidas para evitar que suceda de nuevo...

Samuel se agachó frente a ella, sacó su pañuelo y le secó las lágrimas y, entendiendo su dolor, le dijo:

–Okay, hablaré con el juez a ver qué puedo hacer. ¿Está bien?

Ella asintió apenas, levemente, y se puso de pie.

4

HOSPITAL PSIQUIÁTRICO
DEL CONDADO DE MARICOPA,
2500 E. VAN BUREN,
PHOENIX, ARIZONA

El Arizona State Hospital fue bautizado, en 1885, con el nombre de "El asilo de los dementes". Está situado en la calle 24 y Van Buren.

De sus noventa y tres acres hay veintitrés dedicados solamente a los enfermos con trastornos mentales más severos, tanto adolescentes como adultos que, por orden de la corte, deben permanecer bajo continuo tratamiento.

Cuando Samuel llegó, un pequeño grupo de personas marchaba frente al hospital con pancartas y gritando a coro: "¡Que se haga justicia, muerte al asesino!".

Uno de los soldados que custodiaban la entrada, al ver el vehículo, le ordenó detenerse. Samuel bajó el cristal de la ventana:

–Lo siento pero no se permite el acceso a nadie–. Y el soldado apretó su rifle M–16.

–Tenemos una autorización del juez–, respondió Samuel y le tendió un papel.

El soldado leyó muy cuidadosamente. Alzó sus ojos y su mirada, más que desconfianza, revelaba desprecio.

–Adelante– dijo, mientras informaba por radio a sus superiores la llegada de los visitantes.

En la puerta, un soldado de la marina y un doctor los esperaban. Los ojos de la abuela se llenaron de asombro al ver cómo, por todo el camino, había cámaras de seguridad. El pasillo era de casi ciento veinte pies de largo, no tenía una sola ventana; solo las nueve cámaras que colgaban de ambos lados del techo. Las paredes completamente blancas hacían más brillante la luz de las lámparas de mercurio.

El doctor caminaba al frente con gran prisa y su bata blanca ondeaba a su paso; el guardia los seguía con una metralleta, asegurándose de que ninguno se quedara atrás.

De pronto, comenzaron a percibir un extraño olor, conforme bajaban por unas escaleras en forma de espiral, hacia lo que parecía ser un sótano.

El típico olor a cloroformo y antiséptico había cambiado; se percibía un denso sentimiento de dolor en el aire que dificultaba la respiración. La agonía de un fúnebre silencio creaba la certidumbre de que nada bueno podía haber en aquel lugar.

–Yo no sabía que este hospital tenía esta clase de facilidades– comentó Samuel.

El doctor, con una voz profunda a pesar de su débil contextura, le respondió:

–Casi todas las instituciones del gobierno de esta magnitud tienen zonas que no son reveladas a la luz pública...

Al final de las escaleras, se encontraba una gigantesca puerta de hierro con una pequeña ventana a la altura de los ojos; el doctor tocó y la ventanilla fue abierta. Unos ojos azules se asomaron y los contemplaron; luego, la puerta se abrió lentamente; el roce del hierro contra las bisagras produjo un crujido que hizo eco en el vacío.

La celda era una descomunal caja de metal, con una sola abertura hacia el frente; había cámaras de seguridad en cada una de las esquinas.

Thomas estaba sentado sobre una cama pequeña que apenas podía contener su cuerpo alto y delgado. Largas cadenas sujetas de la pared le sostenían las manos y los grilletes seguían amarrados a sus tobillos.

Desde el techo, una lámpara iluminaba cada rincón de la celda. Un cristal a prueba de balas separaba a Thomas de todo contacto físico con persona alguna.

Al ver a su abuela, se puso de pie de un salto y caminó hacia ella; atesando con todas sus fuerzas las cadenas, logró poner sus palmas contra el cristal y exclamó:

–¡Mamí!

Mariela intentaba acercarse, a pesar de que uno de los guardias trataba de apartarla; ella también puso sus manos contra el cristal, sobre las de él.

–¡Mi hijo!–, exclamó llorando.

–¡Abra la celda!–. Con voz firme, Samuel se dirigía al soldado que estaba a su lado. Pero este tenía órdenes estrictas de que nadie se acercara al prisionero.

–¡Demonios! Somos sus familiares y tenemos todo el derecho. Además, tenemos una orden de la corte– le gritó con furia Juan Manuel.

Samuel lo calmó y acercándose al soldado murmuró:

–Vamos, sargento, tenga corazón, vea el dolor de esta pobre mujer...

El guardia volteó a ver a Mariela, con sus grandes y claros ojos azules y pensó por un instante, mientras pasaba su mano derecha por su boca, acariciando su negro y grueso bigote. Mariela, llorando, rozaba sus manos contra el cristal tratando de tocar a Thomas.

El sargento miró al soldado que detenía a Mariela y, haciéndole una señal de afirmación con la cabeza, le dijo que la dejara. El soldado la soltó y tomó unas llaves de su bolsillo; las introdujo en la cerradura, volteó una vez hacia la derecha y se oyó la puerta que cedía. Halando hacia él, abrió la celda.

Mariela casi le pasó por encima y de un salto cayó en los brazos de Thomas. Ambos lloraban desesperadamente mientras que Juan Manuel se acercaba con los ojos llenos de rabia.

Juan Manuel siempre había sido un muchacho de extremada paciencia, a pesar de su poca edad. Su mirada dulce y su personalidad siempre eran reconocibles desde que estaba en la escuela. Su perfecta figura de atleta y su gran carisma lo colocaban entre los favoritos de las chicas, pero su amor por la humanidad lo empujó al mundo de la religión.

Samuel fue el último en entrar a la celda; se agarró de uno de los barrotes mientras respiraba profundamente y se decía a sí mismo: "¡Dios mío, esto es inhumano!"

–¿Podrían dejarnos a solas un momento, por favor? –preguntó Samuel mirando al sargento y al doctor–. Hay cuatro cámaras aquí dentro, y dos afuera, más una ventana de cristal por la cual puede vernos... Solo quiero hablar con mi cliente enfrente de sus familiares...

El sargento miró al guardia y agitando su cabeza hacia el lado izquierdo le pidió que saliera. De repente el rostro del soldado cambió de aspecto; podía verse claramente que no estaba de acuerdo con la orden que había recibido.

–No puedo creer que pretenda dejarlos solos –murmuró el soldado a su superior, mientras ambos salían de la habitación–. Sabe que tenemos órdenes estrictas de no dejarlo solo ni un segundo.

El oficial puso las manos en los bolsillos delanteros del uniforme y miró fijamente al pequeño Thomas a través del cristal; un extraño brillo se apoderó de sus ojos, mientras hablaba a su compañero:

–Puedes creer que ese pedazo de mierda logró escaparse de la estación de policía, estando bajo vigilancia...

El otro se acercó al cristal y respondió:

–Yo no sé, Benny, pero cuando lo miro me dan escalofríos, ya vimos el video donde el mataba a ese señor. No entiendo cómo un pedazo de mierda que solo pesa ciento cuarenta libras pudo levantar a un hombre de doscientas cuarenta con una sola mano y lanzarlo contra la pared tantas veces, como si no fuera nada...

El sargento seguía con los ojos fijos en Thomas:

–¿Viste esa luz rara que cubría su cuerpo? ¿Y qué maldito idioma era ese en que hablaba mientras mataba al hombre?

Vieron a Thomas que recostaba la cabeza en el hombro de su abuela, quien lo acariciaba dulcemente.

–¿Sabes qué, Benny? Yo he visto muchas cosas en mis años en la marina que me han hecho temblar las rodillas, pero ese maldito niño me engrifa los pelos.

El sargento sacó las manos de los bolsillos y las puso detrás de su espalda en forma de descanso militar; respiró profundamente y tras una leve pausa agregó:

–Esta no es una estación de policía como la de Glendale, ahora está bajo vigilancia militar; me gustaría verlo tratar de escaparse de aquí...

5

Mariela se sentó en el lado derecho de la cama y Juan Manuel recogió su sotana y se sentó en el suelo. Samuel comenzó abrir su portafolio y le preguntó a Thomas si no le importaría responder a algunas cosas.

Con su cabeza sobre las piernas de la abuela y abrazándola, Thomas asintió.

Samuel tomó lápiz y papel: como había aprendido en la escuela de derecho, nunca está de más escribir lo que el testigo diga, no importa cuán buena sea nuestra memoria...

Luego colocó una grabadora sobre la cama:

–Voy a grabar nuestra conversación, si no te molesta...

Thomas estuvo de acuerdo y Samuel le rogó que le contara todo lo que recordara, hasta el más mínimo detalle.

Desenlazó sus brazos de la cintura de la abuela y se puso de pie; su mente comenzó a retroceder, pestañeaba rápidamente, mientras reconstruía en su memoria los eventos de aquella mañana terrible.

–Ese día desperté lleno de sangre, como me había pasado tantas veces; abuela llamó al doctor quien nos recomendó a un especialista. Dos días después, la policía llegó a la escuela, me rodearon mientras estábamos en práctica de baloncesto y me arrestaron...

–¿Desde cuándo empezaste a despertar ensangrentado?

Thomas miró a Mariela, quien inmediatamente respondió:

–La primera vez fue el 30 de septiembre del año ante pasado...

– Pero, ¿cuántas veces ha pasado eso?

–Totalmente ensangrentado, creo que solamente cinco veces...– volvió a oírse la voz de Mariela.

Samuel estaba sorprendido:

–¿Qué quieren decir con "totalmente"?

Thomas retrocedió dos pasos y se sentó otra vez junto a Mariela:

–Muchas veces solamente encontraba sangre en mis manos...

–La primera vez pensé que era sangrado de su nariz– agregó la mujer mientras le acariciaba la cabeza y le regalaba una tierna sonrisa–. Cuando sucedió otra vez, decidí llevarlo al médico pero nos dijo que no veía la razón del sangrado, ya que no mostraba ninguna señal de hemorragia interna ni cortadura y los análisis decían que tenía perfecta salud. Le recomendó otros análisis, pero todo indicaba que él estaba bien.

–¿Nunca analizaron la sangre para saber si era la de Thomas?

–Los análisis indicaron que era tipo A–positivo, como la de él, por eso nunca pensamos nada malo; luego el doctor me recomendó llevarlo a un psiquiatra.

Samuel pestañó varias veces; algo no le parecía del todo bien:

–¿Podrían darme el nombre del doctor?

– Se llama Josh Raymond, respondió Mariela, besando los cabellos de Thomas.

Samuel lanzaba pregunta tras pregunta:

–¿Qué sucedió después?

–El psiquiatra recomendó más análisis y fue ahí donde descubrimos que había algo extraño, pues el laboratorio encontró que la sangre que había en las piyamas de Thomas era de otra persona. El psiquiatra me había prometido que me llamaría para ver lo que tendría que hacer... pero dos días después llegó la policía y lo arrestaron...

–La última vez que amaneció ensangrentado, ¿fue cuando se escapó de la cárcel?– preguntó Samuel.

La abuela asintió.

–¿Cómo lo hiciste, Thomas?

Thomas trató de ponerse de pie, pero los grilletes lo hicieron tambalear. Mariela y Juan Manuel lo sostuvieron.

–Lo único que recuerdo es que me quedé dormido como a eso de las once, y luego desperté en casa, en mi cama, y todo cubierto de sangre otra vez...

Samuel se dio vuelta y miró hacia el cristal: los soldados no perdían ni un solo movimiento. Suspiró profundamente, dio varios pasos alrededor de la celda y dijo:

–Thomas, el estado ha pedido que un psiquiatra te examine, es un requisito legal y están en el derecho de reclamarlo. El examen determinará si estás en perfecto estado mental para entender los cargos en tu contra y si eras conciente de lo que estabas haciendo, cuando todo sucedió...

El muchacho tuvo un violento sobresalto:

–¡Pero ya les dije que no me acuerdo de nada! ¡No sé por qué me están acusando de tal cosa!

Samuel miró con ojos llenos de asombro a Mariela y Juan Manuel.

–¿Él no sabe nada sobre el video?

Mariela se acercó a Samuel:

–No, decidimos que era mejor para él que no lo viera...

Thomas los miró a todos, de uno en uno, con asombro y preguntó:

–¿De qué video están hablando?

No hubo una palabra, pero sus ojos estaban esperando una respuesta.

Samuel le explicó que la policía sospechaba de él porque la cámara de seguridad de la gasolinera en la 59 y Cactus captó un asesinato, y aunque no estaban completamente seguros, la persona en el video se parecía mucho a él... y que además el problema era que al escaparse él de la estación de policía, y aparecer otra víctima a la mañana siguiente, había más argumentos en su contra.

Thomas sintió como si hubiera recibido un fuerte impacto en el pecho, estaba pálido y no podía decir ni una palabra. Se puso de pie y trató de caminar mientras se pasaba la mano por su cabeza. Mariela se le acercó llorando y se puso de rodillas; lo tomó de las manos y sollozó:

–¡Thomas, escúchame, tú no sabías lo que estabas haciendo, no fue tu culpa!

Juan Manuel trató de aclararle la situación:

–Thomas, cuando el juez preguntó si te declarabas inocente por razones de locura temporal, lo que él preguntaba en realidad era si sufres de algún descontrol mental y por eso crees que eres inocente... Pero eso no quiere decir que ellos duden de que hayas sido tú quien mató a esas personas. ¿Lo comprendes?

Los ojos de Thomas se iban humedeciendo hasta que una lágrima rodó por su mejilla. Mariela la secó con ternura, pero él permanecía inmóvil y en silencio, mirando a Juan Samuel.

–Todo el tiempo pensé que esto era un error, que pronto se darían cuenta de su equivocación y que me dejarían ir a casa...

Bajó la cabeza y se quedó mirando las esposas y grilletes que lo encadenaban. Apretó los puños y cuando alzó nuevamente la mirada, todos quedaron asombrados porque algo muy diferente había en sus ojos. Algo que nunca habían visto antes; un extraordinario brillo de rabia que lo transformaba de repente en otra persona. Thomas mantuvo los puños apretados, mientras miraba a Samuel a los ojos:

–¿Qué es lo que se puede hacer?

El abogado se recompuso y contestó:

–Primeramente tengo que revisar las evidencias en tu contra y estudiar todas las posibilidades, solo tenemos un mes antes de que vayamos a juicio. Hay varios testigos que quisiera interrogar, pues aparecen algunas ambigüedades que me preocupan en el reporte de la policía... Por eso, si te acuerdas de algo, cualquier cosa, no importa lo que sea, algo que yo debería saber, por favor necesito que me lo digas. ¿Está bien?

Thomas asintió.

–Este será un proceso largo y difícil, así que les pediré que por favor tengan paciencia... Samuel abrazó a Thomas y salió.

Juan Manuel le pasó la mano por la cabeza revolcándole el cabello bruscamente, como era costumbre entre ellos y le preguntó:

–¿Estarás bien?

–Humm– murmuró apenas.

Mariela posó su mano derecha en la mejilla de Thomas y con los ojos llenos de lágrimas le prometió:

–No, temas mi amor, yo nunca dejaré que nadie te haga daño...

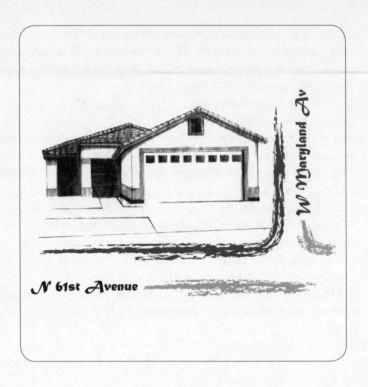

6

RESIDENCIA FAMILIA SANTIAGO,
6610 NORTH 61 AVE.
GLENDALE, ARIZONA

Samuel los acompañó hasta la puerta de la casa; estrechó la mano de Juan Manuel y luego abrazó a Mariela:

–No te preocupes, Nana, te prometo que haré todo lo que pueda.

–Yo lo sé– respondió ella pero las lágrimas volvían a rodar por sus mejillas. Las secó rápidamente. Con solo pensar en las circunstancias en que había dejado a Thomas, se le rompía el corazón.

Mariela cerró los ojos y recordó la promesa que le había echo a su hija antes de que muriera en la sala del Centro Médico, en San Juan de Puerto Rico. Ana Isabel había sido internada por complicaciones de su embarazo; con tan solo siete meses ya estaba dilatando, había perdido mucha sangre y habían decidido operarla de emergencia para salvar al niño. Mariela sostenía la mano de su hija mientras la camilla rodaba hacia la sala de operaciones:

–Prométeme, mamá, que cuidarás de Juan Manuel y de este bebé si algo me pasa– le había rogado.

–Sabes que sí, mi hija, tus hijos son los míos; pero ya verás que todo saldrá bien.

Mariela le acarició la cabeza y Ana Isabel le besó la mano mientras iba soltando lentamente cada uno de sus dedos, hasta que desapareció tras las puertas de cristal.

Mariela respiró profundamente y trató de calmarse, Samuel le tendió un pañuelo para que se secara las lágrimas.

–Tú sabes que Thomas es incapaz de hacerle daño a nadie, tú lo conoces desde que era un bebito– le dijo ella, luego de darles las gracias por el pañuelo.

–Sí, Nana, lo sé. Yo tampoco puedo creer que esto esté pasando...

–Hay algo que sí te puedo asegurar y es que no fue mi Thomas quien mató a esas personas...

Samuel tomó sus manos y la miró a los ojos:

–Nana, tú has visto el video de la gasolinera; además está la sangre de la víctima en sus pijamas...Todo parece indicar que fue Thomas.

Mariela retiró con violencia sus manos y apuntándole con el dedo índice exclamó:

–¡No me importa lo que ese video muestre, yo sé que esa cosa no es mi nieto! Al igual que como te crié a ti, crié a mis nietos y una verdadera madre conoce bien a sus hijos...

Juan Manuel la abrazó; lloraba recostada en su hombro, él la acarició con ternura mientras, con un gesto de su mano, le pidió a Samuel que se fuera.

E 2nd Street

E Washington St

7

M.J.A ABOGADOS,
TORRE BANK OF AMERICA,
201 E. WASHINGTON STREET,
PHOENIX, ARIZONA

La torre del Bank of América es uno de los edificios más altos de la ciudad de Phoenix; forma parte del Collier Center y tiene dieciocho pisos, de los cuales los primeros diez pertenecen al banco y el resto son oficinas privadas.

–Buenos días, Samuel.
–Buenos días, Celia–. No había acabado su saludo cuando ya Celia le resumía los detalles del día. Habían llamado de la fiscalía, para coordinar la fecha de la selección de jurados. Mientras le entregaba expedientes

que tenía para él, Celia hablaba al ritmo de los pasos de Samuel que se dirigían a su oficina.

-¡Tu mamá también llamó!- gritó en tanto lo veía desaparecer tras la puerta de vidrio.

La larga y brillante mesa de caoba ocupaba el centro de la sala; a su alrededor, dos mujeres y tres hombres esperaban a Samuel: los hombres a la derecha de la cabecera y las mujeres a la izquierda. Tener a las mujeres a su izquierda lo hacía reflexionar con mayor claridad.

Una réplica en mármol del David de Miguel Ángel se alzaba sobre una pequeña columna de estilo romano. Los rayos del sol penetraban suavemente por una ventana e iluminaban una estatua de bronce de la diosa Temis, la Dama de la Justicia. Bajo la luz, se la veía empuñar airosa su espada, mientras con sus ojos vendados sostenía su balanza.

Como era habitual, Samuel saludó y fue directo al grano. Quería saber qué habían encontrado. Una de las mujeres respondió rápidamente:

-Ya la Corte mandó la lista de los nuevos miembros para escoger el jurado...

Uno de los muchachos, Marcos, tomó la palabra para explicar que la policía había entregado la copia completa del video de la gasolinera. Lo sacó de su maletín y se dispuso a colocarlo en el aparato, a una indicación de Samuel.

-Samuel, ya investigué el informe policial y solo hubo una testigo, Amanda Leroy, la empleada de la gasolinera, la cual renunció al día siguiente -dijo la otra joven que estaba a su izquierda-. Llamé para ver si podía conseguir un número donde localizarla, pero lo único que logré fue una dirección...

-Investiga si aún vive allí, y trata de ver si podemos hablar con ella.

El video estaba listo y todos fijaron su atención en la pantalla del televisor. Al comienzo se veía a una mujer detrás de un mostrador; cinco segundos más tarde un hombre se acercaba a comprar una caja de cigarrillos. De repente, una luz intensa pasó a través de la puerta de cristal; el video mostraba cómo la mujer caía hacia atrás, mientras el hombre, estupefacto, miraba aquella extraña luz que se acercaba a él. La luz tomó forma y se convirtió en un ser humano que resplandecía intensamente.

-¿Qué diablos es eso?-. La voz de Marcos y sus ojos revelaban terror.

Entonces, la figura tomó al hombre por el cuello y lo levantó hasta la altura de sus ojos.

En torno a la mesa, se sucedían las expresiones de estupor y de horror.

Samuel se puso de pie, su mirada permanecía como clavada en la pantalla, su corazón comenzó a latir con fuerza y sus manos temblaban.

Los pies del hombre, en el video, colgaban a casi dos pies del suelo. La descomunal figura lo sostenía en el aire mientras lo estrangulaba, aunque con golpes inútiles tratara de liberarse. La mujer detrás del mostrador miraba atónita aquella escena horrorosa. De pronto, la figura comenzó a pronunciar palabras desconocidas y a golpear contra la pared, con furia, al hombre que aún colgaba de su brazo.

La sangre brotó del cráneo de la víctima y salpicó alrededor, en tanto sus piernas ondeaban violentamente en el aire, como buscando un punto de apoyo.

Pero la figura no se detuvo hasta que las piernas dejaron de moverse y los brazos quedaron colgantes Sin duda, el hombre estaba muerto.

El asesino abrió lentamente los dedos y lo dejó caer, pero permaneció parado frente al cuerpo, mirándolo, mientras sus hombros se mecían con su agitada respiración. Luego, alzó el rostro para contemplar la mancha de sangre que había quedado en la pared y con uno de sus dedos escribió ܟܬܒ.

Luego se dio vuelta y miró a los ojos a la empleada, que aún estaba escondida detrás del mostrador. Inmediatamente la cámara pudo enfocar la cara del asesino: en sus ojos se reflejaban dos pequeñas llamas de fuego y, tal vez por eso, las facciones de su cara eran difusas. Pero los suyos eran, sin duda alguna, rasgos humanos. La figura giró y, como un rayo de luz, atravesó la puerta de cristal y desapareció. La pantalla del televisor se tornó negra: el video había llegado a su fin.

Todos permanecieron en silencio, asombrados y horrorizados, ante lo que acababan de observar. Samuel aflojó el nudo de su corbata y lentamente tomó asiento. Nadie encontraba qué decir.

A un gesto de Samuel, Marcos apagó el televisor.

Samuel parecía estar nervioso; retiró sus manos de la mesa y, para su asombro, las palmas quedaron marcadas por el sudor. Pensaba intensamente. El brillo de sus ojos aseguraba que lo visto había producido un cambio en su interior.

La atmósfera de la sala se había vuelto cada vez más tensa; Samuel seguía callado: era la primera vez que se quedaba sin palabras. Apenas balbuceó:

–Esto es todo, por el momento... déjenme solo por favor.

Todos recogieron sus cosas y lentamente fueron abandonando la sala.

Samuel se puso de pie y metió las manos en los bolsillos del pantalón; caminó hacia la ventana y miró a través de las calles de la ciudad, hasta divisar, a lo lejos, la cruz de la pequeña iglesia de Santa María.

–¡Que Dios nos ampare!– suspiró.

8

HOSPITAL PSIQUIÁTRICO
DEL CONDADO DE MARICOPA,
2500 E. VAN BUREN,
PHOENIX, ARIZONA

El sonido estremecedor de las llaves al abrir la celda despertó a Thomas, quien quitó de su cara la cobija con la cual se protegía de la intensa luz de la celda. Pestañeó varias veces y preguntó:

–¿Samuel?

Sabía que era demasiado temprano. Se sentó en la cama y se frotó los ojos tratando de espantar el sueño.

–Hola, Thomas; estoy aquí para saber si has recordado algo...

Había algo diferente en su voz. Samuel lo miraba fijamente, como si estudiara sus movimientos y sus facciones. Una temerosa sonrisa asomaba a sus labios. Indudablemente, algo andaba mal...

Welcome To Wawa #857

Phone: (302) 328-7459

05/11/2010 07:34:40 TRX 150782

Register #: 4 Cashier Id#: 101

1	COFFEE 24OZ		$1.49
1	Item	SUB-TOTAL	$1.49
		TAX	$0.00
		TOTAL	$1.49

C U S T O M E R   C O P Y

Gift Card Payment	$1.49
Type:	Gift Card
Card:	1136
Approval:	352962
Ref Num:	11616
Remaining Balance :	12.70

1400 Beaver Brook Plaza
New Castle, DE 19720
Thank You For Shopping At Wawa

–¿Estás seguro de que solo has venido para eso?

Thomas se puso serio y lo miró a los ojos, mientras Samuel se sentaba a su lado.

–¿Por qué no me preguntas lo que en realidad quieres saber? ¿Quieres saber si en verdad yo maté a esas personas? ¿No es cierto?

Samuel permanecía en silencio, su corazón latía deprisa y sus ojos seguían cuidadosamente cada movimiento de Thomas. Estaba aterrorizado, por más que tratara de aparentar calma y serenidad.

Thomas caminó hacia el otro extremo de la celda:

–Desde que estoy encerrado en este lugar, todo el tiempo he estado tratando de encontrar una respuesta...

Samuel miraba discretamente los candados que sujetaban los brazaletes en las muñecas del muchacho y los grilletes en sus pies, como si quisiera asegurarse de que estaban bien sujetos. Thomas pudo notar el miedo en sus ojos. Con un tono triste en su voz, le dijo:

–No sé qué clase de monstruo creen que soy; mucha gente se aglomera, día y noche, enfrente del hospital para pedir mi ejecución...–. Sus ojos estaban enrojecidos por el llanto. ¡Todos mis amigos se avergüenzan de mí! Mírate, Samuel, ¡estás tan asustado como si tuvieras enfrente al mismo demonio!

Samuel respiró profundamente y bajó su cabeza avergonzado:

–Perdóname, Thomas, tengo tantas cosas en la cabeza que no sé ni qué pensar... Tampoco yo puedo creer que esto te esté pasando; te conozco desde que eras un niño y no puedo creer que estés metido en este rollo...

Callaron y el silencio fúnebre del hospital les iba penetrando en las entrañas. Thomas miró a los guardias que, a través del cristal, no le quitaban los ojos de encima. Volvió a sentarse en la cama y poniendo las manos sobre sus rodillas preguntó:

–¿Qué es lo que va a pasar?

Samuel suspiró:

–No lo sé; como te dije, tengo que estudiar las evidencias y ver qué se puede hacer, pero sí te prometo que no dejaré que te condenen por algo que no hayas hecho...

Thomas se puso de pie y caminó hacia él muy lentamente y extendiéndole su mano esperó su reacción. Samuel le estrechó la mano con firmeza y, jalándolo hacia él, lo abrazó.

Los ojos de Thomas volvieron a humedecerse, y con un nudo en la garganta y su cabeza sobre el hombro de Samuel, le dijo:

–¡Tengo miedo, mucho miedo!

Después, con una leve sonrisa agregó:

–Mi familia y yo estamos seguros de que nadie podrá defenderme mejor que tú.

–Les agradezco su confianza, pero este es un caso muy difícil...

Thomas sonrió con más entusiasmo:

–Eso no me asusta, ya hemos escuchado las historias famosas de los difíciles casos que has ganado...

Samuel soltó una fuerte carcajada:

–¡Pero eso no es suficiente! Cuando se trata de la ley, hay que tener evidencias.

Thomas se puso serio y alzando sus cejas en tono de broma le dijo:

–Licenciado, ¿le está sugiriendo a su cliente que no tenga fe en su defensa?

Samuel se irguió y levantando el pecho respondió con voz burlona:

–No su señoría, la defensa retira los cargos...

S 2nd Street

E Washington St

9

M.J.A ABOGADOS,
TORRE BANK OF AMERICA,
201 E. WASHINGTON STREET,
PHOENIX, ARIZONA

Samuel pidió hablar con el doctor Rusvel y, mientras esperaba que lo comunicaran, levantó el rostro al escuchar que alguien tocaba a la puerta: una joven de origen latinoamericano se asomó a la puerta:

–Jefe, todos lo esperan en el salón; han cancelado lo que tenían para hacer hoy, como usted lo ordenó...

Samuel puso el teléfono sobre su hombro y cubriendo el micrófono le agradeció:

–Gracias, Celia, diles que estoy en el teléfono y que en un minuto iré.

Celia aprovechó para comunicarle que había llamado la señora Medrano para saber si había noticias...

Samuel le pidió que le dijera que pronto la llamaría y volvió a llevarse el teléfono al oído:

–¿Rusvel?

Intercambiaron saludos cordiales y noticias de sus familias; entonces Samuel le explicó la razón de su llamada: el caso de Thomas Santiago.

–El caso del niño diabólico, claro que sí– fue la respuesta de la voz al teléfono.

–¿De dónde sacaste eso?– Samuel se incomodó con la expresión de su amigo, pero en realidad ese era el nombre con que los medios lo mencionaban, el nombre que recorría el país entero.

–¿Estás familiarizado con el caso?

Rusvel conocía solo lo que la prensa contaba. Pero sí sabía quién era su abogado defensor.

–Es el nieto menor de la señora que me cuidaba cuando niño– señaló Samuel.

–¡No juegues!– fue la exclamación incrédula de Rusvel. Pero entonces recordó a la Nana Mariela que había sido como una segunda mamá para su amigo y de la cual le había hablado infinidad de veces.

–Necesito tu ayuda en esto. Existe un video de una cámara de seguridad de una gasolinera donde supuestamente se ve a Thomas matando a alguien; me gustaría que lo vieras, que lo estudiaras y que me dijeras si notas algo extraño.

Acordaron que le enviaría una copia a la brevedad y cuando estaban a punto de despedirse, Rusvel preguntó:

–¿Pero cómo pudo escaparse de la estación de Glendale?

–Es algo muy extraño y ni el propio Thomas lo sabe.

–Pero eso no es posible...

–Es algo de lo que no podemos hablar por teléfono; ya lo entenderás cuando veas el video. Ni te imaginas la clase de vigilancia que le han impuesto ahora. ¿Has visto cómo custodiaban a Hannibal Lecter en la película"El silencio de los inocentes"? Pues esto es peor...

–¿Tanta seguridad?

Samuel se pasó la mano por sus cabellos y cambió el teléfono de oído mientras agregaba:

–Yo no sabía que existían facilidades de esa magnitud en Arizona... Muchas de las instituciones del gobierno tienen departamentos especiales que el público desconoce...

–Me lo puedo imaginar...

–No sé, Rusvel, este es el caso más extraño que yo haya visto jamás...

–¿Por qué?

–Tengo la corazonada de que aquí hay más de lo que nos podemos imaginar; esto parece más bien una película de horror...

–No sé a qué te refieres, pero sin duda tendrás tus razones...

–Empezarás a entender cuando veas el video.

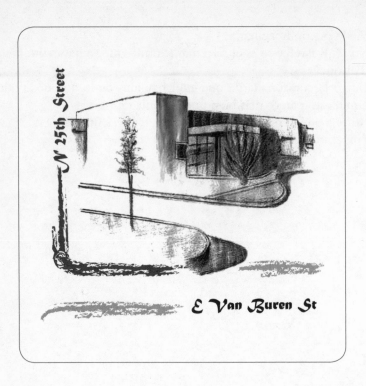

10

Hospital Psiquiátrico del Condado de Maricopa, 2500 E. Van Buren, Phoenix, Arizona

–Hey, campeón ¿cómo estás?– dijo Juan Manuel al tiempo que extendía sus brazos y esperaba que el soldado terminara de registrarlo.

–¡Juan!– exclamó Thomas, lleno de alegría pero temeroso de que tuviera que marcharse demasiado rápido.

Juan Manuel se sentó en una silla a su lado y le preguntó cómo estaba, aunque sabía la respuesta. Le explicó que su abuela trabajaba y que por eso no había podido llegar.

–Pobre mami, trabaja tanto que muchas veces me pregunto de dónde saca las energías para levantarse cada día. Oye, ¿cómo están los padres de Samuel? Él estuvo por aquí ayer y se me olvidó preguntarle por ellos...

–Están bien, te mandaron saludos y me pidieron que te dijera que estás en sus oraciones todas las noches...

Thomas levantó su mano y la puso sobre el hombro de Juan Manuel, quien al sentir el roce de las cadenas en su espalda se volteó levemente. Thomas se sintió avergonzado y retiró su brazo.

–Perdóname, no quise...

Juan Manuel no lo dejó terminar y le agarró la cara con ambas manos:

–¡Thomas, eres mi hermano, nunca lo olvides!

Entonces lo abrazó contra su pecho con fuerza:

–Yo te amo, a pesar de lo que está pasando y lo que pueda pasar; siempre te amaré y nunca me avergonzaré de ti...

Vio entonces que las lágrimas corrían por sus mejillas y poniéndole las manos sobre los hombros le dijo:

–¿Me escuchaste bien?–. Secó sus lágrimas y Thomas le regaló una tenue sonrisa.

–No sabes cuánto siento que hayas dejado de asistir al seminario por mi culpa.

–No te preocupes; el obispo me dio permiso para quedarme todo el tiempo que sea necesario.

–¿Pero eso retrasará tu ordenación como sacerdote?

–Eso no importa; tú eres mi hermano y no puedo abandonarte en un momento como este.

Thomas se dio vuelta y caminó hacia su cama; trataba de que las cadenas que lo ataban a la pared se desenredaran: Juan Manuel vio su dificultad para moverse, y una gran tristeza lo invadió. Su voz sonó angustiada y opaca:

–No sabes el dolor que me da verte así...

–No te preocupes, ya soy casi un experto; al principio me molestaban mucho, pero he aprendido a manejarlas.

Thomas percibió el sentimiento de pena en los ojos de su hermano y trató de sonreír:

–Quién nos lo hubiera dicho que después de la última vez que nos vimos en el seminario, nos volveríamos a encontrar en estas condiciones...

Juan Manuel sonrió y negó con la cabeza:

-Aunque el mismo Papa me lo hubiera dicho, no le hubiera creído...Esto es como una pesadilla, como un sueño del cual estoy tratando de despertar. Thomas intentó hacer menos penosa la situación y preguntó:

-Oye, a propósito, ¿cómo están tus amigos, los que conocí aquella vez?

-¿Te acuerdas de Kevin, el australiano? Te mandó recuerdos y Alberto tuvo que volver a su país, pues su padre murió...

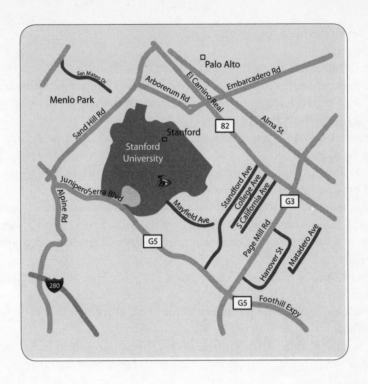

11

FACULTAD DE DERECHO
UNIVERSIDAD DE STANFORD,
CROWN QUADRANGLE
559 NATHAN ABBOTT WAY
STANFORD, CALIFORNIA

El profesor tomó la tiza, escribió en la pizarra la palabra "evidencia" y se dio vuelta para dirigirse a sus alumnos:

–Lo más importante es la recopilación de evidencias, no importa lo que...

Un leve toque en la puerta lo interrumpió; un hombre vestido elegantemente se introdujo en el salón:

–Con su permiso, profesor...

–¡Samuel!

La exclamación asombrada del profesor fue seguida de sus pasos rápidos y un fuerte abrazo. Entonces se volvió de nuevo hacia sus alumnos:

–Damas y caballeros, ante ustedes está una eminencia del derecho penal, el abogado Samuel Escobar...

Samuel saludó a los estudiantes levantando su mano y miró con reproche al profesor:

–No exageres, tú eres el mejor maestro de leyes que se haya visto...

El profesor volvió a dirigirse a sus alumnos y agregó:

–Eso será todo por hoy. Para el próximo martes veremos el capítulo dieciséis. Los alumnos recogieron sus cosas y comenzaron a salir, mientras los amigos volvían a abrazarse y se encaminaban luego hacia el despacho del profesor.

Una joven muy bella se les acercó y, luego de una mirada coqueta a Samuel, se excusó:

–Profesor, aún no he podido terminar con el informe sobre la nueva ley 1509...

Y aunque él trató de mostrarse severo, el rostro angelical lo convenció:

–Está bien, Tania, pero si no lo traes mañana te verás en serios problemas...

Ambos la miraron mientras se alejaba:

–Es muy bonita– sonrió Samuel–. ¿Cómo puedes con esto?

–Hufff, tú no sabes lo que tengo que pasar aquí...

Samuel recuperó la seriedad:

–Oliver, la razón por la que he venido a verte es porque necesito tu ayuda.

–¿Tú necesitando mi ayuda? Pero si conoces la ley tanto o mejor que yo... Con una mano en el hombro de Samuel, recorrieron el largo pasillo que conducía a un ventanal de vidrio que daba al patio trasero de la universidad. Para él era impensable que un talento como el de Samuel requiriera de su colaboración. Oliver abrió una puerta y lo invitó a pasar.

–¿Es sobre el caso del niño diabólico?

–Vamos, Oliver, tú también con eso–, respondió Samuel y cerró la puerta tras de sí.

–He estado viendo las noticias... y parece que no hay mucho que hacer...

Samuel se sentó encima del escritorio y Oliver tomó un libro que estaba sobre una esquina de la mesa, lo cerró y fue a colocarlo en un librero color caoba, oscuro y opaco por su antigüedad.

Oliver no era el típico maestro de leyes; su apasionada forma de enseñar y su incansable deseo de justicia le habían dado una rápida fama entre sus colegas y estudiantes. Su figura esbelta, de anchos hombros y delgados brazos, y sus grandes ojos azules parecían desentonar por completo con su dulce temperamento. Su puntiaguda nariz y su elegante barba al estilo francés hacían que su imagen fuera impecable e inconfundible.

–¿Tú qué piensas?– le preguntó Oliver a sus espaldas.

–No sé. He hablado con él varias veces, estoy estudiando las evidencias y todo parece dar a un callejón sin salida. Pero hay un sentimiento dentro de mí que me dice que algo anda mal.

–¿Algo como qué?– preguntó Oliver, acariciando su bien cuidada barba.

Samuel entrecruzó sus brazos, como siempre solía hacer para pensar, y bajó su mirada:

–¿Te acuerdas cuando nos dijiste en la clase que si nuestro instinto de abogados nos dice que algo anda mal, aunque todo parezca estar en orden, es preciso revisar todo otra vez?

Oliver asintió.

Samuel se dirigió hacia una ventana y vio a los estudiantes que caminaban en varias direcciones, conversando y llevando a cuestas sus libros.

–Tengo la corazonada de que él es inocente...

–¿Estás seguro? Todo parece señalarlo como culpable...

Samuel le habló de Thomas, le contó la historia de su relación fraternal, y miró a Oliver a los ojos:

–Conozco a ese niño desde que era muy pequeño. Su abuela fue mi niñera desde que tenía diez años. Podrá ser lo que sea, pero nunca un asesino en serie... Por eso quiero que estudies el caso conmigo.

Oliver se reclinó hacia atrás:

–Estaré feliz de ayudarte en lo que pueda, pero sabes que no entraré más a una corte. Tú conoces la ley tanto o mejor que yo...

–Pero tú eres el mejor interrogador de testigos que haya habido en los tribunales de este país; sabes cómo atrapar a cualquiera para que confiese. Sabes cuándo una persona está mintiendo, desde que abre la boca...

Samuel se le acercó y, mirándolo fijamente, continuó:

–Yo conozco la ley, pero no tengo tanta experiencia en el campo de batalla como para liderar un caso como este.

–¿Qué es tan difícil en este caso como para que no puedas manejarlo solo?

–Tendrías que ver para entender: las acusaciones del estado se basan en un video de seguridad, donde se ve al asesino matando a una de sus víctimas. Se parece a Thomas, pero es imposible de asegurar...

–¿Por qué?

–Es difícil de explicar. Ven a la oficina el lunes y ve el video; si después de verlo crees que no puedes hacer nada, te dejaré en paz...

Oliver permanecía callado. Samuel preguntó:

–¿Cuánto tiempo ha pasado?

Los ojos de Oliver se ensombrecieron, como si una nube densa de tristeza los hubiera cubierto y con una voz más profunda respondió:

–Dieciocho años, tres meses y nueve días...

– Y, por lo que veo, no has podido superarlo– murmuró Samuel y sentándose frente a él le preguntó:

–¿Te acuerdas que una vez nos dijiste, que una de las grandes maravillas de ser abogado era que uno tenía la oportunidad, no siempre claro, pero una que otra vez, de convertirse en parte del destino de alguien?

Samuel suspiró y lo miró fijamente antes de continuar:

–Pues ahora tienes la oportunidad de convertirte en parte del destino de alguien más; ayúdame a salvar este niño.

Oliver seguía callado, con sus ojos clavados en los de Samuel; su mente viajaba sobre las sombras de su pasado.

–Lo que sucedió no puedes remediarlo, tu retiro de los tribunales no les devolverá la vida a esos dos muchachos... La mano de Samuel se posó sobre su hombro.

El rostro de Oliver estaba contraído de pena y de ira.

–Aún no estoy listo–, respondió mirando bruscamente hacia otro lado, esquivando la mirada penetrante de Samuel.

–¡Oliver, han pasado casi veinte años!

–Lo sé, pero no volveré a pisar otra vez la sala de una corte...

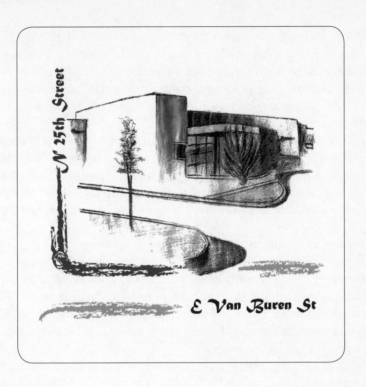

N 25th Street

E Van Buren St

12

Hospital Psiquiátrico del Condado de Maricopa, 2500 E. Van Buren, Phoenix, Arizona

Los oficiales de la marina llegaron como de costumbre, a las doce en punto del mediodía, para el cambio de guardia y para darle de comer al prisionero. Después del típico saludo militar, uno de ellos abrió la puerta de la celda y le ordenó a Thomas que retrocediera y se pusiera contra la pared, con las manos en la nuca. El otro no dejó de apuntarle con el cañón de su M-16, hasta que el primero puso la comida en el suelo y empezó a retroceder a su vez. Thomas obedecía las órdenes, que ya se habían convertido en una rutina diaria.

Media hora después, uno de los soldados salió de la habitación, y Thomas miró fijamente al que se había quedado vigilándolo; notó que traía un crucifijo disimulado entre su uniforme.

–¿Eres cristiano?– le preguntó, tratando de entablar conversación.

El soldado permanecía en silencio, sin quitarle los ojos de encima. Thomas, sentado en su cama, insistió:

–¿De dónde eres? Sé que eres latinoamericano; he notado cómo nos miras, a mí y a mi familia, cuando vienen a visitarme... Y es de mala educación quedarse callado cuando alguien te pregunta algo...– agregó Thomas ante su silencio. Se paró y dio un paso hacia adelante pero el soldado, asustado, dio un salto y le apuntó con su rifle, gritando:

–¡No te acerques más!

Thomas extendió sus manos para que él las viera:

–Estoy encadenado a la pared, tengo grilletes en los pies y estoy detrás de barrotes y de un cristal a prueba de balas... ¿qué mal puedo hacerte?

El soldado lo miraba, desconfiado; su respiración agitada revelaba que estaba aterrorizado. Thomas seguía inmóvil, con sus manos extendidas.

–Solo quiero hablar con alguien, estoy cansado de estar en silencio– le dijo mientras bajaba sus manos.

Tenía razón, en realidad, pensó el soldado que comenzó a bajar su fusil y respondió:

–Mi nombre es Casey Méndez; soy de origen mexicano.

Thomas le preguntó dónde había nacido, de dónde era su familia y le contó que él era puertorriqueño. Se sentó en el suelo, frente a él.

Casey asintió, sin perder de vista ninguno de sus movimientos. Le dijo que llevaba

tres años y seis meses en la marina... Y en ese momento regresó su compañero que, al verlos conversando, gritó:

–¡Méndez! ¿Qué haces? Sabes que está prohibido hablar con el prisionero.

Casey, se puso de pie y en posición de atención militar, respondió con rapidez:

–Lo siento, señor.

Thomas dio vuelta y se sentó en la cama; miró a Casey con una enorme pena en su rostro y apenas murmuró:

–Lo siento...

E Turquoise Av

13

RESIDENCIA FAMILIA ESCOBAR,
6889 EAST TURQUOISE AVE.
SCOTTSDALE, ARIZONA

Catherine entró en la oficina arrullando a la niña que ya se había dormido. Se iría a la cama, después de ponerla en su cuna, y lo esperaría en la habitación.

Samuel dejó los papeles que tenía en la mano y, acercándose, las besó a ambas: iba a terminar de ver esos expedientes y luego se iría también a dormir.

–¿Es sobre el nieto de Mariela?– le preguntó ella acariciando los cabellos de la niña.

Samuel asintió.

Para Catherine resultaba del todo increíble que ese niño estuviera metido en un problema tan grande.

–¿Qué crees que va a pasar con él?

–No lo sé, mi amor; es un caso complicado, y hay tantas evidencias en su contra...

–Espero que puedas ayudarlo.

–Yo también, pero no puedo prometer nada. Haré todo lo posible por él...

Catherine recostó a la niña sobre su hombro y le acarició la espalda. Besó a su marido y se retiró.

Samuel volvió a su escritorio y continuó leyendo el reporte policial de la ciudad de Mesa sobre una de las víctimas.

Varias líneas subrayadas en amarillo llamaron su atención; era asombroso el contenido de una de ellas: "Un extraño olor a flores se percibía en la escena del crimen, mas no se halló ningún rastro de flores allí".

Tomó entonces otro expediente y, en la segunda página, encontró subrayado en rojo un párrafo que también se refería al insólito olor a flores.

–¿Qué diablos es esto?–, se preguntó a sí mismo. Buscó en otros tres expedientes y encontró que la mención era idéntica.

Samuel puso sus manos en la nuca y se quedó contemplando la foto de la víctima, prensada al reporte. Cuando pasó la página, leyó el informe del médico forense y subrayó: "La víctima murió por asfixia, causada por estrangulación directa a la faringe. Solo se encontró la marca de una mano en su cuello; no existen indicios de abuso sexual, huesos rotos, ni heridas punzantes en el cuerpo".

Samuel retrocedió para ver de nuevo el reporte de la policía; la fotografía de aquella palabra desconocida, escrita con la sangre de la víctima, estaba también allí. Pensó en voz alta:

–¿Qué demonios significa esto?

Ante un nuevo expediente, Samuel suspiró profundamente. Pero no tardó en descubrir que algo no andaba bien: la víctima había sido asesinada a las cinco de la mañana del domingo veintidós, en la ciudad de Flag Staff.

Recordó de pronto su conversación con una de las profesoras de la escuela a la cual asistía Thomas; buscó de inmediato su registro de asistencia escolar, que había pedido para demostrar lo buen estudiante que había sido en los últimos cinco años. Abrió el sobre y leyó: Thomas no había faltado a clases un solo día en tres años. Levantó la mirada para comprobar que el reloj de pared marcaba casi la una de la madrugada. Pero no le importó. Tomó el teléfono y llamó a Marcos; oyó el timbrar repetido, una, dos, tres veces...

–Marcos, es Samuel...

–¿Qué pasa? ¿Por qué me estás llamando tan tarde?

–Necesito que mañana vayas a la escuela de Thomas y consigas los nombres de los choferes de los autobuses...creo que he encontrado algo que nos puede ayudar...

–¿Qué es?– preguntó la voz un poco más despierta de Marcos.

–Te contaré mañana; reúne a todos temprano en la sala de conferencias; tendremos mucho que hacer...

14

M.J.A Abogados,
Torre Bank of America,
201 E. Washington Street
Phoenix, Arizona

–Buenos días, jefe–. La hermosa joven lo saludó, doblando el periódico que estaba leyendo.

–Buenos días, Celia–. Samuel recogió los mensajes que estaban encima del escritorio de ella. Los leía rápidamente, pasando uno tras otro, mientras la escuchaba.

–Recuerda que hoy tienes una cita con el doctor, a las diez–. Le pasó el periódico y una taza de café caliente.

Era esa una taza muy especial para él; se la había regalado su abuelo y tenía el texto de un proverbio indio y la figura de un hombre, que apuntaba su lanza al cielo y miraba un águila volar en la cima de una montaña. En ella estaba escrito: "Toma tiempo para escuchar el viento y mirar al cielo, ya que en ellos encontrarás lo que le habrá de sobrevenir al mundo".

Cuando le pidió a Celia que pasara su cita para el jueves, los ojos de la joven se llenaron de asombro. En realidad, era la tercera vez que la cambiaba...

–Si sigues así, nadie te dará una cita en todo el condado; además no debes jugar con tu salud.

Samuel aceptó el regaño, tomó un sorbo de café y mientras que se alejaba, apuntándole con la taza, le dijo:

–Te prometo que este jueves iré sin falta, ¿está bien?

–Si sigues así, se lo contaré a Catherine...

–Ya eso es jugar sucio– se enfurruñó Samuel.

Entró a la sala de reuniones y mirando a todos, de uno en uno, preguntó si alguien tenía una buena noticia. Con una leve sonrisa, Marta se quedó mirándolo y le preguntó:

–Dime, ¿cuánto me amas?

Samuel tomó otro sorbo de café y respondió con picardía:

–Más de lo que te puedes imaginar...

–¿Te acuerdas que me pediste investigar qué había pasado con la señora Leroy? Descubrí que se mudó a la ciudad de Mesa y que tiene otro trabajo. Pero, ¿adivina qué? Hablé con su hermana, que también trabaja en la gasolinera, y me contó sobre Maglio Contie...

–¿Quién es Maglio Contie?

–Es un joven de esos que viven en las calles y que solía visitar la gasolinera por las noches; le ayudaba a la señoras Leroy con la basura a cambio de cigarrillos. Según la hermana, desde aquella noche ha dejado de llegar y dice que el otro día lo vio pero no quiso hablarle, que tan pronto la vio salió corriendo. Ella cree que él estaba allí esa noche y que lo vio todo.

–¿Cómo conseguiste toda esa información?

La joven sonrió y con un arrogante gesto muy femenino, respondió:

–Es increíble lo que cien dólares y una buena conversación sobre maquillaje pueden lograr en una mujer...

Samuel rió con suavidad y sacó, del bolsillo del interior de su chaqueta, su bolígrafo favorito. Era azul marino, con sus iniciales enchapadas en oro en el casquillo, y se lo había regalado su padre cuando se graduó de bachiller. Tenía el hábito particular de hacerlo girar entre sus dedos cuando se concentraba intensamente en sus pensamientos.

–Solo nos quedan tres semanas y no tenemos ni un testigo que le dé fuerzas a nuestro caso.

Todos lo miraban con suma atención, porque conocían su gran destreza para sacar, a último minuto, una conclusión. Entonces Samuel se incorporó con ímpetu y comenzó a girar instrucciones: le encomendó a Sabrina que investigara a cada uno de los miembros del jurado; si tenían hijos, a qué iglesia asistían, qué cenaban los domingos, de qué hablaban con sus vecinos. Se aseguró de que hubiera entendido.

Luego se dirigió a Marcos y le reiteró la importancia de obtener la información sobre los conductores del autobús escolar de la ruta de Thomas.

–Hay algo allí que no concuerda... Anoche estuve estudiando varios de los expedientes. Samuel tomó un fólder que traía en su maletín y lo puso sobre la mesa:

–En este expediente se dice que, de acuerdo al reporte del médico forense, Billy Black Horse fue asesinado aproximadamente a la cinco y media de la madrugada del domingo 27 de octubre: lunes por la mañana en la reservación de Kayenta...

–¿Qué tiene eso de extraño?– preguntó Marta.

–Que según la dirección de la escuela, Thomas no ha faltado un solo día a clases y, según su abuela, el autobús lo recoge a cincuenta metros de la casa, todos los días, a las siete y media de la mañana...

Con una mirada inquisitiva agregó:

–¿Cómo es posible que Thomas haya matado a esa persona en Kayenta y haya regresado a Phoenix en menos de dos horas? Kayenta está a más de cinco horas de aquí...

Todas las miradas se entrecruzaron con inquietud.

–Quiero que estudien estos expedientes conmigo, a ver si hay algo más que podamos encontrar.

Samuel presionó el altavoz del teléfono y pidió a Celia que le consiguiera toda la información disponible sobre trastornos mentales, doble personalidad, paranoias, estados catatónicos y casos sobre pacientes con fuerzas sobrenaturales.

–Lo más pronto posible, por favor...

Después recogió los papeles que estaban sobre la mesa. Notó que todos se habían quedado mirándolo:

-¿Qué están esperando? A trabajar, que para eso les pago- bromeó.

Al pasar a su lado, Sabrina sonrió irónicamente:

-Necesito un poco de tiempo para esto.

Samuel le tocó la mejilla y con una sonrisa a flor de labios agregó.

-Para eso te pago una gran montaña de dinero: para que me hagas milagros...

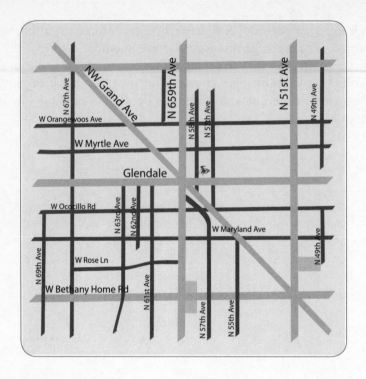

15

DEPARTAMENTO DE POLICÍA DE GLENDALE,
6835 N. 57TH. DRIVE,
GLENDALE, ARIZONA

Samuel haló la puerta de cristal hacia él y entró al edificio. En el mostrador un oficial uniformado recibía a un policía que llegaba con un joven esposado. El policía ordenó al detenido sentarse frente a un escritorio y comenzó a escribir en un computador.

-"10-4"- decía uno de los dos oficiales que salían por uno de los pasillos de la comisaría, presionando el micrófono de su radio-trasmisor. La agitación y el bullicio indicaban que era un día como otro cualquiera en la estación de policía de Glendale.

Samuel se presentó ante el oficial de piel oscura y robusta figura y preguntó por el detective Mckoskie.

–En el departamento de homicidios, al fondo del pasillo, izquierda y luego a la derecha, en la segunda puerta– le respondió levantando apenas la cabeza y señalándole el camino.

Samuel tocó a la puerta y pasó adelante. Una hermosa joven vestida de uniforme, con lentes de sol y con el pelo rubio atado en forma de cola de caballo, terminaba de ponerse un chaleco a prueba de balas.

–¿Le puedo ayudar?– sonrió.

–Busco a Mckoskie.

Ella gritó el nombre, le pidió que esperara y se perdió tras las puertas que daban al pasillo.

Samuel comenzó a mirar a su alrededor y sus ojos se posaron en un mural lleno de fotografías. Se acercó y la foto de una muchacha ensangrentada le llamó la atención; su cuerpo estaba en el suelo, boca arriba; se veía una herida en el cuello y otra en el pecho...

–Atroz– pensó Samuel, en el momento en que una voz masculina sonaba a sus espaldas:

–Tiernas fotografías, ¿verdad?

Un hombre de unos cuarenta años, de pelo negro y ojos cafés de un extraordinario brillo que demostraban su firmeza de espíritu, le extendió la mano:

–Soy Mckoskie. ¿En qué le puedo ayudar?

Samuel se la estrechó y se volvió de nuevo hacia el mural; señalando la fotografía de la joven preguntó quién era.

–Apareció apuñalada en su apartamento hace dos semanas...

Samuel echó una última mirada a la fotografía y se dirigió al detective, en un intento por presentarse:

–Soy Samuel Escobar, el abogado de...

–De Thomas Santiago, sé quién es; lo vi en televisión el otro día –lo interrumpió el detective–. ¿En qué puedo ayudarlo?

Samuel agradeció y le explicó que había leído su reporte sobre Nathaniel Brown y que necesitaba hacerle algunas preguntas.

–¿Qué le gustaría saber?–preguntó el hombre.

–Cualquier dato, aunque sea insignificante, que pueda ayudarme.

Con un gesto, el detective le pidió que tomara asiento; a su vez, él se sentó sobre el escritorio y cruzó los brazos:

–Si leyó bien el reporte, se habrá dado cuenta de que no hay mucho que decir; no hubo pistas, ninguna huella... Lo que nos sorprendió es que haya podido estrangular a la víctima con una sola mano... Nathaniel era un hombre sumamente grande y fuerte.

Samuel intervino para preguntar por el olor a flores que mencionaba en su reporte.

–También me extrañó sobremanera; llegamos a la conclusión de que era parte de la identificación personal del asesino...

Mckoskie hizo una pausa por un momento, mientras juntaba sus manos y las ponía sobre sus piernas, y agregó:

–En el apartamento no había ni la más mínima señal de flores; nuestros expertos buscaron en las paredes y en el suelo, para ver si era provocado por algún perfume que el asesino había rociado en la habitación, pero no encontraron nada. Cuando me comuniqué con el detective Sánchez, en Mesa, me enteré de que con sus tres víctimas había pasado lo mismo.

– Pero ¿qué piensa usted de todo esto?

El detective clavó sus ojos en los de Samuel y con una mirada irónica le respondió:

–Si me está preguntando si creo que su cliente es culpable o inocente, le diré que no es asunto mío, eso le corresponde a la corte. Mi trabajo es encontrarlos, agarrarlos, quitarlos del medio...

Se puso de pie y dio unos pasos alrededor del escritorio. Después de un corto silencio, continuó:

– Ahora, si lo que quiere es mi opinión sincera, le diré que su cliente nos hizo un favor...

Samuel quedó sorprendido por la respuesta del detective; parpadeó varias veces, como si tratara de convencerse de que había escuchado mal, y mirando fijamente a Mckoskie esperó el resto del comentario.

–Nathaniel Brown tenía un inmenso historial de delincuencia: robo, homicidio, narcotráfico, todo lo que se pueda imaginar...

Samuel notó en la mirada del detective un leve brillo de alivio, como si en verdad estuviera satisfecho con lo que había sucedido. Le estrechó la mano y se puso de pie para marcharse, pero antes preguntó:

–¿Qué significa la escritura en la pared?

-De acuerdo con un especialista en lenguas que contactamos en la universidad de Harvard, en Boston, es una palabra en sirio arameo, un dialecto bíblico de más de dos mil años de antigüedad. La escritura es una sola palabra y significa demonio...

Samuel había oído sobre ese dialecto en sus años de estudiante en la universidad. Sabía que era considerado unos de los más antiguos de la humanidad, y que solo algunas de las tribus en Israel lo hablaban aún.

E Turquoise Av

16

RESIDENCIA FAMILIA ESCOBAR,
6889 EAST TURQUOISE AVE.
SCOTTSDALE, ARIZONA

–Mi amor, la cena ya está lista– anunció Catherine que ya terminaba de arreglar la mesa.

Samuel jugueteaba con su hija sobre la alfombra, en medio de la sala, cuando escuchó el teléfono. Se levantó y dejó a la niña entre sus juguetes para contestar.

Era Rusvel quien llamaba. Habían terminado de examinar el video... Samuel se cambió el teléfono al otro oído para poder ver con claridad a la niña, que sacudía sonriente un pequeño perrito de peluche.

Samuel ardía de impaciencia por saber qué habían encontrado.

–Tenías razón cuando me dijiste que había más de lo que podíamos imaginar...

Catherine salía de la cocina y, al ver a Samuel en el teléfono, tomó a la niña en sus brazos y le susurró que estarían esperándolo para cenar.

Samuel afirmó levemente con la cabeza, pero toda su atención estaba en lo que la voz de Rusvel le revelaba:

–El video es original, no tiene ningún tipo de alteración...

Samuel permaneció callado.

–Mira, esa maldita figura verdaderamente pasó a través de la puerta de vidrio, como si fuera un fantasma. Hicimos todas las pruebas posibles buscando alguna señal de que el video no fuera totalmente auténtico, pero no: todo lo que está grabado realmente sucedió...

–¿Estás completamente seguro?

–Tan seguro como que hablo contigo en este momento...

Samuel bajó la cabeza y respiró profundamente. Pero las revelaciones no habían acabado. Rusvel continuó:

–¿Recuerdas la luz que resplandece alrededor de la figura? Pues la única explicación que encontramos es que es su propia aura. De acuerdo con un psicoanalista y otros especialistas que pude consultar, es la primera vez que se ha registrado el aura de un ser humano con tal intensidad...

– Pero ¿y los ojos? ¿Qué me dices de sus ojos? ¿Cómo puede ser que se vieran como dos llamas de fuego?

Entonces fue Rusvel quien suspiró:

–No lo sé, hermano. No tengo ni idea de qué pueda ser. Pero de algo estoy seguro, y es que lo que sucede con ese niño es absolutamente increíble...

Esta vez el silencio de ambos se prolongó un poco más. Luego, tensa y grave, la voz de Rusvel continuó:

–También me tomé la libertad de pedirle a B. J. Wilson, uno de nuestros maestros de psiquiatría, que viera el video conmigo. Estamos seguros de que se trata de un caso único. No hay una sola explicación médica para el hecho de que una persona pueda traspasar una puerta de vidrio, como si fuera una nube de humo, y menos para que tenga un aura que brille como un farol de mercurio, Samuel. Esos son poderes sobrehumanos, y no son causados por ningún trastorno mental. Te aseguro que de la misma forma que traspasó la puerta en la gasolinera, escapó de la cárcel...

Otra vez el silencio se instaló en la línea telefónica, hasta que Rusvel prosiguió:

–Y con respecto a ese extraño idioma en que se le oía hablar mientras estrangulaba a la víctima...Bueno...hablé con expertos y me aseguran que es un dialecto bíblico, con más de seis mil años de antigüedad, pero no pueden comprender lo que dice. Sin embargo sí están seguros de que lo que escribió en la pared y lo que hablaba es sirio arameo.

Samuel recordó su conversación con el detective Mckoskie, en tanto escuchaba a su amigo:

–El arameo es uno de los idiomas más viejos del mundo, parece que solamente quedan unas pocas tribus en Israel que todavía lo usan ¿Cómo crees que haya aprendido hablar ese idioma?

Aunque buscaba desesperadamente respuestas y razones para todo aquello, Samuel no las hallaba.

–No lo sé, Rusvel, pero te prometo que lo investigaré. Hoy fui a ver a uno de los detectives de Glendale y me dijo que, según sus expertos, la escritura en la pared es una sola palabra y que es un dialecto antiguo, anterior a Cristo; y el significado de la escritura es demonio...

–¿Qué?

–Tal como lo oyes...

–Y sobre lo que habla en el video, ¿no dijo nada?

Ante la negativa de Samuel, Rusvel agregó:

–Tengo un amigo lingüista en Boston, que quizás me ayude con la traducción, si te parece...

–Claro, investiga todo lo que puedas y me cuentas.

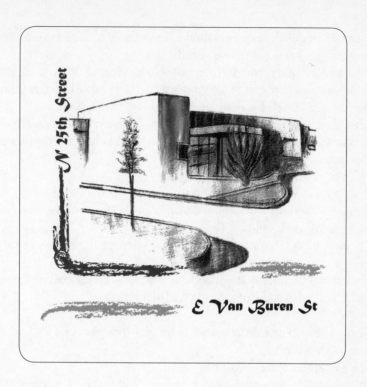

17

HOSPITAL PSIQUIÁTRICO
DEL CONDADO DE MARICOPA,
2500 E. VAN BUREN,
PHOENIX, ARIZONA

Esa misma noche Samuel fue a visitar a Thomas.

Sacó una fotografía que traía en el bolsillo de su chaqueta y se la mostró:

—¿Sabes qué es esto?

Thomas la miró cuidadosamente. Samuel la había tomado de uno de los expedientes y en ella se veía claramente la escritura en la pared, que se había encontrado en todas las escenas del crimen.

—No tengo la menor idea de lo que es— y Thomas se la devolvió.

Samuel le explicó de qué se trataba, en tanto el muchacho parpadeaba con asombro; quería saber qué significaba.

–Yo esperaba que tú me lo dijeras– señaló decepcionado el defensor.

Thomas volvió a tomar la fotografía y, luego de mirarla detenidamente, la devolvió a Samuel. En realidad no sabía qué era aquello.

Sentados uno junto al otro, el abogado le explicó lo que hasta el momento sabían sobre la escritura, le preguntó si había oído hablar del sirio arameo.

Thomas negó con la cabeza:

–Pero ¿qué significa la escritura?

–Significa demonio–. Samuel caminó unos pocos pasos y se recostó en los barrotes de la celda.

Thomas bajó la cabeza, tratando de encontrar razones para todo aquello.

–Perdóname, Samuel: quisiera poder ayudar, pero en realidad no tengo idea de dónde pudo salir todo esto. Y es la verdad; no sé...

Samuel le hizo una señal a uno de los guardias para que lo dejara salir. Pero antes preguntó:

–¿Te gustan las flores, Thomas?

La sorpresa se encendió en el rostro del muchacho. ¿A qué venía esa pregunta tan fuera de lugar? Sí, las encontraba bonitas, pero no le gusta-ban... ¿Y qué importaba eso?

Samuel hizo un gesto de despedida y, de espaldas a él, mientras se alejaba, respondió:

–Solo quería saber...

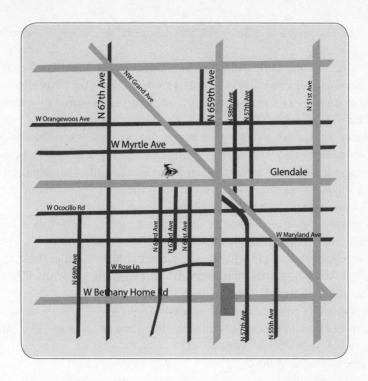

18

RESIDENCIA DE LA SEÑORA LEROY,
6821 NORTH 62 AVENUE,
GLENDALE, ARIZONA

Samuel y Marta bajaron del auto y observaron los alrededores. El intenso resplandor del pavimento hacía más agobiante el calor. Samuel se desabotonó la chaqueta y exclamó:

–¡Demonios, este calor es insoportable!

–Vamos, Samuel, apenas estamos en junio; espera a que lleguen julio y agosto: entonces sí tendrás de qué quejarte...– le respondió Marta irónicamente mientras sacudía su mano frente a su cara, tratando de refrescarse.

Samuel notó que la calle estaba casi desierta. Sin embargo, la dirección era la correcta.

Una casa pequeña de tono café mostraba claramente el numero 6821, en color oro, pegado en la puerta del frente. Había un pequeño jardín, con la grama amarillenta, y unas cuantas plantas de flores silvestres que ya se habían secado.

Marta tocó a la puerta y una mujer, como de unos treinta y cinco años, de pelo rubio y ojos azules y grandes, la nariz puntiaguda y pómulos pronunciados, abrió. Vestía una camiseta desmangada y unos pantalones descoloridos y sucios con huecos en las rodillas.

–¿Amanda Leroy?–, preguntó Marta.

Con cara de enojo la mujer, los miró a ambos, de arriba a bajo, y groseramente les preguntó quiénes eran.

–Soy Samuel Escobar y ella es mi asistente, Marta Lumier, buscamos a la señora Amanda Leroy– y le extendió su tarjeta de presentación.

–¿No son policías?

–Somos de la compañía de abogados M.J.A.

La mujer le echó una rápida mirada a la tarjeta y se la devolvió a Samuel, siempre con gesto de disgusto:

–¿Qué es lo que quieren?

Cuando recibió la respuesta, su rostro se endureció aún más.

–Ya le dije a la policía todo lo que sabía y no quiero hablar más sobre eso...

Intentó cerrar la puerta, pero Marta la detuvo con su mano:

–Hablamos con su hermana Lena y nos contó que está muy preocupada; dice que desde ese día usted no duerme bien y que está sumamente nerviosa.

El aspecto de Amanda cambió de repente; parecía haber sufrido un gran impacto, entonces bajó la cabeza avergonzada y murmuró:

–¿Lena les dijo eso?

Levantó la mirada y vio el gesto de asentimiento de ambos. Abrió la puerta y los dejó pasar.

Ya en la casa, les hizo una señal para que tomaran asiento y se sentó frente a ellos. Tomó un cigarrillo de la cajetilla que estaba sobre la mesa y lo encendió. Sus manos temblaban nerviosas. Marta y Samuel vieron la enorme cantidad de colillas que abarrotaba el cenicero.

Fueron al grano; querían saber qué había visto aquella noche.

Amanda volvió a inhalar de su cigarrillo y retiró un mechón de cabello que le cubría la cara:

-Ni yo misma estoy segura... tan solo recuerdo que le estaba dando el cambio a ese hombre, cuando por una esquina de mi ojo vi una inmensa luz que se aproximaba. De pronto, vi que traspasaba la puerta y se convertía en esa extraña cosa...-. Amanda hizo una pausa mientras aspiraba el humo su cigarrillo. Inclinó su cabeza, como si tratara de evadir el dolor que le provocaba recodar aquello que tanto deseaba borrar de su memoria.

-Aquella figura lo atrapó por el cuello y comenzó a estrangularlo y a estrellarlo contra la pared, una y otra vez-. Sus ojos se llenaron de lágrimas, aunque ella levantó el rostro y pestañeó para impedirlo.

-¿Por qué no pidió ayuda o salió corriendo?- preguntó Marta, con dulzura.

Amanda volvió a inhalar del cigarro pero sus ojos se enrojecieron con nuevas lágrimas:

-Yo traté de gritar pero no pude, las rodillas me temblaban. En ese momento me agitaba aquel extraño sentimiento...

-¿A que se refiere?- intervino Samuel.

Amanda apagó el cigarrillo y se secó las lágrimas con las manos. Respiró profundamente, tratando de calmarse, y entrecruzó los dedos:

-Estaba aterrada, pero algo dentro de mí me decía que nada me pasaría; fue algo tan extraño... De pronto empecé a sentir un raro olor a flores... no sabía qué hacer... Luego que soltó al hombre, la figura se dirigió hacia la puerta y se volvió a verme. Sus ojos... ¡Oh, Dios!

Amanda sollozó:

-Yo sentía como si sus ojos me penetraran el alma, era como si estuviera desnuda delante de él...

Marta se sentó a su lado y comenzó a frotarle la espalda para consolarla.

-¿Quién es Maglio Contie?- preguntó Samuel.

-¿Maglio?- se sorprendió Amanda.

-Su hermana nos dijo que, desde aquella noche, Maglio no ha dejado de rondar por la gasolinera, pero no ha querido hablar con ella- agregó Marta.

-Maglio es un vagabundo que solía ayudarme a sacar la basura, a cambio de que yo le diera algo de comer y café caliente, de vez en cuando...

-¿Y estaba en la gasolinera aquella noche?- insistió Samuel.

Amanda no recordaba haberlo visto.

-¿Por qué renunció usted al día siguiente?.

Tras un suspiro profundo, Amanda se mordió los labios:

–Desde esa noche no he podido dormir en paz; solo recuerdo aquellos ojos brillantes y el horrible momento en que veía cómo mataba a ese hombre...

Samuel miró a Marta: ya era suficiente.

Le agradecieron y se despidieron de ella.

Al llegar al automóvil, Samuel cerró la puerta y con un tono de voz inseguro preguntó:

–¿Tú qué crees, Marta?

Marta se abrochó el cinturón de seguridad:

–Es una historia espeluznante, pero lo que nos dijo es idéntico a lo que pudimos ver en el video...

–El problema es que todo nos lleva de vuelta al mismo camino...

–Pero, ¿cuál?

–Que esto es más que una serie de asesinatos sin sentido, cometidos por un niño de catorce años.

Samuel guardó silencio mientras su mirada se perdía en el límite del horizonte, y terminó diciendo:

–Parece ser, más bien, el comienzo de un apocalipsis.

No podía imaginar siquiera lo precisas que eran sus palabras.

19

M.J.A Abogados,
Torre Bank of America,
201 E. Washington Street
Phoenix, Arizona

Samuel reunió a sus asistentes bien temprano, en la mañana del lunes. Que llegara comiéndose una dona de chocolate, era un síntoma de la importancia del asunto. Solo lo hacía los días en que iba a juicio, porque la glucosa le ayudaba a calmar sus nervios.

La reunión era para anunciarles la llegada del doctor Oliver Donnells, quien había sido su profesor de leyes en Stanford, y a quien le había pedido ayuda en este caso.

Samuel miró su reloj. El vuelo debía haber llegado hacía más de veinte minutos, así que estaría allí en cualquier momento. Pero antes, quería que todos estuvieran al tanto de quién era y por qué llegaba:

–Oliver Donnells fue uno de los más grandes criminalistas del país– intervino Marcos, que recordaba los titulares de los periódicos que había leído cuando apenas tenía doce años y soñaba con ser abogado.

La renuncia del fiscal Oliver Donnells había tomado por sorpresa a todos, porque gozaba de una excelente reputación en el mundo del derecho penal. Muchos aseguraban que, sin esfuerzo, llegaría a formar parte de la suprema corte algún día. Mas, inesperadamente, un día presentó su renuncia. Luego desapareció por varios años, hasta que presentó una solicitud de trabajo en la universidad de Stanford que, desde luego, fue aceptada.

Samuel tomó asiento y miró a cada uno de sus asistentes. Con un tono de voz sereno explicó:

–Hace dieciocho años, Oliver ganó un caso en contra de dos muchachos acusados de violar y matar brutalmente a una niña de doce años. Fue un caso bien difícil, pero Oliver convenció al jurado y consiguió que los condenaran a la pena de muerte. Dos años después de la ejecución, la policía descubrió a los verdaderos culpables. Oliver nunca pudo reponerse de su sentimiento de culpa y renunció. Lo advierto para que nadie mencione el tema, ¿entendido?

En ese mismo momento el teléfono anunció su llegada

Oliver vestía con discreta elegancia y, luego de saludar a todos, tomó asiento junto a Samuel.

–Vamos directo al grano, Oliver. Como te mencioné, la mayor evidencia se basa en el video de seguridad de una gasolinera.

–Y ¿podríamos verlo?

–Claro que sí; Marcos, por favor...

El video empezó. A pesar de conocerlo ya, todos miraban atentamente la pantalla con el mismo desasosiego.

Oliver se quedó perplejo; pero mantenía sus brazos cruzados y su calmada postura ante lo que estaba presenciando. Su mano jugaba con su barba: era una vieja manía que había heredado de su padre y que solía repetir cuando pensaba.

Él mismo tomó el control y retrocedió el video:

-¿Qué significa la escritura en la pared?

Samuel le explicó con todo detalle lo que habían averiguado, cuáles eran las opiniones de los expertos, lo que registraban los informes policiales.

-¿Qué es lo dice mientras mata a la víctima?- volvió a preguntar Oliver.

Samuel leyó de uno de los fólders que tenía frente a él:

-"El Señor te reprenda, el Señor te reprenda, generación pecadora, hijo de Satanás"...

Bajó lentamente el papel y lo colocó sobre la mesa. Miró a Oliver:

-Eso es lo que está diciendo...

Todos los ojos se abrieron inmensos en torno a la mesa y se dirigieron a Samuel. Nadie conocía el significado hasta ese momento y el estupor los invadía.

Oliver se puso de pie y caminó despacio hacia la ventana. Los demás trataban de disimular el temor que les habían provocado aquellas palabras.

Oliver miraba a las personas que transitaban libremente por las esquinas de Washington y la tercera calle. A varias millas de distancia, la inmensa montaña de Camelback era iluminada por los rayos del sol y reflejaba, orgullosa, su hermoso color rojo ladrillo. Oliver dejó que su mirada se perdiera en el horizonte.

La sala estaba poblada de murmullos, pero Samuel observaba silencioso la inusual reacción de su maestro.

-Ese niño está poseído-. La voz de Oliver hizo callar a todos.

Samuel no estaba seguro de lo que había escuchado.

-Ese niño está poseído-, repitió Oliver.

Samuel sintió que sus fuerzas se desvanecían, como si un rayo fulminante le hubiera pegado justo en el pecho. Oliver le confirmaba lo que él tanto temía.

-¿Por qué cree eso, señor?- preguntó Marcos con un tono lúgubre.

-Porque uno de los primeros indicios de la posesión es la facultad de hablar en otros idiomas-. Oliver se acercó de nuevo a la mesa y tomó una tiza para escribir en la pizarra al tiempo que hablaba:

-El asesino del Zodíaco, David Berkowitz (El hijo de Sam), Ted Bundy, Anatoly Onoprienko (en la antigua Unión Soviética), Damián Karos (El asesino del Géminis), Richard Ramírez (El enviado del diablo), John Fish... Los mayores asesinos en serie, incluso aquellos que decían que mataban por razones religiosas, nunca tuvieron poderes sobrenaturales...

Entonces escribió entre paréntesis el nombre de Thomas:

–Pero este niño, sí...

Samuel se recostó en su silla y leyó cada uno de los nombres que Oliver había escrito. Sabía que tenía razón; tanto Anatoly Onoprienko, como Richard Ramírez y David Berkowitz, habían alegado ante la corte que sus motivos para matar habían sido inspirados por fuerzas superiores. Oliver continuó:

–De acuerdo con la psicología, la lógica y la historia hay solo dos formas por las que un ser humano puede obtener poderes sobrenaturales. A través de la fe o de la posesión. Cualquier persona puede creer ser el enviado de Dios o del diablo y comenzar a matar gente; pero eso no le dará poderes sobrenaturales. Solo se diagnostica que sufre algún tipo de enfermedad o trastorno mental.

Miró a cada uno de ellos antes de proseguir:

–Según los pocos estudios que se han hecho sobre el tema, se ha comprobado que solo las personas que supuestamente han sido poseídas, o tienen algún don divino, pueden llegar hacer cosas como esas... Pero eso tampoco los convierte en asesinos en serie. Obviamente, en este caso, podemos ver que sus motivos son religiosos: su mensaje en la pared, sus palabras acusadoras a su víctima dejan clara la razón del crimen.

Era evidente por qué Samuel había pedido su ayuda; Oliver era el mejor:

–Este niño es inocente ante los ojos de la ley, porque no sabe lo que hace –agregó mientras acariciaba su barba–. El problema no es que sea inocente o no, sino ¿cómo probarlo?

–¿Por qué dices eso? Acabas de sostener que de acuerdo con la ley él es inocente– preguntó Samuel asombrado.

–Él es inocente de acuerdo con los estatutos de la ley, ya que una persona que revele síntomas de posesión no es psicológicamente competente para saber lo que hace mientras está poseído...

Oliver se encogió de hombros:

–¿Pero cómo probarlo? Ese es el problema. Por ejemplo, un sujeto que sufra de múltiples personalidades puede ser presionado a través de un intenso interrogatorio hasta el extremo de hacerlo estallar, y de inmediato otra persona sale a relucir. Pero la posesión, como su nombre lo indica, es ajena a la voluntad.

Volvió a encogerse de hombros y abriendo sus brazos preguntó:

–¿Vas a hacer en la corte una sesión espiritista para invocar y pedir que aparezca el espíritu? Ante los ojos de la ley la posesión no existe, solo la doble personalidad o la demencia, que son enfermedades mentales que pueden ser probadas; pero no algo así. ¿Qué vas a alegar delante del jurado, que Dios o el demonio se apoderaron de tu cliente?

Oliver percibió el miedo, el desconcierto, la inquietud que se iban instalando en cada uno y miró directamente a Samuel:

–Este caso es más difícil de lo que ustedes se puedan imaginar. El niño es inocente ante los ojos de la ley, pero es culpable de haber matado a esas personas. Si se comprueba que él es quien aparece en el video, él es el asesino. Más aún: su facilidad para escapar de la cárcel lo convierte en un peligro grave para la sociedad.

Samuel volvió a recostarse en su silla y respiró profundamente; puso sus manos detrás de la nuca y preguntó lo que todos esperaban:

–¿Qué crees que suceda?

–En realidad no lo sé; sería ingenuo predecir algo tan prematuramente. Solo sé que ese bastardo de Morgan hará lo posible para que condenen a ese niño...

–¿Entonces?– volvió a preguntar Samuel.

Oliver pensó en silencio por varios segundos, caminó de nuevo hacia la pizarra y escribió rápidamente mientras hablaba con voz enérgica:

–Debemos estudiar muy bien cada paso, cada estrategia; nuestra primera meta será encontrar qué tienen en común las víctimas. A pesar de sus poderes sobrenaturales, la verdad de los hechos es que se trata de un asesino en serie y todas sus víctimas han de tener algo en común... Segundo, debemos encontrar a quien nos dé más información acerca de ese idioma que habla, ya que me atrevería a jurar que encontraremos muchas respuestas cuando sepamos más sobre lo que dice.

Oliver se frotó las manos para sacudir el polvo de la tiza y regresó a la mesa:

–Por último, debemos estudiar cada uno de los casos cautelosamente, ya que estoy seguro de que, tal como es de extraordinario este caso, serán también extraordinarios los detalles para resolverlo.

Tomó asiento y agregó:

–Si hay algo que les parezca particular, díganlo. No podemos pasar por alto ni la más mínima cosa, por insignificante que parezca. Las insignificancias suelen ser las llaves que abren las grandes hipótesis.

Samuel fue el primero en hablar, después de un silencio pesado:

-Hay algo que me llamó la atención en el reporte policial sobre Luisa Mcbell, una de las víctimas. Ella fue encontrada debajo de un árbol, en medio de un lodazal, pero según la policía solo apareció un tipo de huellas: las suyas. Nadie se explica cómo el asesino pudo abandonar la escena del crimen sin dejar rastros; no se encontró tampoco señal alguna de que la tierra hubiera sido removida.

Entre las páginas de otro de los expedientes buscó una nota y añadió:

-Esto es algo que también me parece interesante. Según el médico forense, Billy Black Horse fue asesinado en la mañana del miércoles 22 de marzo en la reservación de Kayenta-. Samuel tomó otra página y se la pasó a Oliver: era la hoja de asistencia escolar de Thomas y revelaba la incongruencia del tiempo transcurrido entre el homicidio y la hora en que había abordado el bus escolar...

Oliver apenas sonrió:

-Tal como les dije, estamos frente a uno de los casos más difíciles que la ley haya tenido que enfrentar...

20

Basílica de Santa María, 231 North Third Street, Phoenix, Arizona

Samuel salió de la oficina y comenzó a caminar para distraer su mente de lo que estaba pasando. Al salir del edificio dobló a la derecha, en Washington, y luego hacia la izquierda, en la segunda calle, y luego otra vez a la derecha, en Monroe. Muchas personas volvían a sus trabajos luego de almorzar. El fuerte calor del mediodía hacía desagradable caminar. Cuando divisó la Basílica de Santa María, cruzó la calle y entró.

Era la parroquia más antigua del valle, fundada en 1881. Había sido terminada en 1914, dedicada en 1915, y declarada Monumento Histórico Nacional en 1978. En 1985 había sido designada Basílica por el Papa Juan Pablo II, quien dos años después la visitó en su paso por Phoenix.

Samuel tomó asiento lentamente en una banca de las últimas filas. Se quedó contemplando la imagen de la crucifixión de Jesús Cristo, que estaba ubicada detrás del altar, al fondo de la iglesia. El silencio abrumador y el fantasmal pestañear de las velas que iluminaban las figuras de los santos le producían un agudo sentimiento de incomodidad.

–¿Qué te pasa hijo, que te ves tan pensativo?– preguntó una voz a sus espaldas.

Samuel no pudo evitar sobresaltarse, pues la iglesia parecía estar vacía cuando entró. Se volvió con singular violencia pero sus ojos se encontraron con un anciano de pelo blanco y larga sotana negra, cuya mirada oscura reflejaba un cálido brillo. La esbelta figura le extendió la mano acompañada de una dulce sonrisa:

–Soy el padre Estiven, el sacerdote de esta iglesia...

Samuel se presentó, impresionado por el brillo intenso de sus ojos.

–Nunca te había visto por acá...

–Hacía años que no entraba a una iglesia, padre, pero hoy me dio por salir a caminar y al pasar por aquí me decidí a entrar...

El sacerdote se sentó en la banca de adelante:

–Eso le pasa a mucha gente... Hay días en que el espíritu se siente turbado y se busca la tranquilidad de un lugar donde las palabras sobren. Para muchos de nosotros la iglesia es ese lugar...

El padre había entrecruzado las piernas y se arregló la sotana. Iba a preguntar por la confesión, como era habitual, pero Samuel se adelantó:

–Quizás usted pueda ayudarme... Verá: soy abogado y estoy llevando un caso muy especial; varias personas me han dicho que mi cliente está sufriendo de una posesión, pero no sé qué pensar...

–¿Poseído? –en el rostro del sacerdote se insinuó una sonrisa burlona–. ¿Qué razones tienen para pensarlo?

–Mi cliente tiene poderes sobrenaturales y nadie puede explicar de dónde proceden...

El sacerdote se conmocionó:

–¡Oh, Santo Padre! Ya sabía yo que tu cara y tu nombre me parecían familiares. El caso de Thomas Santiago, claro...Pero, ¿a qué clase de poderes te refieres?

–Poderes como solo se ven en las películas de terror...Habla en un dialecto bíblico y tiene fuerzas sobrehumanas...

El cura parpadeó varias veces:

–¿Qué clase de dialecto?

Entonces, Samuel le contó los detalles y, sobre todo, las consultas a expertos, según los cuales se trataba de arameo. De su bolsillo sacó la fotografía que le había enseñado una vez a Thomas y se la extendió al cura:

–¿Es esto arameo, padre?

La reacción del cura lo asustó y, preocupado, se acercó a él.

El sacerdote mantenía sus ojos clavados en la fotografía mientras sus piernas temblaban. Samuel estaba desconcertado.

–¿Dónde tomaron esta foto?– preguntó al fin el padre Estiven, secándose el sudor de su frente.

–Es de la escena de uno de los crímenes, ¿por qué?

–¿En todas las escenas encontraron escrita la misma palabra, verdad?

Dejó a Samuel sorprendido e inmóvil y comenzó a caminar con prisa hacia el fondo de la iglesia.

Corriendo detrás de él, Samuel insistía en saber qué sucedía. Pero el padre Estiven no se detenía y lo ignoraba. Pasaron por una puerta y luego por una cortina blanca con bordes de oro y una cruz púrpura en medio. El padre entró a la que parecía ser una pequeña oficina y tomó una agenda telefónica que estaba sobre un escritorio. Buscaba un número pero sus manos temblorosas le dificultaban la tarea. Hasta que se detuvo en una de las páginas, levantó el teléfono y comenzó a marcar.

Inmóvil, Samuel contemplaba la escena que le parecía irreal. Los sonidos le llegaban apagados, como ecos lejanos. El sacerdote hablaba con una voz masculina, agitado y con enorme angustia. Parecía que no notaba su presencia:

–Damián, es Estiven...

–Pero ¡qué sorpresa! ¡Cómo estás?

–Creo que ha comenzado...

– ¿De qué hablas?

–Tu profecía, Damián, sobre el vengador de la sangre... ha comenzado...

–¿Dónde?

–Aquí mismo, en Phoenix.

–¿Estás completamente seguro?

–Tengo en mis manos una fotografía de la palabra...

–¿Y está escrita con sangre?

El cura asintió y colocó la foto en una máquina de fax, apretó el botón y comenzó a enviarla. Samuel reaccionó de pronto y trató inútilmente de impedírselo:

–¡No, es evidencia policial!

El padre Estiven lo empujó con violencia y volvió al teléfono. Samuel trataba de incorporarse y en esos pocos segundos volvió a oír la voz al otro lado de la bocina:

–¡Santo Dios! ¿Qué vamos a hacer?

Después solo se escuchó un largo y doloroso suspiro.

El padre Estiven colgó lentamente. Parecía estar aterrorizado; por su respiración agitada y el pálido aspecto de su cara se hizo evidente para Samuel la gravedad de lo que estaba sucediendo. Se dejó caer de golpe en una silla de roble que tenía una cruz en medio del respaldo. Con un pañuelo se secó el sudor que le mojaba la frente.

Samuel estaba ya de pie frente a él, interrogándolo.

El cura casi sollozó y mirando a través de la ventana se dispuso a hablar:

–Hace treinta y cinco años, estaba en Río de Janeiro, en un curso, y allí conocí a un joven llamado Damián Santos. No era un joven normal; su devoción y su fe lo hacían diferente a los demás. En mis casi setenta años nunca he conocido a nadie igual; más aún en estos días, cuando los escándalos sacuden a la iglesia católica con problemas de violación y acoso, él es la única persona que yo me atrevo a jurar que está libre de pecado... Hace unos diez años me llamó para contarme sobre una visión que había tenido; en ella veía el castigo de Dios para el mundo, algo que él llamaba "el vengador de la sangre", que salía en defensa de los oprimidos...

El padre se puso de pie y, con sus manos a la espalda, comenzó a caminar por la habitación:

–Al principio pensé que era tan solo un sueño, hasta que dos años después me contó que un ángel del Señor se le había manifestado para decirle que habría una señal que nos dejaría saber que el vengador había llegado: una palabra escrita con sangre en el idioma sagrado...

–¿El idioma sagrado?

–De acuerdo con algunas leyendas, que aún no se han comprobado, el arameo era la lengua que hablaban Adán y Eva en el paraíso. El idioma en que Jesús hablaba con sus discípulos y, más aún, el lenguaje de los ángeles. Por eso se lo considera un idioma sagrado.

–¿Qué más decía el mensaje?

–Que el enviado de Dios sería la destrucción de la fe para unos y el comenzar para otros...

Ambos guardaron silencio. Samuel no pudo evitar preguntarle:

–¿Por qué no lo comunicaron al Papa o al obispo?

El sacerdote rió con amargura:

–Vamos, señor Escobar. ¿Sabe usted cuántos feligreses se acercan a sus superiores con historias sobre el fin del mundo y sobre que Dios les ha hablado? Miles. Los obispos lo único que hacen es reírse en sus caras; ni siquiera yo, que soy su amigo, le había creído... hasta hoy.

–¿Por qué?

–No lo sé; pensaba que era su excesiva devoción...

Samuel quería saber más, pero el sacerdote lo interrumpió:

–Damián nos contará cuando llegue... De hecho, él ya está en camino...

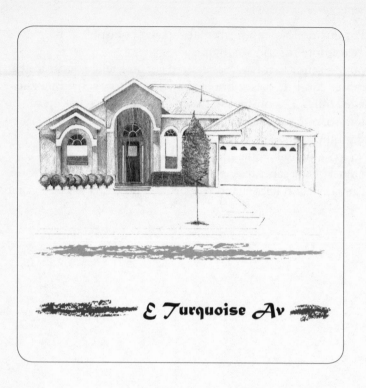

21

RESIDENCIA FAMILIA ESCOBAR
6889 EAST TURQUOISE AVE.
SCOTTSDALE, ARIZONA

El teléfono sonó estruendoso en el silencio de la noche y despertó a Samuel. Lo buscó a tientas en la oscuridad de la habitación hasta encontrarlo y con voz soñolienta contestó:

–Aló...

–Samuel, es Marcos, será mejor que te levantes...

El reloj despertador marcaba una hora insólita y Samuel se preguntó por qué lo estaban llamando en la madrugada. Marcos agregó:

–Thomas se ha escapado otra vez y mató a alguien en Mesa... Estoy en casa de Mariela y las cosas no se ven muy bien que digamos...

Samuel encendió la luz; Catherine también se había despertado.

–¿Cuándo sucedió?

–Como a las once de la noche...

Samuel se sentó en la cama y se pasó la mano por la cara tratando de alejar el último rastro de sueño:

–¿Dónde está Thomas?

–Nadie lo sabe, la casa está rodeada de gente con antorchas y quieren quemarla; la policía está tratando de impedirlo.

–Asegúrate de que Mariela y Juan Manuel estén bien, llegaré tan pronto pueda.

Cuando Samuel colgó el teléfono, ya se había bajado de la cama y comenzaba a vestirse. Mientras se ponía la camisa trataba de explicarle a Catherine, que parecía incapaz de comprender aquella prisa en medio de la noche.

–Thomas se ha vuelto a escapar...

–¡Oh, Dios mío! ¡Dios mío!– gimió ella.

Samuel cogió su chaqueta y, con un beso en la frente, le prometió que la tendría al tanto de todo.

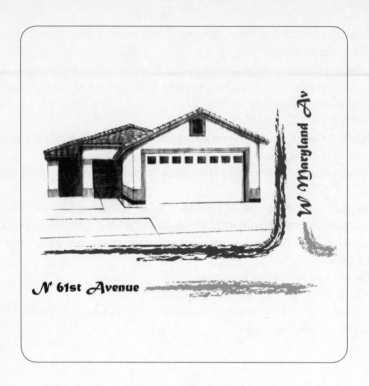

22

RESIDENCIA FAMILIA SANTIAGO,
6610 NORTH 61 AVE.
GLENDALE, ARIZONA

Cuando Samuel dobló en la esquina de Maryland y la 61 avenida, vio con asombro a la multitud que, con antorchas y galones de gasolina en las manos, trataba de incendiar la vivienda, en tanto varios policías antimotines, con escudos a prueba de balas, hacían esfuerzos para contenerla.

Samuel se abrió paso a duras penas entre la gente.

Llegó al fin hasta donde se encontraba Marcos y juntos entraron corriendo. En la sala, encontraron a Mariela con la cabeza baja en el sillón, y a Juan Manuel a su lado, acariciándole la espalda. Cuando vio a Samuel, corrió a refugiarse en sus brazos llorando amargamente.

Él le acarició la cabeza y la abrazó con ternura.

–¿Qué vamos a hacer? ¿Qué vamos a hacer ahora?– sollozaba.

–Ya veremos qué, Nana… ¿No han sabido nada de Thomas?– preguntó Samuel buscando con la mirada a Juan Manuel.

–Aún no conocemos su paradero, pero tanto el FBI como la policía de Glendale y la de Mesa están detrás de él–. Un hombre de piel morena, vestido de negro, había respondido. Parecía ser un viejo detective de homicidios. Traía el pelo casi gris bien cortado y un amplio bigote que descansaba vagamente sobre sus gruesos labios que hacían juego con su analítica mirada.

Ante el gesto interrogante de Samuel, le extendió la mano:

–Soy el detective Quincy Morrison, FBI, y él es el detective Dan Mckoskie, de la ciudad de Glendale…

Samuel descubrió a Mckoskie en una esquina de la habitación y mientras le estrechaba la mano a Morrison asintió:

–Él y yo ya tuvimos el placer de conocernos…

De inmediato, Samuel comenzó a preguntar sobre los detalles.

–Tu chico se escapó y mató a alguien en Mesa…

–Pero ¿cómo pudo huir?

Los detectives le contaron que sabían poco hasta ese momento sobre lo que había pasado, pero que las cámaras de seguridad lo habían captado todo y habría que esperar para ver.

Samuel tenía un parpadeo nervioso y preguntó por los dos marinos que lo vigilaban.

–Uno de ellos está en estado de shock y el otro está sumamente aterrorizado. Tan pronto sean examinados por el doctor, podrán ser interrogados– señaló Mckoskie.

Samuel se sentó junto a Juan Manuel y le pasó la mano por la cabeza.

–¿Cuál fue la víctima esta vez?– preguntó Samuel, mirando a los detectives.

– Fue un niño de diez años– contestó Morrison.

Juan Manuel solo exclamaba "¡Oh, mi Dios!" y abrazaba a su abuela, que meneaba su cabeza y trataba de ocultar sus lágrimas.

–¿Un niño de diez años? Pero eso es extraordinario… ninguna de sus víctimas anteriores era menor de edad…– cuestionó Samuel.

–Eso platicábamos con Mckoskie antes de que usted llegara– dijo el detective mientras caminaba por la sala–. Sus procedimientos no son normales; todo asesino en serie tiene un tipo específico de víctima, pero estas variaciones están fuera de lugar…

-¿Quién encontró al niño?- preguntó Samuel.

-La madre- respondió rápidamente Morrison. Y sacando una pequeña libreta de apuntes del bolsillo de su abrigo, leyó:

-Según su declaración, ella lo encontró como a eso de las doce y media. Dice que escuchó un fuerte ruido en la habitación de su hijo y que cuando abrió la puerta lo halló muerto sobre la cama. Había sangre por todos lados y algo escrito en una de las paredes. Trató de ver si su hijo estaba con vida y al ver que no respiraba, llamó al 9-1-1...

23

Todos esperaban en silencio por alguna noticia, por cualquier indicio sobre el paradero de Thomas.

Habían pasado más de dos horas desde la llegada de Samuel; el sol empezaría a salir dentro de poco y el caos se apoderaría de la ciudad al escuchar la noticia.

Ya a esas horas de la madrugada, los noticieros en la televisión pasaban a cada momento la alerta sobre la nueva fuga de Thomas Santiago y su paradero desconocido.

Samuel trataba de combatir su inquietud con una taza de café. No había nada que se pudiera hacer y la inmovilidad lo desesperaba. Miró por la ventana y vio a Mckoskie y Morrison que parecían dar instrucciones a varios de los policías que custodiaban la casa.

La mayoría de la gente se había marchado, tan solo quedaban unos pocos curiosos. Marcos y Juan Manuel se habían quedado dormidos en el sofá, y Mariela, agotada de tanto llorar, estaba en una silla con la cabeza recostada en la pared a la entrada de la cocina, y parecía descansar tranquilamente.

–Pobre mujer –pensó–. Esta agonía la está consumiendo... ¿Por qué le estará pasando esto? ¿Por qué no le pudo pasar a alguien más? Tanta gente mala que hay por ahí, que se merecen esto y más y, sin embargo, a esta pobre mujer...

Un grito aterrador lo interrumpió y estremeció la casa:
–¡Mamí!
Mariela abrió los ojos y de un solo impulso se puso de pie mientras gritaba "¡Thomas!".

Al instante comprendió que los gritos procedían del piso superior, y se lanzó escaleras arriba, seguida de Samuel, Juan Manuel y Marcos.

Mariela entró a la habitación: Thomas estaba sentado sobre la cama, envuelto por una esfera de luz, con el uniforme de la prisión ensangrentado. Lloraba desesperadamente, horrorizado de verse cubierto de sangre. En cuanto vio a su abuela, le enseñó sus manos:

–¡¡Mamí, qué es lo que me pasa!?

Ella cayó de rodillas a sus pies.

Cuando entraron los demás, Juan Manuel abrazó a su abuela, y trató de levantarla.

Pero al mirar a Thomas comenzó a llorar, y mientras alzaba su mano para hacer la señal de la cruz, rezaba:

–El Señor te ampare, misericordia, Señor, misericordia...

Samuel se recostó contra la pared, contemplando la escena escalofriante con un intenso dolor.

Morrison y Mckoskie llegaron empuñando sus armas y gritaron casi a un tiempo:

–¡Señora, aléjese de él! ¡Thomas, pon las manos donde podamos verlas!

Thomas temblaba de miedo y lloraba; su abuela se levantó para abrazarlo mientras imploraba que no dispararan.

Juan Manuel se paró frente a ellos y abrió sus brazos para protegerlos; su rostro se había endurecido cuando gritó a los detectives:

–¡No se atrevan a disparar!

Morrison le apuntó con su pistola y le pidió que se hiciera a un lado. Entonces Samuel intervino:

–¿Es necesario todo esto?

Los detectives se miraron. En la escena no había más que un niño que lloraba con desesperación abrazado a su abuela.

El policía bajó el arma y acercándose a Thomas, lentamente le colocó las esposas.

Mariela se echó a llorar en el hombro de Juan Manuel; el detective Morrison tomó el radio trasmisor y avisó a los policías de afuera que lo habían atrapado y que se prepararan para sacarlo de la casa.

Le pusieron un chaleco a prueba de balas y con una manta cubrieron la cabeza de Thomas.

El sol había comenzado a salir.

Un jeep de color negro con ventanas oscuras se detuvo frente a la casa. Morrison y Mckoskie llevaron a Thomas y lo metieron dentro, a toda prisa. La gente les gritaba y arrojaba objetos al jeep que se alejaba.

Los rayos del sol que apenas comenzaba a salir le daban a todo un extraño color anaranjado; unas cuantas nubes blancas a lo lejos acentuaban el hermoso amanecer, con esa luz que solo en el desierto puede contemplarse.

Thomas alzó sus ojos y miró el cielo a través de la ventana y, por primera vez en mucho tiempo, volvió a sonreír.

24

M.J.A Abogados
Torre Bank of America,
201 E. Washington
Phoenix, Arizona

Samuel llegó a la oficina, alrededor de las nueve de la mañana, con sus ojos enrojecidos por la falta de sueño y con un aspecto agobiado de preocupación. Celia le sugirió que fuera a descansar: lo necesitaba. Pero la respuesta era de esperar:

–Descansaré luego... ¿Llegó Oliver?

Mientras revisaba los mensajes, Celia le anunció que venía en camino. También le contó que el juez Fieldmore había llamado y necesitaba verlo con urgencia en su oficina.

Samuel miró el reloj de pared:

–Llámalo y dile que estaré ahí en veinte minutos...

Recibió con gusto la vieja taza donde solamente bebía su café. Al entrar a la sala todos guardaron silencio.

–Necesito que alguien me diga, por favor, que al menos tenemos un testigo con credibilidad. Estamos apenas a una semana del juicio y no hemos encontrado a nadie que testifique a nuestro favor... ¿Marta, qué pasó con la persona de quien nos habló la hermana de la señora Leroy? Es un vagabundo que frecuenta las calles en las noches. Estoy seguro de que cerca de la gasolinera hay un lugar donde él suele rondar y donde podremos encontrarlo...

En ese momento, Oliver llegó con un portafolio y una montaña de libros sobre psicología. Puso todo sobre la mesa y suspiró:

–Perdónenme por llegar tarde, pero creo que ya encontré todo lo que nos hacía falta...

Samuel sacó una libreta de apuntar y preguntó si alguien tenía algo que comentar.

Sabrina abrió el fólder que tenía frente a ella:

–Javier y yo pasamos todo el fin de semana buscando información que nos permitiera ver los elementos comunes en todos los homicidios. A través de un amigo que trabaja en el destacamento de policía, obtuvimos unos datos muy interesantes. Fíjense: Mark Hailey, dos cargos por violación de menores, uno en el noventa y siete, otro en el dos mil; nunca fue condenado por falta de pruebas. Bryan Woodsong, policía suspendido, bajo investigación como cómplice de robo y asesinato; Nathaniel Brown, exconvicto, diez cargos por tráfico de drogas, atraco a mano armada, pandillero, buscado por asesinato en primer grado; Lisa Anderson, dos casos de abuso de menores, alcohólica y adicta; A.D. White de catorce años, pandillero, acusado de violar a una compañera en la escuela, en libertad bajo palabra...

Sabrina se detuvo y se dirigió a Samuel:

–¿Quieres que siga?

Samuel, sin disimular su asombro, miró a Oliver quien extendió sus manos hacia Sabrina para que le pasara el fólder. Revisó cada uno de los casos y se quitó los lentes con expresión severa.

Una gran parte de las víctimas había sido acusada o condenada por algún delito.

-¿Cómo podemos usar esto en el juicio sin que nos haga daño?- preguntó Samuel.

Oliver cruzó los brazos:

-Tendremos que buscar la manera...

El sonido del teléfono no le permitió continuar. Era el padre Estiven, de la iglesia de Santa María...

Samuel brincó de su silla y arrastró a Oliver hacia la puerta:

-Vamos, tienes que oír esto. Te contaré de qué se trata en el camino...

25

BASÍLICA DE SANTA MARÍA, 231 NORTHTHIRD STREET, PHOENIX, ARIZONA

Entraron a la Basílica de Santa María. Oliver miraba a su alrededor y sentía una extraña incomodidad:

–Hace tanto tiempo que no entraba a una iglesia, que me siento raro...

Samuel sonrió porque recordaba su reciente experiencia.

En medio de la iglesia estaba el padre Estiven con un acompañante, sentados y en silencio. Se acercaron y Samuel le extendió la mano:

–Este es mi amigo, Oliver Donnells.

El padre saludó cortésmente y les presentó a su amigo. Era un hombre de unos sesenta años, cuyos ojos oscuros se veían más pequeños, escondidos detrás de los espejuelos. Delgado y frágil, lucía completamente inofensivo. Su tez trigueña y unas pequeñas arrugas debajo de sus ojos hacían más penetrante su mirada.

El padre Damián Santos era para el Vaticano, y en especial para Juan Pablo II, la primera opción en cuanto a traducciones e investigaciones sobre autenticidad de documentos y excavaciones en el mundo.

Damián Santos era lo que la Iglesia católica llamaba, sin lugar a dudas, "un enviado del cielo".

Una fría mañana de febrero de 1944, en una pequeña iglesia de Sesuntepeque, en El Salvador, el cura Ismael Santos escuchó el leve gemir de una criatura. Saltó de la cama y recorrió la iglesia; allí encontró a un niño apenas de meses, que había sido abandonado en una de las bancas, con una nota que decía: "Que Dios me perdone".

El cura tomó al niño bajo su protección y se declaró su tutor ante la sociedad.

El niño creció bajo la tutela de la iglesia y los intensos cuidados del padre Ismael, quien le inculcó la importancia de la religión y la fe cristiana.

A los dieciséis años, el joven Damián Santos sabía hablar y escribir correctamente siete idiomas. Sus excelentes calificaciones lo llevaron a recibir varias ofertas de becas para estudiar en universidades de todo el mundo.

El sacrilegio y la búsqueda de la verdad fueron siempre su mayor inspiración; a los veintiún años tenía un postgrado en teología y hablaba cinco idiomas más. Fue seleccionado por el Vaticano, dos años después, como parte del grupo de traductores e investigadores de documentos y descubrimientos arqueológicos. Pero no fue sino hasta después de 1980, cuando se amplió el acceso a los Manuscritos del Mar Muerto, y cuando un fuerte escándalo conmovió al mundo en 1992, que el sacerdote Damián Santos ganó fama. En ese momento se enfrentó al director del Instituto del Qumrán y jefe del Departamento de Biblia de la universidad holandesa de Groningen, quien era responsable de la comisión internacional encargada de la edición.

Fue durante el año 1992 cuando la prensa le preguntó al director acerca de las acusaciones y la polémica desatada por los reportes del padre Damián al Vaticano, sobre si Roma y Jerusalem estaban ocultando algunos secretos encerrados en los rollos aún no publicados, que ni siquiera podían ser consultados. El director negó rotundamente las acusaciones del padre Damián y aseguró que ni el Vaticano ni el Rabinato judío habían impuesto a la comisión mantener en secreto ninguno de los textos polémicos que pudieran herir a ambas confesiones religiosas.

El padre Damián Santos los saludó con voz serena y una breve inclinación de cabeza.

–Padre Damián, el padre Estiven me contó sobre su visión...

–Sé que quizás le parezca una locura, pero puedo asegurarle que es real. Déjeme preguntarle, señor Escobar, ¿en todas las escenas del crimen estaba escrita la misma palabra con sangre, verdad?

Samuel asintió.

–¿Y estaba escrita en arameo? ¿Y ya han averiguado que la traducción de la palabra significa demonio?

Todo resultaba difícil de creer para Oliver y Samuel. Pero no había dudas de que el padre Damián sabía mucho más sobre lo que le estaba pasando a Thomas. Por eso no cesaban de preguntarle:

–¿Qué es lo que está pasando con mi cliente? ¿Qué es esa extraña cosa que se apodera de él y lo convierte en ese demonio?

–Es preciso que hable con él para analizar sus síntomas, antes de decir nada. ¿Podría ver al niño?

–Claro, pero debo conseguir un permiso del juez... Le avisaré.

Oliver tomó la palabra. Quería saber más sobre lo que estaba pasando.

Damián, con un gesto, los invitó a que tomaran asiento.

–Lo que les puedo contar no es más de lo que probablemente ya saben. Tuve una visión, hace veinte años. En ella, el ángel de Jehová me decía que Dios reclamaría la sangre de los inocentes y enviaría al vengador. Como señal de que era una obra divina, veríamos una palabra escrita en el idioma sagrado...

E Butte Av.

26

PRISIÓN ESTATAL DE ARIZONA EN FLORENCE,
1305 ESTE BUTTE AVE.
FLORENCE, ARIZONA

Mariela y Juan Manuel fueron a visitar a Thomas a la nueva cárcel donde lo habían trasladado.

La prisión de alta seguridad de Florence consta con dos grandes edificaciones (llamadas por los guardias de seguridad "El bolsillo" y "El camino de la mala hierba").

Allí, desde 1900, se había retenido a los peores delincuentes y asesinos del estado de Arizona. Es el único lugar en que se ejecuta la pena de muerte. Se decía que el nuevo prisionero, había sido alojado en la sección TB, llamada por los antiguos prisioneros "La serpiente", porque en el desierto estos ofidios siempre encuentran lugares donde ocultarse. Esta es una celda ubicada en un sótano, usada solamente para mantener el aislamiento de un prisionero o con fines disciplinarios.

Mariela y Juan Manuel fueron conducidos a la oficina del director, un hombre vestido de traje con un fino bigote negro, que les salió al encuentro. Tenía el pelo gris, los ojos azules y brillantes. Su gran estatura armonizaba con sus hombros anchos y fuertes.

Otros dos hombres, que también estaban en la oficina, guardaron su postura y permanecieron sentados al fondo.

–Buenos días, señora. Soy el mayor Whitefield, director de la institución– saludó cordialmente.

Mariela estrechó su mano con cierta desconfianza. El mayor señaló hacia el fondo:

–Ellos son los doctores Michael Leech y Dempster Thompson.

Ambos se levantaron y se acercaron a ellos.

–Él es mi nieto, Juan Manuel, hermano mayor de Thomas. Pero ¿a qué se debe este recibimiento, señor Whitefield? No creo que sea para dejarnos saber lo orgullosos que están de que Thomas esté aquí– se apresuró a decir Mariela, invadida por un mal presentimiento.

Whitefield miró a los doctores y juntando sus manos respondió:

–La razón por la que hemos querido reunirnos con ustedes es porque el doctor Leech, que es científico, y el doctor Thompson, médico psiquiatra de Boston, querían hablarles acerca de Thomas...

La impaciencia endurecía el rostro de Mariela. El doctor Thompson le preguntó si había visto los dos videos en los que se veía a Thomas transformado en aquella figura.

– Solo el de la gasolinera, ¿por qué?

El doctor Leech intervino en ese momento:

–Señora, lo que está pasando con Thomas es un caso único, porque se ha podido comprobar que tiene la facultad de traspasar una pared, como si fuera un fantasma. El gobierno nos ha dado la autorización para hacer los estudios que sean necesarios e investigar qué está sucediendo con él... pero Thomas es menor de edad y se requiere su permiso...

–¿A qué clase de estudios se refieren?, se inquietó Juan Manuel.

Los médicos se miraron, Thompson tomó la palabra:

–Bueno, no sé cuánto sabrán ustedes sobre medicina psiquiátrica...

Pero, para explicarlo de manera sencilla, empezaríamos con unas lecturas electromagnéticas, que nos darían una idea de lo que ocurre mientras está dormido, ya que pareciera que el problema se origina en sus sueños...

El doctor Leech se inclinó levemente hacia delante y agregó:

–Sabemos que todo pasa mientras él duerme. Por eso hemos acondicionado una celda especial para Thomas. Se han colocado unas luces, que tienen una función parecida a la de los rayos X, las cuales nos dejarán ver cuáles son las transformaciones que sufre su cuerpo cuando está en trance. Hay otros estudios que nos interesa realizar, si logramos ubicar unos censores en su cabeza. Estos nos darían una lectura de sus hondas cerebrales para tener una idea de lo que pasa en su mente en el momento de su transformación...

La ira brillaba en los ojos de Juan Manuel. Con tono sarcástico interrumpió:

–Déjeme ver si entendí bien... Ustedes quieren nuestro permiso para tomar a Thomas, introducirle aparatos en la cabeza, llenarlo de censores, para poder descifrar qué pasa por su cabeza mientras está durmiendo, para que ni siquiera dormido tenga paz...

–Es que es en sus sueños donde radica el problema– se justificó el doctor Leech.

Mariela lo miró con desprecio:

–Mi nieto no es ningún animal de laboratorio, doctor Leech. Y si se atreven a hacerle algo a Thomas que no sea lo debido, me encargaré de demandarlos...

Mariela tomó del brazo a Juan Manuel y se dirigió a la puerta:

–Ahora, si me excusan, necesito ver a mi nieto.

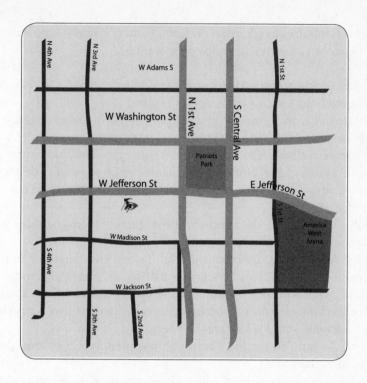

27

Oficina del juez Fieldmore
Corte Superior del Condado de Maricopa,
201 W. Jefferson
Phoenix, Arizona

Samuel llegó a la oficina del juez Fieldmore alrededor de las diez y media. La oficina estaba colmada de libros que descansaban, bien organizados, en un librero que, en diagonal, iba desde el lado izquierdo de la habitación hasta detrás del escritorio donde estaba sentado el juez. El piso de mármol era de color café; un grabado de Platón, que acariciaba su barbilla, pensativo, mientras caminaba a través de una plaza, llenaba el fondo de la oficina. La imagen de Platón era la favorita del juez, que en todas sus charlas sobre derecho penal repetía lo dicho por el filósofo:

"Nunca tendremos una sociedad perfecta, hasta que nuestros gobernantes sean filósofos y nuestros filósofos gobernantes".

El juez estaba acompañado por el fiscal Morgan Stanley. Era evidente para Samuel que este no era un buen augurio.

El juez lo invitó a sentarse, pero él prefirió permanecer de pie.

–Me gustaría saber cuál es el motivo de esta reunión...

El juez se reclinó en su sillón y cruzó sus brazos antes de hablar:

–Licenciado Escobar, tanto el fiscal Stanley como yo estamos de acuerdo en que la situación con su cliente está fuera de control y que debemos hacer algo al respecto...

Había un toque de sarcasmo en su voz. Samuel metió nerviosamente las manos en los bolsillos y preguntó:

–¿Qué recomienda usted, su señoría? Ya está encadenado a la pared como si fuera un animal, tienen a la marina de guerra vigilándolo las veinticuatro horas del día, hay aproximadamente catorce cámaras alrededor de la celda donde lo trasladaron hoy... La celda tiene vidrios a prueba de balas y además están los barrotes de hierro...

El juez lo miró con enojo y Stanley, presintiendo el comienzo de una discusión, señaló:

–La razón por la que te hemos llamado es para hacerte una proposición... Si Thomas se declara culpable y pide clemencia a la corte, acordaremos ciento cincuenta años; con buen comportamiento puede salir bajo palabra a los noventa...

–No gracias, prefiero agotar mis oportunidades en juicio– lo interrumpió Samuel.

Stanley se acomodó en su silla y abrió los brazos:

–Tienes que entender, Samuel; tenemos que buscarle solución a esto, porque pronto se convertirá en un caso de alta seguridad...

–¿Qué quieren hacer, entonces? ¿Reformar la ley de pena de muerte y condenarlo sin que vaya a juicio?–. Samuel se volvió hacia el juez:

–Su señoría, sé que si dependiera del fiscal, él hubiera pedido la pena de muerte para mi cliente, sin importarle que la ley lo protege por ser tan solo un niño...

–¡Un niño que ha matado a diecinueve personas, su señoría– gritó Stanley con furia.

–¡Pero de acuerdo a lo que dicta la ley él es inocente y lo sabes muy bien!– rugió Samuel.

–¡Inocente! ¿Acaso se te olvida que fue grabado en un video matando a una de las víctimas?– la voz de Stanley estaba cargada de ironía.

–Pero si ustedes han visto el video y saben muy bien que lo que pasa con el niño no es normal...

–¡Caballeros, por favor, cálmense!– intervino el juez.

Hubo un breve y pesado silencio, hasta que Samuel agregó:

–Yo sé que esta situación nos está sacando de quicio, pero hay que entender que lo que está pasando con ese niño es algo que jamás se había visto; algo que quizás sea más inquietante de lo que podamos imaginar, pero no debemos olvidar el compromiso de actuar de acuerdo a lo que dicta la ley...

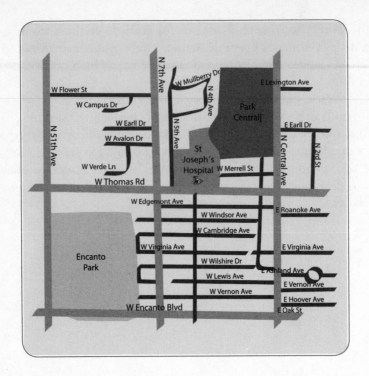

28

Hospital St. Joseph
350 W. Thomas Road,
Phoenix, Arizona

Samuel llegó a la intersección de la tercera avenida con la calle Thomas. Se bajó de su vehículo y vio el enorme edificio del hospital de Saint Joseph. Respiró profundamente y se abotonó la chaqueta de su traje.

Las inmensas puertas de vidrio se abrieron automáticamente. Una mujer pasaba frente a él, ayudada por un enfermero: caminaba con dificultad, conectada a una máquina de la cual salían dos delgadas mangueras de plástico que se introducían en los orificios de su nariz. Samuel sintió que algo se encogía en su pecho; el dolor de aquella mujer le provocaba un hondo sentimiento de angustia.

En el mostrador de información, una joven enfermera con uniforme color azul cielo y una dulce sonrisa le preguntó, coqueta, en qué podía ayudarlo.

–Busco a dos marinos que fueron ingresados ayer...

En ese instante, una voz fuerte y aguda pronunció su nombre. Samuel se dio vuelta y vio que era Morrison.

–Llegó muy a tiempo; el doctor nos acaba de dar permiso para interrogar a uno de ellos... –y le estrechó la mano.

–¿Qué pasó con el otro?

–Todavía está bajo el efecto de los sedantes; apenas pude verlo a través del cristal.

–¿Con cuál de ellos podremos hablar?– se interesó Samuel.

–Se llama Jasey Martínez.

Al salir del elevador, Samuel lo siguió hacia el fondo del pasillo, hasta la habitación 320; dos marinos estaban de pie frente a la puerta. Al acercarse a ellos, Morrison sacó su identificación del FBI y se hicieron a un lado.

Jasey estaba mirando por la ventana pero, al escuchar que alguien entraba, se volvió:

–Soldado Martínez, soy el detective Quincy Morrison, del FBI, y el señor Samuel Escobar es el abogado de Thomas Santiago

El joven les estrechó las manos y se mostró dispuesto a responder sobre los sucesos de la noche anterior.

Se sentó en la orilla de la cama y, con la mirada fija en el suelo, preguntó qué era exactamente lo que deseaban saber.

Morrison, que había sacado su libreta de apuntes de uno de sus bolsillos, fue quien habló:

–¿Por qué no empieza diciéndonos qué fue lo que vio?

Jasey puso ambas manos sobre la cama y miró hacia la ventana. Llenó sus pulmones con aire y empezó a contar:

–Eran las diez de la noche; lo recuerdo muy bien porque Johnny había ido por un poco de café y yo miraba el reloj para ver cuánto demoraba, ya que él siempre aprovechaba para salir a fumar. Thomas dormía y yo estaba sentado frente a él. De repente una fuerte luz me cegó... yo trataba de protegerme los ojos, para ver lo que estaba pasando... fue entonces cuando vi aquella cosa...

Los ojos del soldado se humedecieron y su respiración comenzó a agitarse. Morrison se acercó y le puso la mano en el hombro para que se calmara.

-Thomas...Thomas estaba suspendido en el aire, dentro de una bola de luz -continuó sin recobrar del todo la calma-. Su rostro brillaba intensamente... los grilletes cayeron al suelo...

Volvió a respirar profundamente y se secó las lágrimas; se puso de pie y cruzó los brazos antes de continuar con voz temblorosa:

-Yo caí de rodillas. Un sentimiento desconocido se apoderó de mí, sabía que estaba llorando y que las piernas apenas me sostenían. Él me miraba fijamente. En ese instante, las puertas de la celda se abrieron y avanzó hacia mí. Yo no sabía qué hacer... tenía tanto miedo. Sus ojos parecían dos llamas intensas...

Morrison miró a Samuel. Toda aquella historia le parecía increíble; dejó de escribir y preguntó:

-¿Por qué estaba llorando?

-No lo sé, me sentía tan extraño, las lágrimas salían de mis ojos sin que yo pudiera evitarlo...

El soldado se frotó la cara con ambas manos y bajó la mirada:

-En ese momento llegó Johnny... dejó caer el café y con su metralleta le disparó a Thomas, una y otra vez...

Caminó hacia una pequeña mesa blanca y empezó a llenar un vaso con agua. Era impresionante percibir la intensidad con que temblaban sus manos.

-¿Qué pasó luego?- lo invitó a continuar Samuel.

El soldado tomó un sorbo de agua y dejó el vaso en la mesa.

-Aquella cosa levantó la mano derecha y las balas cayeron justo a sus pies. Luego miró a Johnny y le apuntó con el dedo, hasta que cayó de rodillas agarrándose la cabeza; gritaba como si tuviera un dolor insoportable... Después se volvió hacia mí; yo estaba paralizado...entonces como una escena de película, a una velocidad increíble, traspasó la pared y desapareció. Pasaron algunos minutos pero mis ojos no dejaban de llorar, era como una pesadilla... Lo único que recuerdo después es haber despertado en el hospital...

-¿Usted dice que él traspasó la pared y desapareció? ¿Como si fuera un fantasma?

El soldado Martínez tomó el resto del agua y golpeó el vaso sobre la mesa, mirando a Morrison con rabia:

-¿Usted cree que estoy mintiendo?

Morrison guardó su libreta de apuntes y suspiró:

–Soldado, debe entender que lo que nos está diciendo no es una historia común; usted está hablando de personas que flotan en el aire y que atraviesan paredes como si fueran fantasmas...

–Yo sé que suena como una locura; yo tampoco lo hubiera creído si no lo hubiera visto con mis propios ojos– asintió humildemente.

–Morrison, ¿ha visto usted el video de la cámara de seguridad de la gasolinera–preguntó Samuel–. Creo que debe verlo lo antes posible...

El policía se encaminaba ya hacia la puerta, mientras Samuel se despedía del soldado:

–Gracias por recibirnos. ¿Estaría dispuesto a testificar ante la corte lo que vio?

El soldado afirmó con la cabeza pero guardó silencio.

–Esta es mi tarjeta; mi oficina se comunicará con usted. Si recuerda algo más, por favor hágamelo saber...

29

M.J.A ABOGADOS,
TORRE BANK OF AMERICA,
201 E. WASHINGTON STREET
PHOENIX, ARIZONA

Samuel se encontraba mirando las noticias en su oficina al final del día. Se había recostado en su amplio sillón negro de piel, que Catherine le había dado como regalo el día que abrió su oficina. Recordaba aquel momento como si hubiera sido ayer...

Catherine había llegado dos horas antes de lo acordado. La acompañaban dos hombres que portaban una inmensa caja, con una cinta de color rojo, que a una orden suya dejaron en el piso y se marcharon.

–*Es un regalo que te compré...*

Samuel la miró sorprendido y no supo qué decir. Catherine fingió enojo:

–*Se supone que este es el momento en que te llenas de alegría, me das un gran beso y empiezas a abrir el regalo...*

Aún incrédulo, Samuel la besó en los labios y se dispuso a abrir la caja, bajo la mirada atenta de su esposa:

–*Una vez me dijiste que había dos cosas en la vida que amabas con todo tu corazón: la justicia y... a mí. Y como ahora pasarás mucho tiempo aquí, quise que tuvieras donde descansar a gusto cuando no estés conmigo...*

Samuel se puso de pie, la tomó por la cintura suavemente y, halándola hacia su pecho, suspiró:

–*¿Sabías que en realidad eres lo que más amo en la vida?*

Catherine susurró:

–*¿Más que a la justicia?*

Los hermosos labios de Catherine temblaban de deseo, húmedos y brillantes, muy cerca los suyos. Samuel asintió, pero ella insistió con terca dulzura:

–*¿Estás seguro?*

–*Sin lugar a dudas, mi amor...*

Catherine comenzó a desabotonarle la camisa.

–*¿Y ahora qué estás haciendo?– preguntó Samuel con malicia.*

– *Pues, exactamente lo que parece...*

Samuel la acarició:

–*¿Estás loca? La gente empezará a llegar en cualquier momento...*

Catherine miró el reloj, le mordió los labios y terminó de quitarle la camisa:

–*Entonces nos queda más de una hora...*

Samuel acarició la piel del sillón y se dijo que era increíble que hubieran pasado diez años desde aquel día.

Pero las imágenes del televisor lo arrancaron de sus recuerdos: el jefe de la policía y la gobernadora daban declaraciones a la prensa sobre lo que sucedía con Thomas:

–Lo hemos trasladado a la prisión de Florence para garantizar no solo su seguridad, sino también la de toda la comunidad. Estará bajo vigilancia las veinticuatro horas, en una celda especial con todos los adelantos electrónicos y tecnológicos. Nos hemos asegurado de que no volverá a escapar.

A través del teléfono, Celia anunció:

–El padre Estiven y el padre Damián están aquí.

Samuel comenzó a ordenar los papeles que había sobre su escritorio cuando ambos sacerdotes entraron a la oficina. Después de los saludos de rigor, les explicó que quería que vieran juntos el video en que Thomas se fugaba de la cárcel. Necesitaba conocer sus opiniones. Hablaba, mientras preparaba todo.

La imagen cobró vida en la pantalla para mostrar a Thomas, acostado en su cama, cubierto con una cobija. El soldado Martínez estaba frente a él, mirando hacia abajo. Inesperadamente, Thomas empezó a agitarse con violencia mientras emitía fuertes gemidos; parecía como si sufriera un severo ataque de convulsiones, pero entonces su cuerpo comenzó a elevarse lentamente. De pronto una fuerte luz estalló. Thomas había dejado de moverse y parecía estar inconciente, en tanto flotaba a casi dos metros del suelo, envuelto en una esfera de luz brillante: sus brazos y piernas colgaban al igual que su cabeza, formando un semicírculo. La cámara mostraba cómo el soldado Martínez caía de rodillas abrumado...

–¡Santo Padre!– exclamó el padre Estiven mientras se aferraba a la silla. El padre Damián permanecía inmóvil, con los ojos fijos en la pantalla.

Luego las cadenas se soltaron de las manos de Thomas y las puertas de la celda se abrieron inexplicablemente. Ante los disparos del soldado que llegaba, la figura de Thomas levantó su mano e inutilizó las balas, mientras el soldado gritaba y se agarraba la cabeza y caía a sus pies.

El padre Damián se acercó al televisor sin quitar un instante sus ojos de la imagen.

De pronto, como succionado por un potente torbellino, Thomas desapareció a través de la pared...

Samuel detuvo el video. Las imágenes coincidían con el testimonio del soldado Martínez, paso a paso.

– Díganme lo que piensan. He visto este video tantas veces, igual que el de la gasolinera, y mis ojos no pueden creer lo que ven...

El padre Damián y el padre Estiven estaban inmóviles y pálidos. Era evidente que aquella escena los había dejado pasmados.

El padre Damián se dirigió hacia la ventana y mirando hacia afuera suspiró profundamente.

Samuel miraba a ambos esperando inútilmente alguna respuesta, hasta que al fin intervino:

–¿Cómo es posible que un ser humano pueda hacer tal cosa?

Fue el padre Damián quien respondió:

–Usted olvida algo, señor Escobar: lo que se apodera de ese niño lo convierte en algo más que un ser humano... De acuerdo con el Evangelio, Jesús fue cien por ciento hombre, cien por ciento Dios...

Samuel no comprendía, pero el padre Estiven parecía igual de perplejo y desorientado ante las palabras de Damián, quien luego de unos segundos continuó:

–Jesús tuvo todas las características de un ser humano: sintió hambre, sintió sed, tuvo miedo, lloró y murió como todos, pero también fue Dios al caminar sobre las aguas, al curar con la palabra y el simple toque de sus manos, al calmar la tempestad y vencer a la muerte... Hay muchas cosas que solo son posibles a través de la fe y la espiritualidad...– concluyó con un gesto vago.

–Entiendo su punto, padre Damián, pero yo necesito evidencias, algo que me ayude a probar la inocencia de Thomas. Yo no puedo ir a juicio con creencias religiosas y pasajes de la Biblia, necesito pruebas– Samuel notó que sus palabras y el tono áspero de su voz habían afectado al sacerdote.

El padre Estiven permanecía con la cabeza baja y se preguntaba si habría sido un error de su parte haberle contado a Samuel sobre Damián.

Samuel respiró profundamente y acercándose al Padre Damián le puso la mano en el hombro:

–Perdóneme, padre, es que esta situación me tiene alterado; estamos a pocos días del juicio y no tenemos ni un solo testigo con credibilidad, alguien que le dé fuerza a nuestro argumento de inocencia...

–Yo solo le estoy diciendo lo que sé, señor Escobar... Sé que lo que se apodera de ese niño lo convierte en algo más que humano, en una especie de demonio o ángel de la muerte...

Samuel lo miró sin decir palabra; podía descubrir en el brillo de sus ojos la magnitud de su fe. Les dijo, con un gesto de resignación:

–Voy a ver a Thomas esta tarde; si quieren, pueden venir conmigo. Pero por favor, no le digan a Thomas nada acerca de su visión, ni de su sueño con el ángel. Al menos no por ahora...

El padre Damián afirmó con la cabeza.

–¿A cuántas personas ha matado ya?– preguntó mientras, nerviosamente, el padre Estiven se ponía de pie.

–Diecinueve, con la de ayer– respondió Samuel con amargura.

El padre Damián volvió a guardar silencio al tiempo que se acariciaba la barbilla como pensando intensamente.

–¿Hay algo más que aún no me ha dicho? ¿Está seguro de que no ha olvidado nada? ¿Algo que resultara también extraño? ¿Algo más que todas las escenas del crimen tuvieran en común?

Samuel recordó el intenso olor a flores y, al mencionarlo, los ojos del padre Damián se iluminaron. Sonriendo levemente afirmó:

–Pero nunca encontraron la más mínima señal de flores ¿verdad?

Samuel estaba desconcertado, entonces el padre Damián se volvió hacia el padre Estiven:

–Vámonos ya... necesito llamar a Roma.

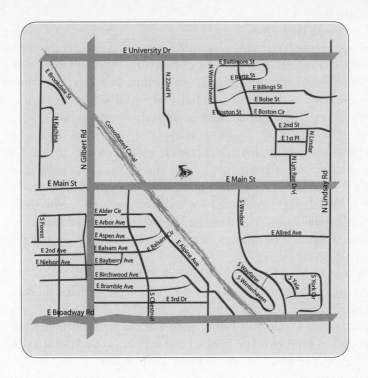

30

APARTAMENTO DE NATHANIEL BROWN,
2305 EAST, MAIN STREET
MESA, ARIZONA

Samuel y Marcos llegaron al 2305 de la calle Main, en la ciudad de Mesa. Frente a ellos se levantaban unos apartamentos.

    –¿A qué vinimos a este lugar?– preguntó Marcos.

    –Aquí encontraron a una de la víctimas: Nathaniel Brown...

    –¿Y a quién vamos a interrogar? Marcos nunca dejaba de sorprenderse con las actitudes de su jefe.

    –A nadie; vamos a estudiar la escena del crimen...

    Samuel sacó un juego de llaves del bolsillo de su pantalón y levantando las cejas se las mostró a Marcos.

–¿De dónde las sacaste?

–Morrison me las prestó– respondió Samuel al tiempo que introducía la llave en la cerradura y quitaba el candado. Abrió la puerta del apartamento y buscó el interruptor: la luz iluminó la escena del crimen que todavía se conservaba intacta. El fregadero estaba lleno de platos sucios y varias latas de cervezas vacías se encontraban en el suelo.

Samuel miró a su alrededor; parecía estudiar cada detalle. Caminó hacia el fondo del apartamento y a la izquierda vio una habitación, con la puerta entreabierta. La abrió por completo, y desde la entrada pudo percibir una de las paredes salpicada de sangre y, en medio de la de la derecha, la palabra escrita en arameo. En el suelo permanecía una figura humana delineada en blanco donde habían encontrado el cuerpo de Nathaniel Brown.

Un tenue olor a flores persistía en la habitación.

La pared a la izquierda mostraba cantidad de agujeros de balas, que Marcos observaba con detenimiento.

–Esto me da escalofríos– dijo, pero sus palabras no interrumpieron la inspección minuciosa de Samuel que seguía sin decir una palabra, en tanto sus ojos se posaban en cada pequeño rincón.

–Oliver me dijo una vez que las escenas de crimen eran tridimensionales, que cada una enseña y dice cosas que solo estando allí puedes entender– dijo Samuel que miraba la palabra escrita con sangre en la pared.

–Cada escena tiene características, que cuentan el principio, el procedimiento y muchas veces la conclusión del crimen... todo depende de las habilidades del investigador para interpretar las pistas.

Se agachó para frotar con sus dedos una mancha que había en la alfombra y continuó:

–Cada escena demuestra el comportamiento del criminal ante su víctima y esas características son las que nos dejan saber cómo el asesino ataca, reacciona y mata...

Un sonido llegó desde la parte de atrás del apartamento. Samuel y Marcos se asomaron por la ventana y vieron que alguien huía desesperadamente. Marcos saltó por la ventana y corrió detrás del fugitivo, mientras que Samuel dio la vuelta por el otro lado del edificio.

Marcos logró atraparlo a varios metros de allí y lo empujó con violencia contra la verja; Samuel llegaba casi sin aliento. Era un joven negro, vestido con una gorra y una camiseta de Los Ángeles Lakers y un pantalón de jeans.

A pesar de que le preguntaran su nombre con insistencia, el muchacho los miraba sin decir nada; estaba aterrorizado. Marcos seguía presionándolo fuertemente contra la verja.

–¿Son policías?– preguntó al fin.

–No, somos abogados... ¿cómo te llamas?– intervino Samuel que hizo una señal a Marcos para que lo soltara.

–Me llamo T.J.

–¿Y por qué saliste corriendo cuando nos viste?– le preguntó Marcos.

–Pensé que eran policías...

–¿Qué buscabas en el apartamento?

–Pasaba por ahí y vi la puerta abierta; creí que alguno de los muchachos había vuelto...

–¿Cuáles muchachos?

–Charlie o Mike... Ellos trabajaban para Nathy... Y también tuve miedo de que esa cosa hubiera vuelto...

Marcos y Samuel entrecruzaron mirandas de incredulidad.

–¿De qué cosa estas hablando?–. Samuel sabía en realidad cuál era la respuesta.

El muchacho bajó la cabeza:

–El extraterrestre que mató a Nathaniel...

Samuel miró de nuevo a Marcos y luego al muchacho:

–¿Tú estabas ahí cuando todo pasó?

El muchacho afirmó levemente con la cabeza.

Se quedó pensativo por un instante: buscaba en su mente las palabras que le ayudaran a describir aquel momento. Con la mirada baja y la voz quebrantada comenzó a contarles:

–Todos estábamos en la sala: Mike y Charlie se estaban preparando para salir a vender la marihuana que les quedaba, Nathy fue a buscar su pistola que estaba en la habitación de atrás. De pronto oímos dos disparos y a Nathy que gritaba desesperadamente, corrimos a ver qué pasaba y fue cuando vimos cómo esa cosa estrangulaba a Nathaniel. Mike y Charlie le dispararon varias veces, pero las balas parecían no hacerle ningún daño. Entonces volteó a vernos y todos caímos al suelo aterrorizados...

El muchacho comenzó a sudar, las manos le temblaban y sus ojos empezaron a humedecerse.

–¡No me importa lo que nadie diga, eso que mató a Nathy era un ET! Sus ojos brillaban como fuego y su cara resplandecía como la luz del sol... eso no era un ser humano...

Samuel volvió a mirar a Marcos y lo invitó a seguir:

–El marciano comenzó a hablar cosas extrañas, mientras escribía algo en la pared con la sangre de Nathaniel y luego desapareció a través de la ventana; yo salí corriendo y llamé al 9-1-1.

–¿Por qué no le contaste eso a la policía?– le preguntó Samuel.

–¡Está loco! La policía nunca me hubiera creído, nos hubieran acusado a mí y a los muchachos de haberlo matado...

Se arregló la gorra de Los Ángeles Lakers y agregó:

–Yo no soy un delincuente, yo tan solo les ayudaba de vez en cuando a empaquetar la marihuana a cambio de que me dieran un par de cigarros gratis, eso es todo... yo sí he fumado marihuana, pero nunca la he vendido ni he matado a nadie–. Había bajado la cabeza, apesadumbrado.

Samuel se la levantó y lo miró a los ojos:

–¿Te atreverías a decir ante la corte lo que nos has dicho a nosotros?

–Mire amigo, usted está más que loco si cree que yo voy hablar con alguien más de esto; ya he visto muchas veces en la televisión lo que le pasa a la gente que habla en contra de los ET...

El joven los miró a ambos y apuntándoles con el dedo terminó diciendo:

–Ustedes lo han visto, los marcianos vienen y raptan a las personas y les lavan el cerebro. Yo no quiero participar en nada que tenga que ver con extraterrestres. Marcos le pegó suavemente en la cabeza y le tiró al piso la gorra:

–¿Cómo puedes creer en esas tonterías? Y además, ser fanático de los Lakers es mucho peor, si vives aquí...

El joven se agachó a recoger su gorra y la sacudió contra su pierna. Con un gesto orgulloso le contestó:

–Usted no sabe nada sobre baloncesto; Los Ángeles tiene el mejor jugador de la NBA que es Shaquille O'Neil...

Marcos lo empujó suavemente por el hombro:

–Solamente un equipo como los Lakers se atreve a pagarle tanto dinero a un jugador que no puede encestar los tiros libres...

E Butte Av.

31

PRISIÓN ESTATAL DE ARIZONA EN FLORENCE, 1305 E. BUTTE AVE. FLORENCE, ARIZONA

Samuel llegó a la prisión de Florence para ver a Thomas, acompañado del padre Estiven y el padre Damián.

Ambos curas quedaron fascinados ante las medidas de seguridad del edificio, pero cuando vieron a Thomas encadenado a la pared no pudieron evitar un golpe de dolor en sus corazones.

El padre Damián recordó de inmediato los viejos manuscritos que había leído tantas veces, cuando comenzó a traducir documentos para el Vaticano: ese era el método que usaban los romanos para inmovilizar a los prisioneros en sus cárceles; había creído que hacía tiempo ya que no se usaba.

Luces infrarrojas colgaban del techo de la celda; seis soldados fuertemente armados llevaban máscaras y lentes oscuros, que permitirían bloquear la intensidad de luz, colgados del cuello. Lo custodiaban sin quitarle los ojos de encima.

Mientras alzaba los brazos para ser revisado por uno de los soldados, el padre Damián vio que, desde el techo y alrededor de las paredes, las cámaras seguían cada movimiento que hacían.

Thomas estaba sentado sobre la cama, con sus ojos inmensamente tristes. Unas marcadas ojeras y sus párpados enrojecidos revelaban que había pasado la noche en vela.

Samuel lo abrazó y presentó a los sacerdotes pero él, cabizbajo, apenas los saludó.

El padre Damián se le acercó y le extendió la mano. Thomas miró incrédulo a Samuel: no comprendía cómo se había atrevido a acercársele sabiendo que apenas unas horas atrás había matado a alguien. Pero a un gesto de Samuel, acomodó las cadenas que lo sujetaban de las muñecas, y apretó con suavidad la mano que se le ofrecía. Los ojos del padre Damián brillaban con intensidad y su sonrisa era dulce, como si estuviera orgulloso de conocerlo.

Samuel le explicó que el padre Estiven y el padre Damián trabajarían con él en su caso y le preguntó si estaba bien. Pero Thomas parecía no prestar atención a sus palabras.

El padre Damián se sentó a su lado e inició un interrogatorio extraño, al que Thomas iba respondiendo llevado por la calidez de la voz del sacerdote.

–¿Eres católico, Thomas? ¿Desde cuándo vas a la iglesia?

Thomas guardó silencio por un instante mientras pensaba; en realidad no comprendía del todo, por eso miró a Samuel, con una expresión de confusión, pero respondió:

–Desde que era pequeño; fui monaguillo por varios años, hasta comenzar la secundaria...

–Su hermano mayor asiste al Arca de Dioses, en Los Ángeles– interrumpió Samuel.

El padre manifestó su interés en conocerlo luego, pero rápidamente su atención volvió a Thomas. Quería saber si había tenido sueños relacionados con sus creencias, si alguna vez se había soñado hablando con Dios...

–No que yo recuerde. ¿Por qué lo pregunta?

–Son solo ciertas cosas que necesito saber, hijo mío...

-¿Tienen en la casa algún altar?-. Ahora era el padre Estiven quien preguntaba.

-Mi abuela tiene una imagen de la Virgen de la Caridad en su habitación y hay un crucifijo en la sala...

Ambos sacerdotes se miraron como buscando alguna explicación.

Thomas se dirigió a Samuel:

-¿A quién maté esta vez?

La pregunta descarnada conmovió a los tres hombres que se sintieron de pronto pequeños y confusos.

-A un niño de diez años-. La voz de Samuel se quebró sin que pudiera evitarlo.

Las lágrimas brotaron de los ojos de Thomas, hasta convertirse en un llanto desesperado.

El padre Damián se arrodilló ante él, y le puso su mano firme y cálida sobre la nuca:

-No sufras tanto, hijo mío; haremos hasta lo indecible para detener esto que te está pasando...

32

Basílica Santa María,
231 N. Third Street,
Phoenix, Arizona

Llegó la madrugada y en la pequeña iglesia de Santa María el padre Damián se encontraba leyendo, cuando el padre Estiven entró a la oficina:

–¿Aún estás despierto?

Era evidente que ninguno de los dos estaba en condiciones de poder dormir.

El padre Damián se quitó los lentes y se apretó los ojos fuertemente, tratando de aliviar el cansancio. Buscaba respuestas a aquello que aún no tenía explicación.

El padre Estiven se acercó a una cafetera eléctrica y se dispuso a calentar agua; mientras alistaba las tazas le preguntó:

–¿Tú qué crees de todo lo que esta pasando con ese niño?

–No sé ni qué decir... hay tantas cosas que no concuerdan...

El padre Estiven echó agua caliente en las tazas y los sobres de té; le extendió una a Damián:

–¿Azúcar?

–Dos, por favor...

El padre Estiven tomó un sorbo de su taza de té:

–¿A qué cosas te refieres?

Estaban sentados frente a frente. El padre Damián se echó hacia atrás en su asiento y puso ambas manos detrás de su cabeza:

–Como hombres de fe, sabemos que hay solamente dos formas de poseer esa clase de poderes sobrenaturales, a través del bien o del mal. Yo sé que sus poderes provienen del bien, por lo que he visto en mis sueños. Lo que no puedo comprender es por qué fue el escogido para ser el mensajero de Dios...

El padre Damián tomó otro sorbo de té y dejó la taza sobre la mesa para cruzar los brazos:

–Tú lo oíste claramente: sus creencias religiosas son totalmente normales, no es una persona dedicada a la religión y eso es lo que no entiendo...

– Pero ¿qué es lo que quieres encontrar?

Damián enumeró:

–Abraham, David, Salomón, Noé, Isaías, todos los grandes hombres de la Biblia... Dios los escogió por su fe...

El padre Estiven lo apuntó con el dedo índice:

–No olvides que Pablo no era un hombre de fe y tampoco lo fue Moisés. No antes de que Dios los escogiera...

El padre Damián se puso de pie y caminó alrededor del escritorio:

–Ellos fueron diferentes: Moisés vio la zarza que ardía y escuchó la voz de Dios que le hablaba. Pablo fue transformado luego de que Jesús se le presentara, tanto él como San Francisco de Asís que soñó con el túnel negro lleno de cruces y armamentos. Ellos fueron escogidos por Dios para enseñarle al mundo que cuando el hombre encuentra la verdad y, arrepentido, cambia sus caminos se convierte en santo, tras la devoción y el sacrificio que demanda la fe cristiana.

El padre Estiven insistió:

– Pero, ¿qué es lo es que más te extraña de esto?

–Saber cómo llegó a suceder... Todas las cosas en el universo tienen su razón de ser, aunque nosotros no lleguemos a entenderlas.

El padre Estiven acabó con su té:

–Hay que entender que muchas de las razones de Dios son incomprensibles para el hombre.

–Y es porque nuestra limitada capacidad humana no nos deja entender. Yo estoy seguro de que existe una razón por la cual el niño es poseído de esa manera. Pero claro que, para poder ayudarlo, primero tenemos que saber cómo empezó todo...

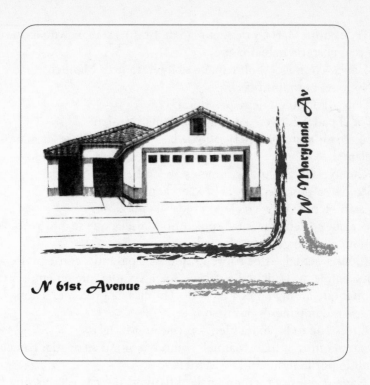

33

RESIDENCIA FAMILIA SANTIAGO,
6610 NORTH 61 AVE.
GLENDALE, ARIZONA

Juan Manuel abrió la puerta y recibió a Samuel con un abrazo.

–¿Dónde está Nana?– preguntó Samuel inmediatamente.

–En la cocina... ¿Pasó algo?– a Juan Manuel le inquietaba la inesperada visita.

Pero en realidad Samuel solo quería verlos y conversar con ellos antes del juicio. Ambos se sentaron en un sofá ovalado, con delicados colores claros.

El abogado lo puso al tanto de ciertas novedades: podrían contar con cuatro testigos de la escuela, dos profesores y dos alumnos, que atestiguarían a favor de Thomas. También le habló brevemente del cura de la iglesia de Santa María, y de su amigo de Brasil: estaban ayudando con el caso y les gustaría hablar con él.

-¿Hablar conmigo? ¿Sobre qué?- se interesó Juan Manuel.

-No lo sé, pero ¿podrías ir?

-Claro. ¿Por quién debo preguntar?

-Por el padre Estiven; su amigo se llama Damián.

En ese momento Mariela salió de la cocina, secándose las manos con el delantal.

-¿Cómo estás, mi hijo? ¿Cómo están Catherine y la niña?

Samuel se puso de pie y la besó en la mejilla:

-Están bien; la niña creciendo cada día más...

-Y ¿a qué se debe tu visita?- preguntó Mariela, que se quitó el delantal y se sentó al lado de Juan Manuel.

- Quería actualizarlos sobre lo que está pasando con el caso, antes de que empiece el juicio. Le decía a Juan Manuel que tenemos a varias personas que atestiguarán a favor de Thomas: la profesora Thompson y tres de sus compañeros de curso.

-¿Crees que todo saldrá bien?- preguntó Mariela.

Samuel miró a Juan Manuel, como buscando su ayuda: parecía sorprendido por la inquietud de Mariela.

- Nana, tienes que entender la dificultad del caso; la fiscalía tiene fuertes evidencias, al menos en el caso de la gasolinera.

Al fin, entrecruzó sus manos y apoyó los codos sobre las rodillas y prosiguió:

-La fiscalía me hizo una oferta...

-¿Qué clase de oferta?- Juan Manuel y Mariela se sobresaltaron.

-Si Thomas se declara culpable y pide clemencia a la corte, reducirían la pena a ciento cincuenta años... y con buen comportamiento podría salir bajo palabra a los noventa...

Mariela asustada miró a Juan Manuel, que bajó la cabeza, decepcionado.

-Les dije que no, que iríamos a juicio...

Juan Manuel alzó la cabeza; sus ojos estaban rojos y húmedos y su voz, triste:

-¿Cuál es la posibilidad de que salga libre, si vamos a juicio?

-No les voy a mentir; las posibilidades son muy pocas. Estamos haciendo todo lo posible, pero las evidencias en su contra son sumamente fuertes...

Samuel miró a Mariela a los ojos y le tomó las manos:

-Nana, yo te prometo que haré todo lo posible y más si es necesario, pero tenemos que estar preparados para lo peor...

E Turquoise Av

34

Casa Familia Escobar, 6889 East Turquoise Ave. Scottsdale, Arizona

Esa noche, Samuel estaba cenando con Catherine, cuando el teléfono sonó. Sonriéndole, ella se levantó para contestar, aunque tenía la certeza de que la llamada era para él.

Era el padre Damián:

–Volví a examinar el video de la gasolinera y el de la prisión... Hay algo que debes ver...

Samuel sintió un latido más intenso en su corazón; un torbellino de ansiedades le corría por el cuerpo. Por alguna razón que desconocía, algo dentro de sí le advertía que lo que estaba por escuchar superaba lo que podía imaginar.

–Creo que tengo una pista sobre lo que se apodera de Thomas.

Samuel se recostó en la pared, su corazón se aceleró aún más; podía notar cómo las piernas se le debilitaban. También le temblaba la voz:

–¿Está seguro, padre?

–Al menos creo que sé dónde empezar a buscar...

Como un torbellino, Samuel entró en su habitación, tomó una camisa de su clóset, se la puso y recogió las llaves de su vehículo:

–Amor, tengo que ir por un momento a ver al padre Damián...

Catherine se acercó para abrazarlo y mirándolo a los ojos le dijo:

–Cuando me casé contigo, sabía que, aunque tu corazón fuera mío, tu alma estaría siempre dedicada al cumplimiento de tu deber...

Lo besó en los labios y, con ambas manos sobre sus hombros, le susurró:

–No te preocupes, amor mío, haz lo que tengas que hacer; nosotras estaremos bien...

35

BASÍLICA DE SANTA MARÍA,
231 NORTH. THIRD STREET,
PHOENIX, ARIZONA

Samuel llegó lo más pronto que pudo a la iglesia de Santa María. Al bajar de su auto, no pudo evitar una sensación de extrañeza al notar lo desiertas que estaban las calles. No se escuchaba ni el más leve murmullo, como si toda la ciudad estuviera dormida.

Subió los escalones del frente de la iglesia y llamó a la puerta. El padre Damián le abrió: sostenía en su mano derecha un candelero con cuatro velas encendidas, que mantuvo en alto mientras caminaban a través de la iglesia en sombras.

–¿Por qué no enciende la luz?– preguntó Samuel, un poco agobiado por la oscuridad.

–Es una de las cosas que más me gustan de las iglesias, –respondió el sacerdote con un leve orgullo en su voz–. Me fascina ver cómo las imágenes y las estatuas toman otro aspecto bajo el continuo pestañear de las luces de las velas, como si adquirieran un halo de misterio...

En verdad, la iglesia se veía diferente en la oscuridad de la noche. El ángel del vitral, en una de las ventanas, parecía cobrar vida con la luz que entraba desde la calle. Samuel volvió a sentir una indefinible incomodidad y trató de ignorar las imágenes fantasmales, mirando hacia otro lado.

Cuando entraron a la pequeña oficina, en la parte de atrás de la parroquia, el padre Damián encendió la luz y apagó las velas del candelero que dejó sobre el escritorio. Ofreció a Samuel una taza de té.

–¿Dónde está el padre Estiven?

–Él ya se fue a la cama; tuvimos mucho que hacer todo el día y estaba exhausto...

En tanto encendía el aparato, explicó que ya había traducido lo que hablaba en el video. Y le tendió a Samuel un papel que estaba sobre la mesa:

–Esta es la traducción...

Samuel leyó con total concentración cada línea, pero al finalizar sus ojos reflejaban cierta decepción:

–Es la misma traducción que tenemos...

El padre Damián puso en marcha el video y repitió en arameo las palabras que allí se escuchaban:

–*Dios te reprenda alma del mal, generación perversa, hijo de Satanás...*

El padre Damián puso en pausa el video y se quitó los lentes:

–Esa es la razón por la cual él escribe la palabra "demonio" luego de matar a cada víctima...

–¿De qué habla, padre?

–La razón es que él considera a esas personas, sus víctimas, como demonios...

Samuel se sentó frente al sacerdote, se pasó la mano por la cara tratando de ahuyentar el cansancio y esa sensación de no comprender del todo, y dejó que siguiera.

El padre Damián tomó una Biblia y la abrió en el libro de San Judas, se la pasó para que leyera un versículo que estaba subrayado: "*Capítulo dos, versículo nueve. Pero cuando el Arcángel Miguel contendía con el diablo, disputando con él por el cuerpo de Moisés, sin usar palabras profanas solamente le dijo: que Dios te reprenda"*.

Samuel bajó la Biblia y lo miró con una expresión de mayor confusión. No entendía que relación existía entre el texto y Thomas...

–Esas son las palabras con las que Thomas empieza hablando en el video...

El sacerdote se puso de pie y caminó alrededor del escritorio:

–Si es cierta la visión de mi sueño, señor Escobar, sabemos que sus poderes proceden del bien; lo que no sabemos es qué es lo que se apodera de él.

El padre tomó la Biblia de las manos de Samuel y comenzó a hojearla, buscando algo más:

–Quizás lo que voy a decir, señor Escobar, no le parecerá real porque no es un hombre de fe; pero la única explicación que he podido encontrar para el comportamiento de Thomas es esta.

Le pasó de nuevo la Biblia, esta vez abierta en el libro de Hechos, donde también había subrayado el capítulo doce, versículo siete. *"Y he aquí que se presentó un ángel del señor, y una luz resplandeció en la cárcel; y tocando a Pedro en el costado le despertó, diciendo: levántate pronto. Y las cadenas se le cayeron de las manos"*.

Los ojos de Samuel revelaban asombro e incredulidad; boquiabierto, con el Libro en sus manos, descubrió la sonrisa enigmática del sacerdote.

–¿Usted está insinuando que...?

El sacerdote se le acercó y lo interrumpió:

–¡Es lo mismo que sucedió en la cárcel cuando Thomas se escapó! ¿Verdad?

–Sí –titubeó Samuel–, pero eso no quiere decir nada...

El padre Damián tomó de nuevo la Biblia y la abrió en el libro de Hechos, en el capítulo cinco, versículo diecinueve, y la puso en las manos de Samuel:

–No importa que trate de negarlo, señor Escobar, son los mismos rasgos de poder que ese niño muestra.

Samuel leyó: *"Mas un ángel del Señor abriendo de noche las puertas de la cárcel y sacándolo dijo..."*

En silencio, cerró la Biblia. Su mente de abogado se negaba a aceptarlo, pero debía reconocer que el padre Damián acumulaba puntos a su favor.

–Pero, en la historia, Pablo es liberado por un ángel...–se atrevió a agregar.

El sacerdote asintió, caminando hacia la ventana.

-Entre todos los hombres de Dios que vivieron antes de Cristo, los únicos que demostraron tener grandes poderes sobrenaturales fueron Moisés y Elías...

-¿Elías?

-No sé cuánto conocerá las escrituras, señor Escobar, pero de acuerdo con la Biblia, Elías resucitó a un niño, hijo de una viuda, en Jerusalén-. Se recostó en la pared y luego de una corta pausa, se rascó la barbilla y prosiguió:

-Hay dos cosas que aún no comprendo. La primera es cómo pudo haber llegado ese poder a él, sin ser un devoto ni un místico. Y la segunda, por qué él creía que esas personas eran malas como para escribir la palabra demonio junto a ellas.

Samuel recordó de pronto la reunión con sus asistentes y con Oliver:

-¡Santo Dios! Los expedientes...

Samuel perecía asustado, el sudor cubría su frente, los ojos le brillaban. El padre Damián notó que las manos le temblaban.

-¿Hay algo que todavía no sé? ¿De qué expedientes habla? ¿Qué es lo que sucede, señor Escobar?

-Hace dos semanas, tratamos de encontrar lo que tenían en común todas las víctimas. Buscábamos alguna pista, algo que nos proporcionara un motivo para los crímenes, ya que la fiscalía parecía no encontrar ninguno. Así descubrimos que la mayoría de ellas tenía antecedentes penales o había sido acusada de algún delito grave...

- Pero, ¿y el niño de diez años?- preguntó el sacerdote con voz angustiada.

-Tenía más de siete casos de agresión contra otros niños de su escuela. Había sido expulsado por haber golpeado con un bate de béisbol a una niña de seis años...

- Eso confirma mi teoría. Resulta entonces que yo tengo razón...

Ambos guardaron silencio. Todo lo que había pasado, esfumó la más pequeña duda de lo que ambos tanto temían.

-¿Podría ver alguno de esos expedientes?- preguntó el padre Damián con voz débil.

Samuel asintió mirándolo directamente a los ojos.

E Butte Av.

36

Prisión Estatal de Arizona en Florence, 1305 E. Butte Ave. Florence, Arizona

Samuel llegó bien temprano en la mañana para ver a Thomas.

Fue amarga su sorpresa al descubrir que la guardia tenía órdenes muy concretas: nadie podía tener contacto físico con el prisionero.

De nada valieron sus alegatos de que él era su abogado, ni su furia. Uno de los soldados le pasó el documento: era una orden firmada por el juez Fieldmore...

Samuel, con profunda indignación, debió admitir que no tenía argumentos. Tendría que hablar con Thomas a través del denso cristal de seguridad.

–No te preocupes... hablaré con el juez y arreglaré esto...

Thomas asintió, pero su rostro reflejaba una indiferencia triste y sin esperanza.

Samuel sonrió, tratando de alentarlo:

–Mañana empezaremos el juicio y vine a hablar contigo sobre varias cosas que debes saber, antes de que todo empiece. La fiscalía llevará testigos que hablarán horrores sobre ti; habrá muchas mentiras, pero no puedes permitir que eso te afecte...

Thomas bajó la cabeza y comenzó a llorar.

–Vamos, Thomas, tienes que controlarte. No podemos dejar que tus emociones influyan en el jurado, que estará muy pendiente de tu lenguaje corporal... Son muy observadores y estarán atentos a cada detalle.

–¿Qué demonios tengo que hacer?– Thomas se enjugaba las lágrimas con las manos.

– Ves... eso es algo que no debes hacer. Tienes que controlarte; no importa lo que digan de ti, no debes enojarte. Tratarán de hacer que pierdas la calma y que hagas algo estúpido... ¿Qué? No lo sé... Solo trata de permanecer sentado y lucir inocente...

Thomas se puso de pie con un solo impulso y comenzó a gritar:

–¡Inocente! ¿De qué demonios hablas?

Como en un acto reflejo, los guardias empuñaron sus metralletas y se pusieron las máscaras que les colgaban del cuello, aullando aterrorizados:

–¡Siéntese, siéntese!

Uno de ellos activó la alarma y la sirena conmovió todo el edificio.

Samuel reaccionó al instante:

–¡Todo está bien, todo está bien, no disparen!

Thomas se agitaba en la celda, y el abogado trataba de calmarlo, para que los soldados dejaran de apuntarle. La tensión se podía sentir en el aire.

–¡Yo no soy inocente! ¿Acaso se te olvida que maté a un niño de diez años? ¿De qué maldita inocencia estás hablando?

Thomas agarró la silla que había dentro de la celda y la lanzó contra la pared. Los guardias de seguridad llegaron en respuesta a la alarma y se apostaron frente a la celda. Samuel golpeaba fuertemente el cristal tratando de obtener la atención de Thomas:

–¡Óyeme, maldición! Tú eres inocente y yo lo sé, tengo pruebas... ¡Por favor, créeme!

Thomas lo miró: sus ojos estaban llenos de rabia y dolor y vio cómo los soldados y los guardias de seguridad le apuntaban.

La voz y la firmeza en los ojos de Samuel hicieron que Thomas comenzara a calmarse; su respiración se fue normalizando y cuando lentamente se sentó en el piso, los guardias fueron bajando sus armas, de uno en uno.

Samuel se derrumbó en la silla y se aflojó la corbata:

–¡Gracias a Dios!– murmuró para sí, agotado.

37

M.J.A ABOGADOS,
TORRE BANK OF AMERICA,
201 E. WASHINGTON STREET,
PHOENIX, ARIZONA

A la mañana siguiente, Samuel se preparaba en su oficina para salir hacia la corte. Su secretaria anunció la llegada de Oliver.

–Dile que pase, por favor.

Oliver llegó a la oficina con una gran sonrisa y varios libros en las manos. Pero rápidamente notó el nerviosismo en la cara de Samuel y se detuvo.

Samuel lo miró sin saber qué decir; su expresión no dejaba lugar a dudas: estaba preocupado. Oliver se acercó y le palmeó el hombro, tratando de animarlo:

–Todo saldrá bien...

Samuel lo miró a los ojos

–Tú tenías razón cuando nos dijiste que aquí había más de lo que podíamos imaginar... Según el padre Damián, lo que está sucediendo con Thomas es totalmente extraordinario... Pero no tenemos nada que nos ayude a probarlo...

–¿Y qué piensa él que está pasando?

–En pocas palabras, él afirma que tienes razón, que Thomas está poseído, y que una especie de ángel le da esos poderes. Por esa razón ha matado a todas esas personas. De alguna manera, Thomas, o el ángel, sabía que habían cometido esos delitos y por eso escribe la palabra "demonio" junto a ellas. Y agregó:

–Tú conoces la ley mejor que yo y sabes que eso no es algo que se pueda probar en la corte...

Se recostó sobre el escritorio:

–Es lo que siempre he odiado de este negocio; muchas personas como Thomas son inocentes, pero de acuerdo con la ley, si no puedes probarlo, perderás en el juicio...

Oliver reflexionó con las manos detrás de su nuca:

–En todos mis años de estudio y práctica de la justicia, he aprendido que a veces los casos son los que nos escogen a nosotros y no al revés. Por razones que no podemos entender, nos vemos envueltos en casos que, al final de la jornada, descubrimos que Dios nos asignó, para enseñar o dar un ejemplo a la humanidad... y quizás este sea uno de ellos...

Se puso de pie y miró con orgullo a su antiguo alumno; se acarició la barba y recordó al joven que quince años antes había entrado por primera vez a su salón de clases con deseos de salvar el mundo... Y agregó:

–Hay algo que ya debes saber, cuando se trata de derecho penal. El jurado nunca se inclina por un acusado, sea culpable o inocente; más bien da su veredicto por el mejor abogado, por eso siempre sostengo que los abogados deben ser muy buenos contando historias...

Oliver se le acercó y lo abrazó:

–Hay muchas historias en el mundo que esperan ser contadas y quizás esta sea tu mejor oportunidad...

Respiró profundamente:

–Ve y cuéntales la mejor historia que hayan escuchado jamás...

E Butte Av.

38

PRISIÓN ESTATAL DE ARIZONA EN FLORENCE, 1305 E. BUTTE AVE. FLORENCE, ARIZONA

Thomas fue llevado a una camioneta blindada que lo trasladaría a la corte. Varios de los prisioneros, que trabajaban en la limpieza del edificio, miraban con asombro el operativo de seguridad con que era transportado. Las manos amarradas a su cintura, grilletes en los pies y cuatro guardias de marina fuertemente armados.

El muchacho caminaba con dificultad entre las murmuraciones:

–¿No es increíble?

–Dicen que es el asesino más peligroso que haya existido...

–¿Será peor que Ted Bundy o Jack el destripador?

–Eso es lo que dicen...

–Nadie tiene acceso a la unidad T.B. donde lo encerraron, solamente los guardias...

Se quedaron viendo cómo lo introducían en la camioneta:

–Quién lo diría, parece un niño tan inofensivo...

La camioneta se perdía a lo lejos, sobre el resplandor de la carretera y levantaba una densa nueve de polvo marrón.

Uno de los prisioneros meneó la cabeza y suspiró:

–Nunca midas la capacidad de maldad o bondad de un hombre por el tamaño de su cuerpo, oí decir una vez...

39

Corte Superior del Condado de Maricopa, 201 W. Jefferson, Phoenix, Arizona

La calle Jefferson, frente al palacio de justicia, estaba repleta de personas ansiosas; el acceso de vehículos se había restringido desde la tercera calle hasta la cuarta avenida y el área estaba resguardada por carros de la policía. Los camiones trasmisores de las estaciones de noticias, con enormes antenas parabólicas, ocupaban ambos lados de la calle.

La inmensa multitud esperaba el comienzo del juicio que, según los expertos, sería el más grande en la historia del estado. Los reporteros ensayaban sus renglones y se alistaban para transmitir en vivo.

Un grupo de policías se desplazó para proteger a Samuel, que llegaba acompañado de Oliver y de dos de sus asistentes. Los periodistas corrieron a su encuentro, mientras el gentío comenzaba a gritar enfurecido.

–Señor Escobar, ¿es cierto que la fiscalía le ha ofrecido un arreglo?

La periodista introducía el micrófono entre los cuerpos que se amontonaban.

Samuel siguió su camino:

–No tengo nada que decir.

Se abrieron paso hasta la sala de la corte, asombrados por la considerable cantidad de gente que los rodeaba.

Al llegar al final del pasillo, Morgan se acercó y les estrechó la mano. En voz muy baja se dirigió a Samuel:

–Doscientos años y, bajo palabra, podría salir a los setenta...

–Ni lo sueñes– fue la respuesta.

Ambos dieron la vuelta y tomaron asiento.

La puerta lateral se abrió y, detrás de dos policías, entró Thomas. Vestía un elegante traje negro y una delicada corbata roja. Dos policías más lo seguían.

Su abuela le sonrió, emocionada al ver lo bien que se veía, a pesar de que caminaba dificultosamente, debido a los grilletes que amarraban sus tobillos. Se sentó junto a Samuel, mientras dos de los policías se colocaron a su lado y los otros dos, detrás.

–Te ves muy elegante, Thomas– le dijo Samuel en voz baja.

–¿De dónde sacaron este traje?–, sonrió Thomas, acercándose.

– Como tú eres mi mejor cliente, quiero que te vistas como tal...

Un policía que estaba a un lado del estrado, anunció la llegada del juez.

Todos los presentes se pusieron de pie y, en medio de un denso silencio, él tomó asiento:

–Buenos días– saludó, colocando sobre el estrado los folletos que llevaba. Tomando un papel de entre uno de ellos, lo entregó al policía. Este se puso al frente de la sala y leyó en voz alta:

–Caso M–1902–01. El estado de Arizona contra Thomas E. Santiago.

El juicio comenzaba y el juez dio la palabra al fiscal.

Morgan se puso de pie y abotonó la chaqueta de su traje azul marino, con delicadas líneas color oro; una camisa blanca y una corbata roja completaban la impecable figura del fiscal. Caminó hacia el jurado, miró a Thomas y recostando su codo sobre el borde de madera del estrado, comenzó a darse pequeñas palmadas sobre su pierna derecha. Los doce miembros del jurado, compuesto por siete hombres y cinco mujeres, de los cuales tres eran de origen latinoamericano, esperaban con suspenso el comienzo de su discurso.

–Damas y caballeros del jurado, les voy a pedir que por favor me perdonen, pero estoy molesto; sí, sumamente molesto, porque estoy seguro de que muchos de ustedes, al igual que yo, consideran que desde aquel domingo 27 de febrero de 1859, cuando el general Daniel Sickles y su abogado sorprendieron a nuestra nación con la alegación de locura temporal, luego de que Sickles asesinara a Phillip Barton Key a punta de pistola, este tipo de alegación ha sido llevada hasta el extremo. Se ha abusado de ella ante los ojos de la ley, por parte de muchos criminales que, luego de cometer atrocidades, tienen el descaro de ir a juicio alegando que no sabían lo que hacían a la hora de cometer dichos asesinatos.

El general Sickles había peleado por varios años en la guerra civil y se había convertido en embajador de los Estados Unidos en España. Alguacil del condado de New York, fue reelecto al congreso, en 1893, y luego condecorado con la medalla de honor. Es recordado sobre todo por ser la primera persona en la historia de los Estados Unidos que utilizara como defensa la locura temporal. Daniel Sickles fue acusado de asesinato en primer grado el domingo 27 de febrero de 1859, tras asesinar, a tan solo dos cuadras de la Casa Blanca, a un hombre que trataba de introducirse en su residencia por la ventana del segundo piso, y de quien Sickles sospechaba que sostenía una relación amorosa con su esposa desde hacía tiempo. Sin ninguna provocación, Sickles le disparó varias veces y lo hirió en la pierna, luego de alcanzarlo a varias cuadras, en frente de varios espectadores. Mientras la víctima estaba caída en el suelo e indefensa, rogando por su vida, Sickles le disparó en tanto le gritaba "¡Tienes que morir!". La víctima fue Phillip Barton Key, hijo de Francis Scout Key, autor del himno nacional de los Estados Unidos. Luego de un sensacional y escandaloso juicio, Sickles fue absuelto de los cargos y encontrado inocente, bajo la razón de locura temporal por causas pasionales.

Morgan caminó hacia donde estaba Thomas y apuntándole con el dedo continuó diciendo:

–Thomas Santiago ha sido acusado de matar a diecinueve personas en los últimos dos años y cinco meses, entre los cuales figuran niños. ¿Y qué es lo primero que hace? Alegar que es inocente por razones de locura...

Volvió hacia donde estaba el jurado y con sus ojos llenos de rabia expresó:

–¡Es hora de que se le ponga un alto a todo esto!

Se dio la vuelta y respiró profundamente tratando de calmarse. Se adelantó dos pasos y, con un tono de voz sereno, abrió los brazos y bajando el rostro continuó:

–El abogado Escobar tratará de convencerlos de que no es cierto, que Thomas es inocente de todo los cargos, pues no sabía lo que hacía; que de acuerdo con el testimonio de Thomas él no recuerda haber cometido esos asesinatos.

Morgan giró de nuevo hacia el jurado y señalando a Thomas exclamó:

–¡Por favor, no dejen que este sea otro caso como el de los Twinkies en San Francisco! ¡No dejen que asesinos como este justifiquen sus atrocidades alegando que mentalmente son incapaces de saber lo que hacen; no dejen que se burlen de la ley de esta manera!

El caso de los Twinkies tuvo lugar en San Francisco, California, en 1979, y ha sido uno de los casos más criticados en el sistema penal norteamericano. El oficial de policía Dan White fue acusado del asesinato en primer grado del Mayor George Moscone y del ayudante administrador Harvey Milk.

Que el oficial White hubiera asesinado a sus víctimas nunca fue motivo de discusión, ya que les disparó a plena luz del día, en medio del ayuntamiento de la ciudad. Lo que produjo controversia fue la cantidad de psicólogos que atestiguaron que White no era responsable de los asesinatos, a pesar de las fuertes alegaciones de la fiscalía de que él llevaba consigo un cartucho extra para su pistola y que además la recargó entre un asesinato y otro. Los psicólogos alegaron que sufría de una situación mental que fue provocada por numerosos eventos en su vida y que lo estresaron hasta el extremo de que lo obligaron a comer Twinkies, algo que nunca había hecho. Su abogado explicó que la profunda depresión y la gran cantidad de azúcar de dichos dulces produjeron en él un efecto tan impulsivo que le segó la razón temporalmente. Dan White no fue absuelto de los cargos, pero las alegaciones de la defensa y el testimonio de los psicólogos convencieron al jurado de que lo condenaran a una pena menor.

Stanley caminó de nuevo hacia Thomas y en voz alta y enfurecida, mirándolo, dijo:

–¡Él no solamente mató a esas diecinueve personas, sino que convirtió todo en un juego, dejando como firma un mensaje escrito con la sangre de cada una de sus víctimas!

Morgan encogió sus hombros y, abriendo sus manos, preguntó:

–¿Son esos los hechos de una persona que no sabe lo que hace? Claro que no...

Los ojos de Thomas se ensombrecieron de miedo al ver la rabia con que el fiscal lo miraba y cómo, con aquella voz imperativa, lo acusaba de todo aquello. Samuel le tocó la rodilla derecha por debajo de la mesa, recordándole que se calmara y que no perdiera la compostura.

Morgan se dirigió de nuevo hacia el jurado e introdujo la mano derecha en el bolsillo de su pantalón.

–Pero eso no es todo. Luego de ser detenido el 21 de mayo, esa misma noche se escapó de la estación de policía de Glendale y mató a alguien más. Una semana después, huyó del Hospital Psiquiátrico de Maricopa, donde estaba bajo la vigilancia de dos marinos, a los cuales dejó trastornados mentalmente. Todavía uno de ellos está en estado de shock. Y para terminar su hazaña, mató a un niño de diez años esa misma noche...

El fiscal hizo una pausa por dos segundos. Se notaba claramente que trataba de controlar su enojo; volvió a ver al jurado y dijo:

–Damas y caballeros del jurado, Thomas Santiago no es menos culpable que Ted Bundy, David Berkowitz o Richard Ramírez. Yo creo que es hora de que la justicia se haga sentir y que, de una vez y por todas, se le deje saber al mundo que la locura no es una razón para esconderse de la ley. Alguien dijo una vez "La justicia sin clemencia es crueldad". Pero creo que ha llegado la hora de decidir dónde comienza la justicia y termina la piedad. Muchas gracias.

Samuel miró a Oliver que, a su vez, lo miró a los ojos y afirmó con la cabeza, dándole un voto de confianza. Samuel tomó un vaso que estaba en su mesa y llenándolo con agua caminó hacia el jurado y lo puso en el borde de madera del estrado. Introdujo su mano izquierda en el bolsillo del pantalón y, mirando al jurado, señaló el vaso y dijo:

–Damas y caballeros del jurado, me gustaría decirles que este caso es tan claro como este vaso con agua...

Samuel hizo silencio por un segundo e introdujo su otra mano en el bolsillo; caminó hacia el centro de la sala y continuó:

–Pero todos sabemos que no será así, puesto que por más claras que las cosas puedan parecer, yo les aseguro que aquí hay más de lo que podemos ver y que nunca llegaríamos a imaginarnos.

Caminó hacia donde estaba Thomas y luego de mirarlo levemente, volvió a ver al jurado:

–Thomas Santiago, como señaló el fiscal Stanley, ha sido acusado de los asesinatos de diecinueve personas en el estado de Arizona. ¿Cuántos de ellos serán verdad? No lo sabemos, puesto que la lógica y la física nos demostrarán que es imposible que Thomas haya podido viajar de un lado a otro del estado, en medio de la noche, y amanecer en su cama al día siguiente.

Hizo una breve pausa y miró hacia el fondo del salón. Todos guardaban silencio. Un artista pintaba a lápiz, desde la tercera fila, una imagen del salón; Samuel lo veía bajar y subir el rostro mientras coloreaba el papel.

–Lo que nunca será cierto –continuó–, es que la defensa haya tomado la alegación de locura como una excusa para justificar los hechos.

Se acercó de nuevo al jurado y, mirando a cada uno sus miembros, prosiguió:

–Una de las columnas del sistema criminal de justicia en América es el concepto del estado mental, donde se alega que "Para que una persona pueda ser encontrada culpable ante la corte, nuestro sistema demanda que debe tener intenciones criminales o conocimiento del mal que está haciendo; pero si esa persona tiene problemas mentales, o es incapaz de diferenciar entre lo bueno y lo malo, entonces no es culpable ante nuestra sociedad".

Samuel se dio vuelta y caminó hacia el medio del salón. Apuntó con su dedo índice hacia el techo y mirando a la audiencia dijo con voz firme:

–Permítanme repetir eso: "si dicha persona es incapaz de diferenciar entre lo bueno y lo malo, entonces no es culpable ante nuestra sociedad". Señaló a Thomas y en voz alta continuó:

–¡Mi cliente no sabía lo que estaba haciendo y hay evidencias que serán presentadas a esta corte que lo demostrarán!

Respiró profundamente y, calmándose, miró hacia el público y observó cómo los ojos de todos seguían cada uno de sus pasos. Varios reporteros escribían cada palabra que decía mientras que él, caminando de un lado a otro de la sala, podía sentir la tensión que reinaba en el lugar.

–Claro está que el fiscal Stanley tratará de todas maneras de probar lo contrario; tratará de todas maneras de que Thomas pase el resto de su vida tras las rejas. Todos comprendemos muy bien que su trabajo es defender a las familias de las víctimas y procurar que se haga justicia protegiendo los intereses del estado, pero lo que nadie se pregunta es ¿cuál es la verdad de lo que está pasando? ¿Qué es lo que en realidad está sucediendo con Thomas Santiago?

Samuel miró hacia la puerta y vio que en ese momento llegaba el padre Damián. Juntó sus manos e hizo una pausa por un segundo, mientras se lo veía tragar bruscamente. Llevó su mano izquierda a su barbilla y prosiguió:

–Hace poco tiempo alguien me enseñó que "Muchas veces en la vida hay que dejar espacio para concebir aquello que nunca pensamos que fuera posible, por más extraño que nos pareciera ante los ojos de la razón". La verdad de lo que ha sucedido es lo que debemos buscar, pues creo que lo más injusto que podemos hacer es esconderle a la gente lo que en realidad está pasando. Muchas gracias.

Lentamente, Samuel volvió a su asiento bajo el pesado silencio que habían dejado sus palabras.

–Señor Stanley, ¿está listo para llamar a su primer testigo?– preguntó el juez, acercándose de nuevo al micrófono.

Stanley se puso de pie y con ambas manos sobre la mesa respondió en voz alta:

–Su señoría, el estado llama al doctor Nicholas Brushevski.

La vista de todos los presentes se volvió hacia la puerta. Un hombre de unos cincuenta años de edad, como de un metro setenta, vestido con una chaqueta gris y pantalón negro, entró en la sala. Sus ojos azules y claros, un liviano pelo gris junto con su apellido y sus facciones, decían claramente que era de origen alemán. El oficial que estaba junto al juez se acercó al testigo con una Biblia y, sosteniéndola frente a él, le pidió que pusiera su mano derecha sobre ella y le preguntó:

–¿Jura decir la verdad y nada más que la verdad, en el nombre de Dios?

–Lo juro.

El doctor tomó asiento, cruzando sus piernas; Stanley, que traía un papel en la mano, se acercó y lo saludó.

–¿Podría decir su nombre completo y ocupación, por favor?

–Nicholas Brushevski, psiquiatra, jefe del Departamento Psiquiátrico en el hospital de Maricopa County.

–¿Cuánto tiempo lleva trabajando allí, doctor?

–Nueve años; trabajé en el Instituto de Psiquiatría y Neurología de la universidad de Los Ángeles por doce años.

El fiscal se acercó a él y, pasándole el papel que llevaba, preguntó:

–¿Doctor, podría usted leer las líneas subrayadas, por favor?

El doctor tomó la página y sacó un par de lentes del bolsillo de su chaqueta. Se los puso y leyó:

–"Quien comete un gran crimen está loco, y mientras más grande sea el crimen mayor es su locura. Por tal razón, dicho individuo no es responsable, y nada es su culpa", Peggy Norman, periodista USA.

Morgan puso el codo sobre el borde del estrado y mirando al testigo volvió a preguntar:

–¿Doctor, usted está familiarizado con esta frase?

El psiquiatra se quitó sus lentes, los guardó nuevamente en su chaqueta y respondió:

–Sí, es una frase muy famosa en psicología…

Stanley caminó hacia el jurado pero se volvió otra vez hacia él y le preguntó:

–¿Usted cree que eso es verdad?

–No, de ninguna manera. La mayoría de los grandes criminales del mundo, como Ted Bundy o Al Capone por ejemplo, fueron personas que cometieron atrocidades en nuestra sociedad, ambos de diferentes maneras. Pero nadie consideró a Al Capone como a un demente, sino como a un criminal. La gente tiende a pensar que una persona como Ted Bundy, que ha sido acusada de ser un asesino en serie, es automáticamente una persona demente y no es así. Psicológicamente se ha probado que muchos de ellos no son más que criminales, la única diferencia entre ellos y alguien como Al Capone, por ejemplo, es que Capone lo hacía por negocio y Ted Bundy, como él mismo admitió, lo hacía por el simple placer de matar. Pero ambos reconocían las consecuencias de sus actos; y legal y psicológicamente cuando usted entiende la consecuencia de sus actos, usted no está demente…

Stanley se dirigió hacia el otro lado de la sala y señaló a Thomas con su dedo índice y agregó:

–Doctor, usted examinó a Thomas Santiago, ¿cierto?

–Sí.

–¿Y cuál es su opinión?

El doctor miró a Thomas y respondió:

–Me parece que es un muchacho muy inteligente; conversamos alrededor de dos a tres horas diarias, las tres veces en que nos reunimos.

Thomas sonrió levemente y bajó la cabeza al oír las palabras halagadoras del doctor.

Stanley se acercó al testigo y poniendo su mano izquierda sobre el borde del estrado, volvió a preguntar:

–¿Usted cree que Thomas Santiago es incapaz de diferenciar entre el bien y el mal?

El fiscal se dirigió al jurado y con voz firme agregó:

–¿Cree usted, doctor, que Thomas Santiago sufre de alguna enfermedad mental?

El doctor acomodó sus piernas y juntó sus manos sobre ellas:

–No, médicamente parece ser una persona en completo uso de su razón...

Stanley lo interrumpió:

–La defensa alega que Thomas Santiago es inocente de todos los cargos de los que se le acusa, porque supuestamente sufre de una enfermedad mental que lo hace incompetente para definir entre lo bueno y lo malo...

El doctor volvió a mirar a Thomas y luego de una pausa breve respondió:

–Psicológicamente yo encuentro que está en perfecto estado...

Morgan retiró su mano del estrado y se volvió hacia la audiencia:

–¿Es decir que usted lo encuentra totalmente sano?

El médico asintió.

–Gracias, doctor. No más preguntas, su señoría.

Stanley tomó asiento mientras Samuel, desde su silla, miraba fijamente al doctor. Con su mano izquierda frotaba el bolígrafo azul que le había regalado su padre...

–Doctor Brushevski: ¿cuántas veces dice usted que se reunió con mi cliente? –preguntó, en tanto se ponía de pie y se acercaba.

–Tres veces.

–¿Y de acuerdo con su experiencia médica usted alega que no hay nada malo con Thomas?

El doctor asintió firmemente.

Samuel continuó:

–¿Doctor, usted ha visto el video de seguridad de la prisión de Florence, donde se ve cómo Thomas se escapa de su celda, o el de la gasolinera de Glendale en el cual se basan las acusaciones del estado? ¿Qué piensa de ellos?

-Sí los he visto y me parecen impresionantes...

Samuel levantó sus cejas con asombro y exclamó:

-¿Impresionantes?

Dio la vuelta y se dirigió hacia su mesa:

-Su señoría, me gustaría enseñar este video a la corte; está sometido al tribunal como evidencia tipo V-332- dijo Samuel, mientras le hacía una señal a Marcos, quien hizo rodar un televisor que estaba en la esquina de la sala y lo colocó junto al testigo.

Samuel encendió el televisor y el video comenzó a rodar. Todos en la sala se llenaron de asombro al ver cómo aquella luz traspasaba la puerta de vidrio sin romperla.

Thomas veía el video por primera vez y quedó atónito; sus ojos se llenaron de lágrimas.

El juez se puso tenso al ver cómo el rostro de aquella figura resplandecía y cómo el sonido de esa extraña voz parecía estremecer las paredes de la corte.

Los ojos de Thomas permanecían clavados en la pantalla y en aquella extraña figura. Su abuela recostó la cabeza sobre el hombro de Juan Manuel, para no ver otra vez aquel aterrador episodio. Los gritos de los presentes se hacían cada vez más fuertes; varios de ellos volteaban la cara, pues no soportaban ver semejante escena.

Cuando el video finalizó, Samuel se acercó lentamente al televisor para apagarlo.

Los miembros del jurado habían quedado boquiabiertos; tres de las seis mujeres estaban aterrorizadas; dos de los nueve hombres sacaron sus pañuelos para secarse el sudor que les había provocado la impresión de lo que habían visto.

Todos los presentes se miraban entre sí, mientras murmuraban en voz alta.

-¡Silencio!- gritó el juez, golpeando con el martillo de madera sobre la mesa.

-Doctor Brushevski, ¿le parece a usted este el comportamiento de una persona normal? Porque si afirma que esto es normal, usted debe ser la única persona que piensa así en toda la corte...- señaló Samuel, apuntando al televisor.

El rostro del doctor había cambiado drásticamente: estaba serio y parecía enojado.

–No, no es normal...

–¿Entonces por qué alega que no hay nada malo en el estado mental de Thomas?

El doctor respiró profundamente y trató de calmarse:

–En todos los exámenes que le hicimos no encontramos nada que nos diera indicios de que hubiera algo malo en él...

Samuel se acercó de nuevo al televisor y devolvió el video. Puso la pausa justo en el momento en el que aquella luz atravesaba la puerta de vidrio y, mirando al testigo, le preguntó con furia:

–¿Es normal que una persona atraviese una puerta de vidrio sin romperla como se ve en este video? Porque eso es lo que vemos que pasa, ¿sí o no, doctor?

El doctor se quedó en silencio, mientras respiraba agitado.

Samuel volvió su vista hacia el jurado y dijo:

–¿Sabe qué? Volveremos con ese tema en un segundo...

Se dirigió hacia su mesa y Oliver le pasó un papel. Se lo entregó al doctor:

–Doctor Brushevski, ¿podría leer, por favor, lo que está subrayado?

El testigo se arregló la corbata y, poniéndose de nuevo los lentes, leyó:

–"En los últimos años, los psiquiatras han tenido mucha influencia en los veredictos que se toman en nuestras cortes y no es factible que se les pida que hagan un diagnóstico exacto de una persona que solamente han visto dos o tres veces". El doctor bajó el papel lentamente y miró a Samuel.

–¿Reconoce esas palabras, doctor?

–No...

–¿Está seguro?

–Si me está preguntando si comparto esa opinión, señor Escobar, mi respuesta también es no...

Samuel regresó a su mesa, desde donde Oliver le extendió otro papel. Luego miró al doctor y prosiguió:

–Esas son las palabras del abogado Bryan Mcklaine al periódico Los Ángeles Times el día después del veredicto de la suprema corte, en 1999, en el caso de Anastasio Martínez...

–Su señoría, ¿qué tiene que ver eso con este caso?– preguntó el fiscal al tiempo que se ponía de pie.

Samuel se dirigió al juez y, abriendo sus brazos, dijo:

–Su señoría, solo estoy tratando de aclarar la credibilidad del testigo. Anastasio Martínez fue acusado de crucificar y quemar a su esposa y a sus dos hijas pues, según él, el demonio se había apoderado de sus almas. El doctor Brushevski lo examinó y lo encontró completamente sano; luego de apelar a la suprema corte, Anastasio Martínez fue examinado por otros dos doctores y fue encontrado inocente por razones de demencia.

–¡Objeción, su señoría, el testigo no es quien está en juicio!– protestó Stanley desde su silla.

El juez acarició su barbilla y respondió:

–Objeción denegada; conteste la pregunta.

Samuel agradeció y el testigo prosiguió:

–Anastasio Martínez fue examinado por nuestra institución en Los Ángeles y, en ese momento, demostró estar en sus cabales. Dos meses después, cuando apelaron a la suprema corte, se descubrió que padecía de esquizofrenia y que en prisión se le había agravado hasta llegar a alucinación extrema.

–Institución de la que usted estaba a cargo, ¿no es cierto doctor?– le preguntó Samuel con ironía.

El testigo asintió con una mirada de desprecio.

Samuel tomó otro documento de encima de su mesa y se lo presentó.

–Doctor Brushevski, ¿es esta su firma?

–Sí– respondió luego de examinarlo.

Samuel le pasó una copia al juez y otra al fiscal:

–Su señoría, esta es una copia firmada por el doctor Brushevski sobre el estado mental de Anastasio Martínez, dos días antes de que fuera a juicio. El doctor Brushevski afirma que, al igual que con mi cliente, no había nada malo con él...

El juez analizó el documento; miró al doctor y luego al fiscal, cuyo rostro expresaba su enojo ante todo aquello.

Samuel introdujo su mano derecha en el bolsillo de su pantalón y continuó diciendo "El cual tuvo que ser hospitalizado dos meses después por razones de demencia".

El juez miró al fiscal en espera de una respuesta, mientras que este ponía lentamente el papel que le había dado Samuel sobre la mesa.

Samuel se acercó al doctor y preguntó:

–¿No es cierto, doctor Brushevski, que la razón por la que fue transferido de Los Ángeles a Phoenix fue el escándalo que provocó su diagnóstico en el caso de Anastasio Martínez? ¿Que la dirección del Instituto le pidió que aceptara el traslado?

–¡Objeción, su señoría! El abogado Escobar no tiene bases para alegar eso– se enfureció nuevamente Stanley.

–Objeción aceptada. Le pido que por favor sea más cuidadoso con sus preguntas, abogado– señaló el juez mirando a Samuel.

Samuel asintió y, luego de dar algunos pasos alrededor del testigo, le preguntó:

– Doctor, ¿es normal que una persona tenga estas fuerzas sobrenaturales, como vimos en el video, donde aquella figura levanta a otra que parece tener el doble de su peso, con una sola mano?

–No, no es normal; pero ha habido casos de personas que han mostrado fuerzas sobrenaturales en momentos de tensión o de supervivencia. Sin embargo, no; no es un caso normal.

–Entonces, si no es normal, ¿por qué asegura que no hay nada malo con Thomas?

–Señor Escobar, usted quiere que yo testifique que su cliente sufre de una enfermedad mental que, según los análisis sicológicos que le practicamos, él no padece...

Samuel se dirigió de nuevo hacia el televisor y devolvió el video. Se dirigió al doctor:

–Doctor, ¿usted sabe lo que Thomas está diciendo en ese momento?

–No tengo la menor idea...

Samuel se aproximó:

–Él está hablando en sirio arameo: de acuerdo con los expertos es un dialecto bíblico, considerado como el lenguaje más antiguo del mundo y que muy pocas personas en todo el planeta pueden hablar y escribir. ¿Podía usted decirnos cómo llegó Thomas a hablar este lenguaje?

El testigo se removió incómodo en su asiento y, luego de parpadear varias veces, admitió:

–No lo puedo explicar...

Samuel caminó hacia Thomas y se volvió hacia doctor, mientras señalaba a su cliente:

–¿No es, quizás, porque usted no tiene la más mínima idea de lo que sucede con mi cliente?

–¡Objeción, su señoría, el abogado Escobar no es un experto en psiquiatría y no tiene derecho a poner en duda la opinión de un profesional con quince años de experiencia! Además, el doctor Brushevski es sumamente respetado en el mundo de la psiquiatría...

Samuel abrió sus brazos y, caminado hacia el juez, respondió:

–Su señoría, él mismo acaba de admitir que no puede explicar cómo Thomas es capaz de hablar arameo, o cómo pudo traspasar la puerta de vidrio... ¿No es esa una señal de que el doctor ignora lo que está pasando con mi cliente?

El juez reflexionó un instante y con un gesto de curiosidad miró al testigo y señaló:

–Objeción denegada, conteste la pregunta.

El doctor parpadeó nerviosamente:

–Creo que nadie puede decir cómo conoce él ese idioma, a menos que lo haya estudiado... Se han visto casos de personas que están en la iglesia o en algún acto religioso, por ejemplo, y son poseídas espiritualmente. Pueden pronunciar palabras en diversos idiomas, pero casi siempre son solo palabras, frases, muchas veces ni siquiera correctas, que han leído u oído en algún lugar y se quedan grabadas en sus subconscientes y en un momento de embriaguez espiritual, como llamamos médicamente a ese estado, suelen hacerse eco de esas frases. ¿Está usted seguro de que lo que él dice en el video está apropiadamente dicho?

Samuel fue de nuevo hacia su mesa y, tomando otro papel, leyó:

–De acuerdo con nuestro traductor, lo que está diciendo es "Que Dios te reprenda, Dios te reprenda alma del mal, generación perversa, hijo de Satanás". Es perfecto arameo, según el experto...

El aspecto del psiquiatra expresaba su nerviosismo; su mirada se veía turbada y sus inquietos movimientos producían la impresión de que estaba en aprietos. Samuel cruzó sus brazos y mirándolo fijamente volvió a preguntarle:

–¿Puede explicar o no por qué Thomas sabe hablar arameo, cómo pudo traspasar las paredes y resplandecer, como lo vemos en el video?

El doctor permaneció callado por un par de segundos y tragando bruscamente respondió:

–No.

Stanley bajó la cabeza, desilusionado; su testigo le había fallado.

Samuel caminó lentamente hacia el centro de la sala y, de espaldas al testigo, volvió a preguntarle:

-¿Tampoco puede explicar cómo Thomas logró levantar a su víctima, con una sola mano, cuando esa persona tenía el doble de su peso?

-No-. Esta vez la respuesta tuvo un tono sarcástico.

Samuel fijó la vista, seriamente, en el jurado y expresó:

-No más preguntas, su señoría...

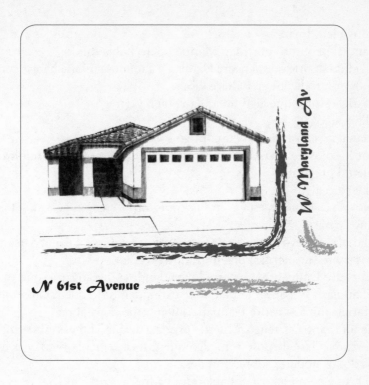

40

Residencia Familia Santiago,
6610 North 61 Ave.
Glendale, Arizona

–Buenos días, Nana– saludó Samuel cuando ella abrió la puerta.

–¡Buenos días Samuel, qué sorpresa!– ella le dio un abrazo y un tierno beso sobre la frente.

–Nana, este es el padre Damián– dijo Samuel, señalando a su acompañante.

Mariela, aún con su brazo sobre el cuello de Samuel, le extendió la mano:

–¿Cómo está, padre?

–Muy bien, hija...

Samuel preguntó por Juan Manuel, pero había salido.

–¿Podrías decirle que al padre Damián y a mí nos gustaría hablar con él?

–Tan pronto llegue se lo haré saber.

Mariela sintió que algo no andaba bien y agregó:

–¿Pasa algo?

–Nana, nos gustaría hablar contigo sobre Thomas...

Por los ojos de Mariela pasó una sombra de temor y mirándolos con inquietud preguntó:

–¿Le pasó algo?

–No, no... Thomas está bien –la tranquilizó enseguida Samuel–. ¿Podríamos pasar?

Mariela los llevó hasta la sala y los invitó a sentarse. Luego, con ambas manos sobre sus piernas, preguntó qué sucedía.

–El padre Damián me ha estado ayudando a investigar lo que sucede con Thomas y es conveniente que te expliquemos lo que está pasando...

Mariela miró al padre Damián, quien tomó la palabra:

–Señora Santiago, tengo la fuerte sospecha de que Thomas está sufriendo una extraña clase de posesión, algo que nunca se había visto, y es esa la razón de sus poderes sobrenaturales...

–¿De qué cosa está usted hablando, padre?

El padre Damián miró a Samuel, como preguntándole con la mirada si estaba bien que le contara lo que estaba pasando; Samuel afirmó levemente con la cabeza.

El padre se inclinó lentamente hacia delante, mientras juntaba sus manos y comenzaba a contarle todo a Mariela, desde el principio. Los ojos de ella se abrían cada vez más, asombrados, al ir escuchando toda la historia...

–Sé que esto es difícil de creer, pero es la única explicación que hemos podido encontrar a todo lo que está pasando con Thomas– agregó Samuel.

–Pero, si es como usted dice, padre, ¿por qué mi nieto? Él no es un devoto de la religión, ni siquiera asiste a la iglesia regularmente...– preguntó Mariela mientras se secaba las lágrimas.

–¿Por qué su Thomas? Aún no lo sabemos; pero todas las personas que han sido asesinadas por él, en un sentido o en otro, fueron diabólicas...

Mariela miró a Samuel sorprendida por las palabras del padre Damián.

-Nana, el padre se refiere a que todas esas personas habían estado involucradas, de algún modo, en un delito grave...

Samuel calló por un segundo y terminó diciendo:

-Si recuerdas bien, una de las víctimas fue el ex-síndico Dan Howard, quien fue acusado hace varios años de la malversación de fondos del estado y de lavado de dinero del narcotráfico mexicano...

- Pero, ¿y el padre Fabián Campbell, que fue encontrado muerto en su iglesia en Gilbert?- preguntó Mariela.

- Él había sido trasladado desde Carolina del Norte por haber sido acusado de varios casos de supuesto acoso sexual- le respondió el padre Damián, recostándose en el sofá.

Mariela bajó la cabeza, atormentada por todo lo que estaba pasando; buscaba la forma de poder desmentir aquella pesadilla. Cuando alzó su rostro, agregó:

-Pero si entre las víctimas había mujeres y niños...

-El último niño al que asesinó había sido suspendido de la escuela varias veces por agredir a algunos de los alumnos; recientemente lo habían suspendido por más de un mes por lastimar gravemente a una niña de seis años- señaló Samuel.

Mariela se puso de pie y comenzó a caminar por la sala, mientras pasaba sus manos por su cabeza.

-¡Todo esto es tan difícil de creer!

-Lo sé, Nana, pero es la única explicación...

Samuel se acercó a ella y la abrazó:

-Yo mismo aún no lo puedo creer...

E Turquoise Av

41

RESIDENCIA FAMILIA ESCOBAR,
6889 EAST TURQUOISE AVE.
SCOTTSDALE, ARIZONA

Samuel llegó a su casa y, aflojándose la corbata, puso su portafolio sobre el sofá. Al escucharlo, Catherine se asomó a la puerta de la cocina:

–¡Estamos aquí, mi amor!

Samuel entró a la cocina y tomó en sus brazos a la niña que estaba sentada en su pequeña silla, y le dio un beso.

–¿Cómo estuvo todo?– le preguntó Catherine, mientras se limpiaba las manos con el ruedo del delantal y le daba un beso en los labios.

–Bien, mejor de lo que esperaba...

–Se han pasado el día dando noticias sobre el juicio en la televisión.

Samuel puso de nuevo la niña en su silla y se sentó a su lado, se quitó la chaqueta del traje y la colgó en el espaldar.

–¿Tienes hambre?

–Tengo un hambre inmensa; no he comido nada desde esta mañana.

–Presentaron parte de tu discurso de apertura y, no es por halagarte, pero creo que estuviste genial...

Samuel le regaló una leve sonrisa y respondió:

–Tú lo dices porque me amas...

Catherine se puso las manos en la cintura y mirándolo con una sonrisa burlona le respondió:

–¡Qué descaro tienes!

Catherine empezó a servir la cena, cuando comenzaba el noticiero de las diez. Un hombre joven, de tez morena y una voz fuerte y profunda, anunciaba los titulares del día. Samuel tomó el control remoto y subió el volumen:

–Buenas noches, yo soy Gabriel Ramos y este es su noticiero de las diez con las últimas informaciones sobre lo que está pasando en el mundo. De inmediato, los titulares: hoy fue la apertura del juicio contra Thomas Santiago, el niño acusado de los crueles asesinatos ocurridos en el estado de Arizona en los últimos dos años. Para contarnos todo lo que está sucediendo con el caso, vamos a la corte de Maricopa, desde donde nos reporta Nadia Rosado. Nadia, ¿podrías decirnos qué fue lo que sucedió en el día de hoy?

–Buenas noches, Gabriel. Ciertamente, como has dicho, hoy comenzó el juicio en contra de Thomas Santiago, "El niño diabólico". Una gran cantidad de personas se hizo presente, para saber cuál será el desenlace de esta aterradora historia. Ambos abogados presentaron su discurso de apertura; tanto el defensor Samuel Escobar, como el fiscal Morgan Stanley fueron muy específicos sobre la delicadeza de este caso y pidieron a los miembros del jurado mucha cautela durante todo el proceso. Pudimos hablar con el fiscal Stanley antes del juicio y esto fue lo que nos dijo: "Es hora de que la justicia se haga sentir. Thomas Santiago no está loco, el estado tiene suficientes evidencias para probarlo y esperamos que el jurado les ponga un alto a estos criminales, de una vez por todas".

42

Basílica de Santa María, 231 North. Third Street, Phoenix, Arizona

A la mañana siguiente Samuel decidió pasar bien temprano por la Basílica de Santa María para ver al padre Damián. Para su sorpresa, Juan Manuel estaba allí. El padre Damián le pidió que tomara asiento y Samuel notó que Juan Manuel se veía preocupado y que bajaba la cabeza, esquivando su mirada. Percibió de inmediato que algo andaba mal.

–¿Qué es lo que pasa?–, preguntó con una sospecha en su voz.

El padre Damián se acercó a Juan Manuel y, poniéndole la mano en su hombro, lo animó a hablar:

–Cuéntale lo que nos dijiste...

Juan Manuel se pasó las manos temblorosas por la cabeza y suspiró; sus ojos, inmensamente abiertos, revelaban que estaba nervioso.

–Cuando empecé el seminario, hace tres años, Thomas fue a visitarme a Los Ángeles. Junto con unos compañeros míos, decidimos reunirnos una noche y leer un libro sobre exorcismo. Kevin lo había tomado de la biblioteca de monseñor Noriega, el cual había partido hacia el Vaticano. Nos reunimos en la capilla y comenzamos a leer. Kevin se puso de pie, en medio de todos, y empezamos a invocar espíritus... Juan Manuel juntó sus manos y, entrecruzando sus dedos, prosiguió:

–Thomas estaba allí, con nosotros, formando un círculo alrededor de Kevin. Todos estábamos de rodillas cuando Kevin empezó a leer un párrafo sobre cómo invocar la presencia de los santos. Thomas se acostó sobre la mesa, pretendiendo ser una persona que estaba poseída, mientras los demás nos pusimos a su alrededor y leíamos en voz alta.

Juan Manuel se puso de pie y caminó unos pasos hacia adelante:

–¡Solo estábamos jugando!

Samuel miró al padre Damián, asombrado; el padre Estiven cruzó sus brazos y, a su vez, miró a Samuel con preocupación.

–Nunca pensamos que hacíamos nada malo, solo estábamos jugando–, exclamó Juan Manuel, dándose vuelta con los brazos abiertos.

–¿Que pasó después?– preguntó Samuel.

–Thomas empezó a sentirse mal, por un instante llegamos a pensar que había perdido el conocimiento, fue algo tan... extraño.

Juan Manuel hizo una breve pausa. Sus ojos parecían buscar en el suelo los pedazos de aquel rompecabezas que reinaba en su memoria.

–Hay algo que aún no le he dicho, padre Damián...Algo extraordinario sucedió cuando pensamos que Thomas había perdido el conocimiento. Kevin y yo nos acercamos a él y, de repente, una enorme brisa sopló y abrió una de las ventanas de la capilla... –Juan Manuel hizo otra pequeña pausa, mientras tragaba nerviosamente–. El ventarrón casi nos tiró al suelo, levantó las ropas de Thomas y luego, lentamente, él abrió los ojos. Fue entonces cuando decidimos parar. Nunca pensé que algo malo hubiera pasado; Thomas se reía y decía que solo se sentía un poco mareado...

Samuel volvió a ver al padre Damián:

–¿Usted cree que esta sea la explicación de todo, padre?

–Hay muchas cosas que todavía tengo que investigar, pero me gustaría hablar con usted después...

43

CORTE SUPERIOR DEL CONDADO DE MARICOPA,
201 W. JEFFERSON,
PHOENIX, ARIZONA

El fiscal se puso de pie frente al juez y dijo en voz alta:

–Su señoría, el estado llama a la señora Marlena McKinney.

Una mujer como de unos treinta y cinco años, de piel bronceada y ojos cafés, subió al estrado; vestía un largo y delicado vestido negro que se ajustaba suavemente a su figura. Un lazo color púrpura rodeaba su cintura y caía en el costado. Sus hombros descubiertos, su delgado cuello y su pelo amarrado en un moño con forma de espiral hacían resaltar, con elegancia, sus encantos.

Tomó asiento y cruzó lentamente sus piernas; colocó sus manos sobre las rodillas y esperó a ser interrogada.

-Señora McKinney, usted es la viuda de Patrick McKinney, ¿no es cierto?- le preguntó Morgan, empezando con su cuestionamiento.

Ella afirmó.

-¿Cuándo fue la última vez que vio a su esposo?

-La noche del tres de abril, antes de que se fuera a trabajar.

Stanley se levantó y, caminado hacia la testigo, continuó:

-¿Usted tuvo tres niños con su esposo? ¿Es cierto?

-Sí-. La sonrisa de la mujer mostraba orgullo, mientras pronunciaba sus nombres: Kenny, Linda y Bobby.

Stanley la miró a los ojos y le dijo:

-Sé que esto es muy difícil para usted, pero trataré de que sea lo más breve posible.

Se dio vuelta y caminó hacia el jurado:

-¿Qué sintió cuando supo que su esposo había sido asesinado?

La señora guardó silencio por un segundo y bajó la mirada:

-No lo podía creer; cuando la policía tocó a la puerta y me dio la noticia no sabía qué decir, no sabía cómo se lo iba a explicar a los niños...

Comenzó a llorar; Stanley se le acercó y le pasó una servilleta, con la cual ella se secó las lágrimas, disculpándose y tratando de contenerse.

-Está bien, señora McKinney, entendemos que esto es difícil para usted...

El fiscal le dio un par de segundos para que tratara de calmarse y volvió a preguntar:

-Ahora que ha visto quién es el responsable de la muerte de su esposo, ¿qué siente?

-¡Objeción, su señoría, eso aún no ha sido probado ante la corte!- gritó Samuel desde su asiento, sin dejar que la mujer contestara.

-Su señoría, eso no necesita ser probado; hemos visto en el video de seguridad de la gasolinera cómo Thomas Santiago asesina al esposo de la señora McKinney...

Samuel se puso de pie y, desde el lugar en que estaba, miró al juez y lo negó:

-Que la persona en el video sea mi cliente no ha podido ser probado aún. Usted debe de admitir, señor juez, que la persona que se ve en el video tiene rasgos sumamente difíciles de identificar.

-¡Eso es pura basura, su señoría!- exclamó Stanley.

El juez se acercó al micrófono y les pidió a ambos abogados que se acercaran al estrado.

–Su señoría, no es posible que la defensa trate de desmentir la evidencia más clara en la que está basado este caso– alegaba Stanley, mientras se acercaba con sus brazos abiertos.

El juez cubría el micrófono para que no se oyera la conversación; preguntó:

–¿A qué se debe todo esto, señor Escobar?

–Su señoría, la fotografía tomada del video de seguridad con la cual la policía dedujo que el acusado era el asesino, es computarizada. Es una reconstrucción de la cara que se hizo en un laboratorio, donde se le puso color a los ojos y al rostro. No es una fotografía normal, por tal razón no debe ser considerada como evidencia fundamental en contra del acusado. Y, en segundo lugar, en el video no se puede ver con claridad quién es el asesino...

–Su señoría, permítame recordarle nuevamente a la defensa que la sangre de la víctima fue encontrada en las pijamas del acusado– respondió el fiscal, interrumpiendo a Samuel.

El juez los miró a ambos y dijo:

–Señor Escobar, permitiré que se rectifique la pregunta, pero no quiero más discusiones como esta, ¿me entiende?

Samuel aceptó.

–Rectifique su pregunta– agregó el juez.

–Gracias su señoría. Los abogados dieron se dieron vuelta y Samuel regresó a su asiento.

Stanley introdujo la mano derecha en su cinturón y se dirigió a la testigo:

–Díganos, señora McKinney, ¿qué pensó cuando se dio cuenta de que su esposo había sido asesinado por el mismo sujeto que la policía había estado buscando?

La mujer volvió a juntar las manos encima de sus rodillas, pestañeó y respondió:

–Me pregunté cómo podía ser... ¿Qué pudo hacer Patrick para que este asesino se interesara en él?

Stanley caminó hacia su asiento:

–Su testigo, señor Escobar.

Samuel se puso de pie y enseguida comenzó su interrogatorio:

–Señora McKinney, ¿qué clase de hombre cree que era su esposo? ¿Cómo lo describiría?

-Patrick era un hombre de muy pocas palabras, le gustaba trabajar y era un buen padre con sus hijos...

Samuel se acercó a ella y su voz sonó muy serena:

-¿Qué clase de esposo diría usted que fue?

Ella miró al fiscal y luego a Samuel y dijo:

-Patrick no era el hombre perfecto, al igual que todos tenía sus defectos, pero era un buen padre para mis hijos y eso es lo que más me importaba...

Samuel la miró fijamente, y ella se atemorizó al ver la expresión de sus ojos.

-¿Es esa la razón por la cual aún vivía con él, a pesar de los maltratos que le daba?

-¡Objeción, su señoría!- gritó Stanley, poniéndose de pie:

-La señora McKinney no vino a defender su matrimonio ante la corte.

-Objeción aceptada -respondió el juez-. Señor Escobar, ¿qué tiene eso que ver con este caso? El juez se quitó los lentes y los colocó sobre el estrado.

Samuel tomó un fólder que Marcos le pasaba, lo levantó para que todos pudieran verlo y se encaminó hacia el centro de la sala:

-Su señoría, estos son nueve casos en que Patrick McKinney fue arrestado al ser denunciado por los vecinos por haber golpeado a su esposa; en una ocasión tan brutalmente que debió ser hospitalizada por una semana.

Stanley volvió a levantarse de su asiento y caminado hacia el juez, con voz enérgica, expresó:

-¡Su señoría, permítame repetirle a la defensa que la razón por la que la testigo está aquí es porque su marido ha sido asesinado y no para discutir la integridad de su matrimonio!

-Señor Escobar, ¿qué tiene eso que ver con este caso?, preguntó nuevamente el juez, enojado ante la insistencia de Samuel.

-Replantearé mi pregunta- dijo Samuel mirando a la testigo.

-El jurado descartará el último comentario- señaló el juez mirando a sus miembros.

Samuel buscó dentro del fólder y con una de las páginas se acercó a la testigo. Con voz firme le preguntó:

-Señora McKinney, ¿no es cierto que la noche del treinta de marzo, cuatro días antes de que su esposo fuera asesinado, usted le confesó a su hermana Patricia por teléfono, desde el hospital donde estaba, que le había rezado a Dios varias veces deseando la muerte de su esposo?

–¡Objeción, su señoría!–. Esta vez Stanley gritó con todas sus fuerzas.

–¡Abogado Escobar! –intervino de inmediato el juez–, si continúa desobedeciéndome, me veré obligado a tomar medidas disciplinarias.

El juez se volvió a la mujer: y le dijo:

–La testigo no tiene que contestar a la pregunta...

La señora McKinney estaba sumamente nerviosa; apretaba entre sus manos la servilleta que Stanley le había dado. Su rostro se veía pálido y sus ojos brillaban intensamente.

–¿La defensa tiene alguna otra pregunta?– intervino el juez en forma sarcástica.

Samuel miró seriamente a la señora McKinney y respondió:

–No su señoría, creo que el silencio de la testigo ha respondido mi pregunta.

El juez tomó el martillo de madera y mirando a ambos abogados determinó:

–Esta corte se reanudará mañana a las nueve y media de la mañana.

Golpeó la mesa y la aguda voz del oficial pidió a la audiencia que se pusiera de pie. El juez tomó los papeles que tenía sobre el estrado y se marchó.

Los policías se llevaron a Thomas mientras Samuel guardaba los documentos en su portafolio.

–¿Qué fue todo eso?– le preguntó Oliver, mirándolo con un aire de confusión en su rostro.

–Lo siento, perdí el control– respondió Samuel, con la mirada baja.

–¿Perdiste el control? Estuviste apunto de que te arrestaran por desobedecer a la corte...

Samuel levantó los ojos hacia Oliver:

–Lo siento, no volverá a pasar...

Oliver respiró profundamente y, poniéndole la mano en el hombro, le dijo:

–Ha sido un día muy largo para todos, ve a casa y descansa, nos veremos mañana a las nueve. ¿Está bien?

–Tengo que pasar por la oficina a buscar y ordenar varias cosas que necesito para mañana, y de ahí me iré a ver al padre Damián...

Oliver introdujo sus manos en los bolsillos y lo miró fijamente:

–No te preocupes por lo de hoy; aún queda mucho camino por recorrer. Solo prométeme que te irás a casa luego de que veas al padre Damián...

Samuel levantó el rostro y tristemente afirmó con la cabeza.

E Butte Av.

44

PRISIÓN ESTATAL DE ARIZONA EN FLORENCE,
1305 E. BUTTE AVE.
FLORENCE, ARIZONA

Esa misma noche, a la prisión de Florence llegó una inesperada visita. Thomas abrió los ojos lentamente al escuchar que se abría la celda.

–Hola, Thomas– le dijo una voz, mientras él se sentaba en la cama.

Thomas estrujó sus ojos con ambas manos, tratando de despertarse.

–¿Padre Damián?, preguntó medio dormido en tanto estiraba su cuerpo.

–Sí soy yo, hijo.

Thomas preguntó, bostezando:

–¿Qué hora es?

–Son las siete y veinte –respondió el sacerdote que había mirado un reloj en la pared de afuera de la celda–. ¿Estás cansado?

–No, solo tomaba una siesta; estaba cansado de leer y, como no tengo con quién hablar, me dormí...

Thomas hizo una pausa y miró a los soldados que permanecían callados y atentos a todo lo que ellos hacían; luego agregó:

–Les tienen prohibido hablarme después de lo que pasó la última vez...

–¿Qué estabas leyendo?

El padre Damián se acercó y se sentó a su lado.

Thomas tomó un libro que estaba en una silla y se lo pasó. "La quinta montaña", dijo el sacerdote, leyendo el título.

–Juan Manuel me lo trajo el otro día; dice que es un buen libro.

–Paulo Coelho es uno de los más grandes escritores de Brasil... bueno, y también de toda Latinoamérica.

–¿De dónde es usted?

–Soy de El Salvador.

–Yo pensé que usted era de Brasil– exclamó Thomas sorprendido.

–No hijo, yo cursé el seminario en Río de Janeiro, pero soy de El Salvador...

Thomas se rascó la nuca y le preguntó:

–¿Cuánto tiempo hace que es sacerdote?

–Cuarenta y tres años cumpliré este diez de diciembre.

–¡Wow! ¿Cuántos años tenía cuando empezó?

–Acababa de cumplir los dieciséis.

–¿Usted nunca se casó, ni tuvo hijos?

–No, estuve siempre interesado en otras cosas...

Thomas lo miró extrañado y volvió a preguntar:

–¿Qué clase de cosas?

El padre Damián se puso de pie y caminó varios pasos. Vio cómo los soldados aún permanecían con sus ojos clavados en ellos, puso sus manos detrás de su espalda y se recostó contra el grueso cristal que rodeaba la celda. Al mirar por sobre su hombro izquierdo, notó que en la otra habitación un técnico escuchaba lo que hablaban a través de unos audífonos.

–Tú sabes, ese tipo de cosas que uno se pregunta cuando es joven –agregó el sacerdote luego de un corto silencio–. Cosas como ¿de dónde venimos? ¿Quién hizo el universo? Ese tipo de cosas...

Thomas se puso de pie y trató de caminar; el sacerdote observó que le era difícil moverse:

–¿Cómo puedes caminar con esas cadenas?

–Al principio me era incómodo, pero creo que ya me acostumbré a ellas.

Notó que el padre Damián lo miraba con una gran compasión; observó su larga sotana negra y el pequeño cuello blanco y comenzó a caminar en sentido contrario:

–¿Nunca le gustaron las mujeres?– volvió a preguntarle, tratando de seguir con el tema.

El sacerdote mostró una leve sonrisa:

–No es eso, Thomas, la mujer es un ser magnífico, una de las razones por la cual el mundo todavía es hermoso. Es que, como dijo Jesús, "Hay personas en la vida que nacieron inocuos por el reino de Dios y otros por causa del mundo o de los hombres se hicieron inocuos".

–¿Y usted a cuál de esos dos grupos pertenece?

El padre Damián hizo una pausa y sonrió nuevamente:

–Me gustaría pensar que al primero...

Avanzó unos pasos y desligó sus manos; miró seriamente a Thomas y le dijo:

–Quizás te sea un poco difícil de entender porque eres muy joven, pero "El mundo de la espiritualidad es algo que sobrepasa la razón, es el sacrificio de la carne y la crucifixión del espíritu para poder, a través de la iluminación, levantar el alma"...

Thomas lo miró con cara de confusión y el padre Damián entendió que sus palabras habían sido muy profundas para él:

–En pocas palabras, es tan solo como cambiar un mundo de complicaciones por otro...

Acercándose, agregó:

–Una vez alguien me dijo que si no existieran las mujeres en el mundo, para qué querrían los hombres el dinero...

Thomas guardó silencio por varios segundos, parecía que las palabras del sacerdote le habían llegado muy adentro.

–Padre, ¿usted cree que de verdad existe Dios, ese ser supremo del cual todo el mundo predica y a quien nadie nunca ha visto? ¿Y que en verdad hay un cielo y un infierno esperando por todos nosotros?

El padre Damián lo miró fijamente mientras pensaba; sus ojos habían cambiado de aspecto y reflejaban una enorme pena.

–Tiene que haber un Dios –respondió, sentándose cerca de él–, porque esto no puede ser todo... esto no puede ser la vida. Tiene que haber algo mejor para aquellos que creemos en la justicia, en la hermandad y en el amor al prójimo... Hizo una pausa y terminó diciendo:

–Porque si esto es la vida, de nada vale vivir...

Ambos guardaron silencio; un profundo sentimiento de paz llenó el ambiente.

–Tú tienes un hermano que desea ser sacerdote– sonrió el padre Damián.

–Sí, pero no creo que lo será por mucho tiempo...

–¿Por qué piensas así?– preguntó el sacerdote, que se echó hacia atrás asombrado.

–Yo lo sé; mi hermano es un buen hombre con un corazón enorme, pero creo que el sacerdocio es muy complicado... No sé, quizás yo esté equivocado...

Luego el padre Damián lo miró largamente:

–Hay algo que me gustaría preguntarte. Tu hermano nos contó lo que hicieron aquella noche en Los Ángeles, cuando fuiste a visitarlo...

–¿Cuándo?

–La vez en que con varios amigos de tu hermano jugaban al exorcismo...

–Oh, esa noche...

El cura movió afirmativamente la cabeza.

–Nada pasó, solo estábamos jugando: uno de los amigos de mi hermano leía las oraciones de un libro, mientras que yo pretendía estar poseído. Juan Manuel y otro amigo suyo estaban arrodillados junto a mí. De pronto, empecé a sentirme un poco mareado y decidimos parar.

–¿Y qué más sucedió?

–Nada más...

El Padre Damián miró hacia el suelo, mientras recordaba lo que le había dicho Juan Manuel.

–¿No recuerdas un fuerte viento que abrió una de las ventanas de la capilla?

Thomas parpadeó varias veces, mientras bajaba la mirada:

–No, no recuerdo... ¿Por qué?

–¿En los días en que empezaste a despertar cubierto de sangre, no hubo algo extraño que te hubiera pasado?

El padre Damián notó que Thomas se había quedado pensando por un instante y sin perder ni un segundo le preguntó:

171

–¿Pasó algo, verdad?

–No, no es nada...

–No importa si es algo pequeño, dímelo.

–Mi abuela nos acostumbró a rezar el Salmo noventa y uno todas las noches antes de acostarnos. Esa noche, cuando regresé de visitar a Juan Manuel, recé el Salmo como de costumbre... solo que esa vez, luego de terminarlo, volví a sentir el mismo mareo...

45

Basílica de Santa María,
231 North. Third Street,
Phoenix, Arizona

Samuel llegó a ver al padre Damián al salir de la oficina; después de ofrecerle asiento, le preguntó:

–¿Cómo va el juicio?

–Estamos haciendo todo lo que se puede; pero, de una forma u otra, sigue pareciendo poco...

El padre Damián le pasó un libro de color rojo oscuro, con el título en letras doradas. Samuel leyó: "San Miguel Arcángel: su misión y la nuestra".

–¿Qué es esto?– preguntó.

-Me gustaría que lo estudiaras- respondió el sacerdote, mientras le ponía la mano en el hombro.

-¿San Miguel Arcángel? ¿Qué tiene esto que ver con lo que está pasando?

El padre Damián caminó lentamente por detrás de Samuel, dando la vuelta al escritorio; tomó asiento y habló:

-Quizás más de lo que te puedas imaginar. Luego de que te fuiste esta mañana, terminamos de hablar con Juan Manuel; de acuerdo con lo que nos contó y con los síntomas que Thomas ha mostrado, obtuve la confirmación de que mis otras sospechas eran ciertas...

-¿Cuáles sospechas?-. Samuel abrió sus ojos con asombro.

El padre Damián puso sus manos sobre el escritorio y lo miró a los ojos:

-¿Recuerdas cuando te dije que tenía la sospecha de que lo que se apoderaba de Thomas era el espíritu de un ángel? Yo no estaba jugando. Desde que me enteré de lo que sucedía, empecé a buscar las razones para que esto le esté pasando a Thomas, en especial porque admite no ser un devoto de la religión. Pero luego de escuchar a Juan Manuel, entendí cómo pudo llegar él a ese estado; lo que no sabía era cuál espíritu se apoderaba de él. Pero ya estoy seguro...

Samuel sintió ansiedad de preguntar, pero temía que la respuesta fuera algo más grande de lo que esperaba.

-¿Sabes quién es San Miguel Arcángel? El padre Damián había notado el miedo en sus ojos y sabía que no se atrevería a preguntar.

-Lo que sé es muy poco; lo que recuerdo es lo que me enseñaron en el catecismo. Sé que es un ángel de Dios y uno de los más grandes ángeles en el cielo.

El padre Damián caminó hasta un librero que estaba a su derecha, tomó el séptimo libro de la tercera hilera y buscó la página ciento treinta y tres y, poniendo el libro en la mesa, frente a Samuel, dijo:

-Hay más acerca de San Miguel Arcángel de lo que mucha gente piensa; es el guardián de los cielos, algunos dicen que es el general de todos los ángeles.

Samuel bajó la mirada hasta ver una imagen de San Miguel, en la página ciento treinta y dos. El ángel sostenía con su mano derecha una espada, mientras que en la izquierda llevaba una larga cadena; bajo su pie izquierdo, acostado en el suelo con sus alas abiertas y su cara en el polvo, estaba Lucifer, el ángel caído.

-No entiendo... ¿qué tiene que ver esto con Thomas? Samuel había levantado la vista y miraba al sacerdote.

El padre Damián entrecruzó sus brazos, parpadeó varias veces y guardó silencio; Samuel lo miraba a los ojos: podía leer claramente en ellos que había descubierto algo y que no era nada bueno.

–La posesión es un camino de dos vías...

Samuel se sorprendió con aquellas palabras, se echó hacia atrás y preguntó:

–¿A qué se refiere?

–La posesión es un camino de dos vías tanto para el bien, como para el mal –repitió el sacerdote–. Así como una persona puede convertirse en un demonio, como pasa con la niña de la película "El exorcista", también el bien puede apoderarse de un cuerpo y convertir a un ser humano en un ángel.

Samuel lo miró cada vez más confundido, mientras el sacerdote caminaba alrededor de la habitación.

–¿Usted cree que lo que se apodera de Thomas es un ángel, cierto?

–Sí–. El sacerdote detuvo su marcha.

–Pero si es un ángel lo que se apodera de él, ¿por qué está matando gente? Eso no tiene sentido...

El padre Damián se acercó a la ventana y vio la calle desierta. La ciudad parecía dormir bajo una densa calma. Apoyó su mano contra el marco de la ventana y se recostó en ella. Por debajo de la sotana, introdujo su mano derecha en el bolsillo de su pantalón:

–Una vez alguien me cuestionó, en Río de Janeiro que, si Dios era un Dios bueno como nosotros predicábamos, por qué había matado a tanta gente en el pasado.

El padre Damián volvió a verlo y continuó:

–Es difícil para la humanidad entender la justicia de Dios y por qué Él hace muchas cosas. Pero, aunque muchos no lo crean, hay personas en el mundo que son perversas de corazón y que nunca cambiarán, por esa razón Dios las destruye...

Caminó unos pasos y agregó:

–Lo que sucede con Thomas está por encima de nuestro entendimiento...

Ambos guardaron silencio, el sacerdote volvió a sentarse detrás del escritorio y puso ambas manos detrás de su nuca.

–Cuando te pregunté en tu oficina si había algo en común entre las víctimas que aún no me habías dicho y me contaste sobre el extraño olor a flores, comencé a sospechar que mi visión era cierta.

–¿Sospechar qué?

El padre Damián se dirigió de nuevo hacia el librero y tomó el tercer libro de la hilera de arriba. En la página ciento noventa y uno aparecía una imagen pintada a lápiz de San Francisco de Asís; con una paloma sobre su hombro parecía leer un libro. Debajo de la figura había un largo párrafo subrayado con tinta roja: *"Acompañado de los demoníacos ataques e intensos tormentos, un extraño olor a flores se podía sentir siempre junto a San Francisco de Asís, como parte de sus síntomas de estigma".*

Samuel conocía muy bien la historia de San Francisco de Asís. Era la que más le había impactado en sus años de catecismo. Las palabras de aquel párrafo revivieron, como un relámpago, el increíble momento en que Samuel había escuchado hablar por primera vez sobre el santo.

"San Francisco de Asís era un joven hijo de un hombre de gran poder en aquellos tiempos que, rasgando sus ropas, las tiró a los pies de su padre", dijo la novicia Sol María con gran entusiasmo, haciendo un gesto dramático. Todos los niños escuchaban boquiabiertos y entre ellos el pequeño Samuel con sus ojos llenos de asombro. "Luego San Francisco, mirando a su padre, le dijo: "Desde ahora Dios será mi padre", continuó diciendo Sol María a su joven audiencia. "Luego San Francisco, al volver a Asís tuvo otro sueño donde escuchó la voz de Dios que le decía que reedificara su iglesia. Cuenta la vieja historia que San Francisco le predicaba a las aves sobre el reino de Dios y ellas lo escuchaban; dice también la gente que él podía hablar con las aves."

–Como puedes ver, ese olor a flores es algo más de lo que ustedes pensaban–. La voz del padre Damián lo hizo volver en sí.

Con sus manos a la espalda, caminó alrededor de él y continuó diciendo:

–Ese extraño olor a flores es conocido como el olor de la santidad. Existen numerosas leyendas sobre esto en Israel. Dicen que cuando Jesús realizaba sus milagros siempre lo acompañaba un suave aroma de flores silvestres...

Samuel se dio vuelta y, sentándose en la orilla del escritorio, entrecruzó sus brazos:

–Si lo que usted dice es cierto, ¿cómo entonces podremos parar esto y ayudar a Thomas?

El sacerdote respiró profundamente y respondió:

–Eso es lo que aún no sé...

E Turquoise Av

46

RESIDENCIA FAMILIA ESCOBAR,
6889 EAST TURQUOISE AVE.
SCOTTSDALE, ARIZONA

Al llegar la noche, Samuel aún no podía borrar de su cabeza lo que le había dicho el padre Damián. Tomó el libro que le había dado y comenzó a hojearlo. Luego de pasar varias páginas, encontró la imagen de un ángel vestido de soldado romano, con una larga bufanda de color oro que colgaba de su pecho y le daba la vuelta a su espalda. Sus sandalias estaban atadas hasta las pantorrillas, con un nudo y dos hermosos rubíes en el medio; debajo de la figura podía leerse: *"San Miguel Arcángel, el ángel incorruptible, su nombre significa quien es como Dios, cada uno de sus cabellos contiene diez mil caras que hablan un dialecto diferente y cada una de ellas ruega a Dios por la humanidad".*

Samuel apoyó el libro sobre la mesa y pensó en todo aquello; pestañeó varias veces y continuó leyendo: "*Sus alas son de color esmeralda y sus lágrimas se convierten en perlas al tocar el suelo*".

Dejó el libro y se dijo:

–¿Qué clase de ángel es este? Más parece una figura de ficción...

47

Basílica de Santa María,
231 North. Third Street,
Phoenix, Arizona

Al día siguiente Samuel pasó a ver al padre Damián antes de ir a su oficina.

El padre hablaba con una mujer que parecía estar llorando. Al verlo, le hizo una señal para que pasara y, poniéndose de pie, acompañó a la mujer hasta la puerta, donde le dijo, en español:

–No te preocupes, mi hija; déjaselo todo a Dios y sigue rezando, verás que las cosas cambiarán.

Se saludaron y Samuel preguntó qué sucedía con aquella mujer, que secaba sus lágrimas y se perdía al cruzar la calle.

-Hay algo en la vida que nunca cambiará: que las madres sufran más por los errores de los hijos que ellos mismos...

-Perdóneme que lo moleste padre, pero necesito hablar con usted -se disculpó Samuel, cambiando de tema-. Estuve leyendo el libro que me dio anoche y la verdad, no sé qué pensar...

Los ojos del padre Damián se iluminaron con un brillo misterioso y con una leve sonrisa en los labios, como quien guarda el desenlace de una gran incógnita, respondió:

-Impresionante, ¿verdad?

-Padre, ¿usted está seguro de todo eso? El libro habla de una figura muy difícil de creer: un ángel con alas color esmeralda, diez mil caras en cada hebra de su cabello y un sinnúmero de cosas increíbles-. Samuel extendió sus brazos y terminó diciendo:

-No puedo imaginar que sea posible...

Ambos se sentaron, uno al lado del otro, en una de las bancas.

-Sé que se oye escalofriante, pero así como la fuerza del mal es atemorizante también lo es la del bien.

El sacerdote hizo una pequeña pausa y prosiguió:

-¿Te has puesto a pensar en los poderes que enseñó Moisés en Egipto?

Samuel lo miró, asombrado, mientras trataba de recordar lo poco que sabía sobre las historias de la Biblia.

El padre Damián le apuntó con el dedo índice:

-Piensa bien en lo escalofriante que sería ver a un hombre partir el mar en dos, verlo convertir un río en sangre, o tocar una piedra con un pedazo de madera y hacer que brote agua- agregó acomodándose la sotana.

-La Biblia dice en el libro de Números 16:31:33 que eran tan fuertes los poderes de Moisés, que un día varios israelitas se enfrentaron con él, preguntándole por qué, si toda la nación de Israel era santa, él tenía que ser el intermediario entre Dios y los hombres. Y, según la historia, Moisés les dijo: "Mañana ustedes harán un altar y yo otro y ofreceremos sacrificio a Jehová, y el que se encienda primero nos dirá quién es el escogido de Dios". Al día siguiente hicieron como había dicho; Moisés mandó que le echaran agua a la leña de su sacrificio; luego, orando a Dios, un rayo cayó desde el cielo y encendió el sacrificio de Moisés. Moisés mirándolos le pidió a Dios que se abriera la tierra y que se tragase vivos a todos juntos, con sus familias y todo lo que tenían y tan pronto él terminó de hablar, sucedió tal como había pedido.

Samuel quedó mudo. Trataba de imaginarse aquella escena. El padre Damián le señaló una pintura de San Miguel, que estaba en una de las ventanas de la iglesia y le preguntó:

–¿Por qué crees que a la humanidad le es más fácil creer en el mal que en el bien?

–No lo sé, quizás porque es lo que vemos a diario– respondió Samuel sin quitar la vista de la figura.

–Al ser humano le impactan más sus pesadillas que las cosas bellas de la vida– señaló el sacerdote y se volvió a mirarlo antes de continuar:

–El bien no se siente porque es silencioso, pero por cada bomba que destruye, hay millones de caricias que construyen la vida...

Clavó la vista en la imagen de la crucifixión de Jesús y agregó:

–Es increíble que la gente crea con más facilidad que hay un demonio a que hay un Dios; como si olvidaran que fue Dios quien creó al demonio...

El sacerdote volteó a verle y con una vaga sonrisa le preguntó:

–¿Sabías que el Diablo tiene forma de mujer?

–¿Qué?

Samuel no estaba seguro de haber escuchado bien.

El sacerdote repitió la pregunta, pero Samuel se quedó viéndolo, confuso, sin saber qué decir.

El padre Damián cruzó sus piernas y juntando las manos recostó su brazo derecho sobre el espaldar de la banca.

–Estoy seguro de que nunca has oído el nombre de Dhajamuer– dijo empezando su relato.

Samuel negó con la cabeza, mientras permanecía en silencio.

–¿Pero sí has oído hablar de la escultura "La Victoria de Samotracia"?

–¿La famosa escultura del ángel sin cabeza ni brazos?

–La misma– le respondió el sacerdote que parecía estar a apunto de revelar un gran secreto.

–Dhajamuer fue el escultor...

–Pero según los historiadores, el autor es desconocido– intervino Samuel.

–Eso es lo que se le ha hecho pensar a la gente. La estatua fue encontrada en 1863, en la isla de Samotracia al norte del Egeo. Dhajamuer la guardó ahí luego de su gran desencanto con la obra.

Samuel se sorprendió:

-¿Desencanto con la obra? Pero si es una de las piezas de arte más bellas que existen...

El sacerdote bajó su brazo de la banca y, quitándose sus espejuelos, le respondió:

-Claro que lo es. Pero ¿nunca te has preguntado por qué no fue encontrada como otras obras de arte? Esta apareció sin cabeza y sin brazos, partida en 118 pedazos, hasta que fue ensamblada en el museo del Louvre en París?

Los ojos del sacerdote se llenaron de luz. Lo emocionaba conocer el origen de la obra de arte y a la vez le daba una enorme satisfacción. Samuel notaba cómo el tono de su voz se colmaba de entusiasmo con cada palabra.

-La estatua fue hallada en 1863, mas en 1950, en el mismo lugar, encontraron también una mano que se sospecha que pertenece a ella.

Después de una pausa, sonrió:

-Lo que la gente no sabe, es que dedujeron que la mano pertenecía a la estatua porque también encontraron un manuscrito con un poema de Dhajamuer...

-¿Un poema?

-Sí, y en ese poema, Dhajamuer explicaba la razón por la cual había destruido la obra.

El padre Damián frunció el ceño, mientras miraba hacia arriba y agregaba:

-Si mal no recuerdo, decía más o menos así:

"Maldigo mi alma y también mi corazón,
por mi gran imaginación,
que hoy me llena de llanto.
Porque hoy mi desencanto,
tiene forma y color.
Aunque no tiene cabeza,
ni quizás corazón,
le he cortado los brazos
para calmar mi dolor.
Aunque esculpí con amor
a mi ángel caído,
hoy de mí se han reído
los que no tienen razón."

Samuel bajó la cabeza y guardó silencio; mientras acariciaba sus cabellos, volvió a ver al sacerdote y preguntó:

–¿Quién fue Dhajamuer?

El padre Damián hizo una leve pausa, respiró profundamente y dejó salir un fuerte suspiro:

–Según lo que he podido investigar, fue un escultor y poeta que vivió alrededor del año 220 d.C. Fue conocido siempre como poeta, pero empezó la escuela de arte como escultor. En aquellos tiempos las grandes esculturas que colmaban los pabellones griegos eran siempre de los dioses, pero él quería hacer algo diferente, algo que lo destacara y entonces, escuchando sobre los judíos y su historia, se decidió a esculpir lo que nadie se había atrevido a hacer jamás, al más hermoso de los ángeles: Lucifer–. El sacerdote tragó lentamente y tomó aliento.

–Trabajó por varios años hasta que al fin lo logró: había esculpido la más impactante obra de arte de todos los tiempos...

El padre Damián se puso de pie y caminó hacia el centro del pasillo, puso ambas manos detrás de su espalda y lentamente dio varios pasos en silencio.

–Luego de terminada la obra, la llevó ante su maestro quien al verla lanzó una fuerte carcajada. Dhajamuer quedó destrozado...

Samuel se puso de pie e inclinándose sobre una de las bancas preguntó:

–¿Pero por qué se rió su maestro?

–La estatua era espeluznante. Su cara era tan bella como la Magdalena, pero a pesar de su increíble hermosura, el rostro reflejaba el enojo; sus brazos eran fuertes y sus manos tenían filosas garras como las de un oso.

El padre Damián hizo otra pausa.

–Si te fijas con cuidado, los brazos fueron cortados bien arriba, ya que según el movimiento de la estatua, el brazo derecho se extendía hacia delante. Dhajamuer lo cortó de tal manera, para que no quedara rastro alguno.

Se acercó a Samuel y agregó:

–Él quería que la escultura reflejara el día en que la bella se convirtió en la bestia. La expresión del cuerpo mojado y la extensión del vestido que se ve por detrás, si observas bien, tiene su razón de ser. Según el artista, Satanás cayó a orillas del mar y, levantándose, salió como un relámpago en busca de su venganza; el vestido mojado de ninguna manera se levantaría de esa forma en la parte trasera, pues se quedaría adherido a las piernas; a menos que, en ese momento, el ángel hubiera emprendido su vuelo...

Samuel lo miró seriamente, mientras analizaba lo que el sacerdote había dicho; parecía seguir confundido. Con su mano derecha se rascó la cabeza como dudando:

–¿Pero por qué razón tenían que esconderle al mundo lo que había pasado y el verdadero origen de la escultura?

El padre Damián abrió los ojos inmensamente y echándose hacia atrás respondió:

–La estatua ha significado mucho para el mundo artístico y para los griegos. Para ellos simboliza las victorias navales, y se piensa que honra la conquista de Rhodiana de Antinochus Tercero. Es el monumento que recuerda a los bravos hombres que murieron en los campos de batallas... Luego de 87 años de historia, salir a la luz pública con esta nueva teoría... ¿Sabes el escándalo que provocaría? En especial alrededor del feminismo y ni hablar de la controversia que le dejaría al cristianismo... Por eso las autoridades decidieron que, por respeto a la memoria de su descubridor, el Cónsul Charles Champoiseau, y al simbolismo que tiene para el pueblo griego, era mejor ignorar el manuscrito y dejar como estaba lo que se suponía sobre la obra.

Tras una pausa, el padre Damián miró a Samuel:

–¿Nunca te has preguntado cuál fue la verdadera razón por la que Lucifer fue lanzado a la tierra? Porque la Biblia no lo dice...

Samuel pensó detenidamente y respondió:

– Creo que fue porque se rebeló contra Dios.

–Pero ¿por qué? –insistió el sacerdote, encogiéndose de hombros–. Si era desde el principio de la eternidad lo más grande en los cielos, después de Dios Padre, Hijo y Espíritu Santo. ¿Un día, sin más ni más, decidió rebelarse contra Dios?

Samuel permanecía callado; su razonamiento buscaba en vano una explicación.

–Según la historia y muchos libros antiguos que he leído, supuestamente sucedió luego de que Dios terminó de crear el mundo. Dios dijo a los ángeles que tenían que venerar al hombre, pero Lucifer se puso furioso y preguntó por qué... Si los ángeles habían sido creados primero, si el hombre era de voluntad débil y no conocía la verdad... Mas Dios respondió que el hombre estaba hecho a su imagen y semejanza y, por tal razón, había que venerarlo. Lucifer no quiso aceptarlo y Dios lo castigó arrojándolo a la tierra.

El Padre Damián volvió a tomar asiento y cruzó las piernas antes de continuar:

–La escultura representa el momento en que Lucifer, levantándose del suelo, salía velozmente en busca de su venganza contra Dios, para destruir su obra maestra, la razón por la que fue expulsado de la gloria...

–El hombre– murmuró Samuel.

–Exacto. Te voy a confiar un secreto que no mucha gente sabe... ¿Te acuerdas que te dije que la estatua fue encontrada partida en 118 pedazos, verdad?

Samuel afirmó con la cabeza.

–Si buscas en la Biblia, en el Salmo 118 versículo 18, es posible que no puedas creer lo que lees...– terminó diciendo el sacerdote, con una sonrisa cargada de misterio.

–¿Qué es lo que dice el versículo?– preguntó Samuel acercándose a él.

–*Me castigó gravemente Jehová, mas no me entregó a la muerte*– respondió el padre Damián alzando las cejas.

Notó lo impresionado que estaba Samuel; su historia parecía haberlo impactado. El sacerdote volvió a llenar sus pulmones de aire y continuó:

–Según la historia, luego de varios días, Dhajamuer avergonzado escondió la estatua en Samotracia y un día, lleno de ira por su desvergüenza, cortó con rabia la cabeza y los brazos del ángel e hizo pedazos el resto del cuerpo...

–¿Y qué pasó con la cabeza y los brazos?– se interesó Samuel, intrigado.

–Ese es otro misterio; según he investigado, están escondidos en un lugar secreto que solo él conocía...

Ambos guardaron silencio. Samuel recostó hacia atrás su cabeza; su mente parecía absorber como un torbellino aquella fantástica historia. De pronto, volteó hacia el sacerdote y preguntó:

–¿Por qué tuvo Dhajamuer la idea de que las mujeres son demonios?

–¡No, no, no!...–respondió enseguida el padre Damián, agitando sus manos–. Esa no era la idea de Dhajamuer...

–Pero usted dijo...

–Lo que yo dije es que él proponía con su escultura que Lucifer tiene forma de mujer, no que las mujeres eran demonios...

–¿Pero de dónde sacó él todo eso?–. Samuel puso las manos sobre sus piernas y se recostó.

–De las escrituras... La palabra dice, en Ezequiel 28:12 y en el versículo 15, *"Tú eras el sello de la perfección, lleno de sabiduría, y acabado de hermosura"*, *"Perfecto eras en todos tus caminos desde el día en que fuiste creado, hasta que se halló en ti maldad"*.

El padre Damián se rascó la sien y mirando a Samuel prosiguió:

–Lucifer era el ángel más bello en los cielos; desde la antigüedad la belleza ha sido relacionada con las mujeres... ¿De quiénes son los concursos de belleza?

–¿De mujeres?

Samuel no estaba muy seguro de su respuesta.

–Exacto. Piensa bien–. El sacerdote se llevó el dedo índice a la sien derecha:

–¿Crees que en el cielo se haría un concurso entre ángeles masculinos para encontrar quién es el más bello?

Samuel pensó por un momento.

–El Diablo en forma de mujer, ¡eso es ridículo!

–¿Por qué? De acuerdo con las escrituras, en Éxodo capítulo 3:13: 14, *"Moisés le preguntó a Dios: ¿quién le diré yo a la gente que me envió, y cuando ellos me pregunten cuál es su nombre, Dios le respondió diles que yo soy el que soy"*. La Biblia se refiere siempre a Dios como un ser masculino, *"El Dios Padre todopoderoso"*. Inclusive Jesús lo menciona de la misma manera cuando dice *"Quien me ha visto a mí, ha visto al padre, nadie llega al padre si no a través de mí"*. Y su más grande invocación, en San Mateo 6:9: *"Padre Nuestro que estás en los cielos"*...

El sacerdote volvió a tomar asiento y cruzando sus brazos se recostó en el espaldar de la banca; luego extendió sus piernas y le preguntó:

–Si Dios mismo nunca ha dicho si tiene sexo ni forma, ¿por qué tenemos que pensar diferente cuando se trata del Diablo?

La Biblia nos dice textualmente que *"Moisés hablaba con Dios como amigo habla con amigo"*. Y de acuerdo con nuestra historia bíblica, él es el único que ha visto la cara de Dios. Pero te voy a confiar un pequeño secreto: de acuerdo a nuestra historia, el único que ha visto la cara de Satanás ha sido Jesús, cuando fue tentado en el desierto; nadie más.

–¿Y Eva en el Edén?

–No, ella escuchó su voz a través de la serpiente, pero nunca vio su rostro.

El padre Damián desenredó sus brazos y poniéndolos sobre el respaldar de la banca de enfrente, se inclinó hacia delante:

–¿Por qué crees tú que el Diablo fue a pedirle a Eva, y no a Adán, que comiera de la manzana?

Samuel guardó silencio, trataba de revivir en su mente los viejos destellos que aún le quedaban de sus clases de catecismo. Juntó ambas manos bajo el mentón y negó levemente con la cabeza.

–Adán era el jefe del jardín; estoy seguro de que, si él hubiera convencido a Adán, Eva también hubiera comido, si Adán se lo hubiera pedido... Satanás sabía que no tenía nada que ofrecerle a Adán, porque ya Dios se lo había dado todo. Pero el Diablo, conociendo el corazón de la mujer, supo cómo atraparla en su vanidad.

El sacerdote hizo una pausa y se humedeció los labios:

–Ya lo dice el viejo adagio: "Solo una mujer sabe lo que otra mujer quiere"...

Caminó hacia el pasillo y recorrió la iglesia con su mirada; negó levemente con la cabeza y, después de cruzar sus brazos sobre el pecho, continuó:

–No sé por qué la idea de que el Diablo tenga forma de mujer sorprende tanto a la gente... Miguel Ángel lo ha mostrado al mundo en una de sus pinturas, todo este tiempo...

–¿Qué? ¡Miguel Ángel!– exclamó Samuel con los ojos inmensamente abiertos.

–¿Nunca has visto su pintura "La caída del hombre"?– le preguntó el sacerdote, esta vez extendiendo hacia él sus brazos y mostrándole las palmas de sus manos.

Samuel buscó en su mente la imagen de aquella pintura, con la velocidad de un relámpago; la recordaba vagamente pero no estaba seguro de los detalles.

–¿La has visto alguna vez?– dijo el sacerdote interrumpiendo sus pensamientos.

–Sí –afirmó Samuel–. Roma fue el lugar donde decidimos pasar nuestra luna de miel mi esposa y yo...

–Si algún día vuelves a ver la pintura, observa que Satanás, mitad serpiente, mitad ser humano, le da la manzana a Eva. Fíjate bien que en la figura de Satanás, además de su rostro de mujer, por debajo de su brazo izquierdo, aparece claramente su pecho femenino.

–¿Senos?– preguntó Samuel, interrumpiéndolo.

–Sí– respondió el padre Damián agitando su cabeza–. Es uno de los más grandes secretos en las Santas Escrituras, que solo un grupo muy selecto de personas ha llegado a conocer.

Samuel lo miraba boquiabierto, sin poder creer lo que estaba escuchando.

–Pero... ¿eso no pudo ser un error de Miguel Ángel? Él pintó más de cuatrocientas imágenes en el techo de la capilla...

Con una sonrisa burlona, el sacerdote contestó:

-¿Error? Nunca en la vida. Miguel Ángel era un fiel conocedor de las escrituras-. Se rascó levemente la frente y prosiguió:

-Cuando fue llevado de regreso a Roma por el Papa Julius II, en 1508, el pontífice le comunicó su idea de que pintara a los doce patriarcas en el techo de la capilla. Ambos compartían un gran amor por el arte, por ello la imaginación de Miguel Ángel logró convencerlo de ir más allá de lo que nadie se había atrevido jamás: pintar la historia bíblica, desde su comienzo hasta el final. Julius quedó fascinado con la idea y le dio al artista libre acceso a los archivos de el Vaticano, para que hiciera sus estudios sobre lo que pensaba pintar, con la condición de preservar los secretos que en ellos se guardaban.

El padre Damián hizo una pequeña pausa y terminó, con emoción:

-¿Error? ¡Jamás! Miguel Ángel era un perfeccionista.

Puso sus manos a la espalda y caminó hacia Samuel. Al pasar a su lado, agregó:

-Cuando los críticos le preguntaron por qué había pintado a Satanás con forma de mujer, Miguel Ángel explicó que con su obra buscaba culparla doblemente por la expulsión del paraíso... para no revelar el secreto.

Llenó de aire sus pulmones y continuó:

-Hubo un pintor alemán, ardedor del año 1500, llamado Lucas Cranach, que sospechaba sobre el mensaje que Miguel Ángel había dejado en su obra...Y el también pintó la escena, pero no dejó lugar a dudas y en ella Satanás tiene, completamente, figura de mujer.

Sonrió con un aire de picardía y nuevamente cruzó los brazos:

-Algún día, cuando tengamos más tiempo, recuérdame contarte una historia que escuché alguna vez de uno de los camarlengos, sobre cómo Satanás maldijo a Miguel Ángel por haber revelado su identidad ante el mundo... y sobre su extraña muerte un 18 de febrero...

-¿Satanás lo maldijo?

El sacerdote volvió a sonreír y dijo:

-Hay muchos secretos sobre las Santas Escrituras que fueron revelados en las pinturas de la Capilla Sixtina y que quizás algún día te contaré...

Ambos guardaron silencio por un largo rato. Había un sentimiento de paz en el ambiente; el padre Damián suspiró, cerró sus ojos y habló nuevamente:

-Los números son misteriosos, Samuel...

–¿Por qué lo dice?

El sacerdote abrió los ojos y respondió:

–El filósofo Platón dijo una vez: "En la vida no hay accidentes ni casualidades, ya que el tiempo consta de números y los números no cometen errores"...

–No entiendo lo que me quiere decir, padre...

–Recuerdas que te dije que la estatua fue encontrada en 1863, ¿verdad?

Samuel afirmó y esperó en silencio.

–Si sumas cada uno de esos números, uno por uno, por ejemplo 1+ 8 + 6 + 3 da 18. La estatua fue destruida en 118 pedazos, y ya sabes lo que dice el Salmo 118 versículo 18... ¿Cierto?

Samuel le asintió, moviendo la cabeza.

–Según una de las profecías de los mayas...

–¿Los mayas?

–Ellos pronosticaron un cambio radical en el comportamiento de la humanidad a partir de un eclipse de Sol...

Samuel permanecía con sus ojos clavados sobre el padre Damián, estaba estupefacto. En su rostro, se reflejaba su confusión.

–¿Te acuerdas del eclipse de Sol que tuvimos hace dos años? Bien, los mayas afirmaban que ese sería el primer símbolo que marcaría el principio del cambio, que durante ese período el hombre entraría en "El tiempo de los espejos", para encontrarse cara a cara con su destino...

El padre Damián hizo otra pausa, se puso de pie, sacudió su sotana alrededor de sus piernas y continuó:

–Ese eclipse se produjo el 11 del 8 de 1999...

Samuel se puso de pie de un salto.

–El día del eclipse se pudo ver un anillo de fuego que se recortaba contra el cielo; fue algo sin precedentes en la historia, ya que al mismo tiempo se formó una cruz cósmica, cuyo centro era la Tierra, con casi todos los planetas de nuestro sistema solar, con excepción de la Luna y Plutón. Los planetas se posicionaron en forma de cruz, en los cuatro signos del zodíaco, que son los cuatro signos de los evangelistas, los cuatro custodios del Apocalipsis de San Juan...

Samuel sintió como si su corazón se hubiese caído, su rostro estaba pálido, tragó bruscamente mientras sentía que el mundo entero se desvanecía bajo sus pies.

–Lo más impresionante del eclipse –continuó el padre Damián– es su coincidencia con la cruz cósmica que se originó el 18 de agosto, algo que solo pasa cada diez millones de años...

Volvió a humedecerse los labios y dijo:

–Ese acontecimiento y la precisión de la profecía lo convirtieron en el eclipse más apocalíptico de la historia...

Samuel comenzó a caminar por la iglesia, se rascaba la nuca y respiraba profundamente; de pronto se volvió con los ojos fijos en el padre Damián:

–¿Hay más?

–Los mayas lo llamaron "El tiempo de los espejos" porque, en su predicción, ciertas cosas no concordaban. Por ejemplo, las fechas y el movimiento de los planetas; de acuerdo con sus cálculos matemáticos faltaban aún 300 años...

–Pero los mayas, según la historia, fueron excelentes matemáticos...

–Tienes razón. Para ellos los procesos universales, como la respiración de la galaxia, son ciclos y nunca cambian. Lo que cambia es la conciencia humana, que pasa a través de ellos, siempre en proceso hacia la perfección. Fue entonces cuando dedujeron que todo era como una proyección ante un espejo; el hombre tendría que interpretar los reflejos de su conciencia y sus actos ante el espejo del destino...

El sacerdote hizo una pausa y luego habló, como si descargara su más grande golpe:

–Para ellos el diablo no era nada, no sabían sobre él. Por eso nunca entendieron la segunda parte del mensaje...

Samuel lo miró, como si sostuviera el corazón en la palma de su mano, y con ojos aterrorizados esperó por el resto de la historia, como alguien que espera ser succionado por un gran torbellino.

–Psicológicamente, cuando una persona tiene un visión, su subconsciente, al igual que sucede con algunos enfermos mentales, lo ve todo en sentido contrario.

–Distorsión cognoscitiva–, agregó Samuel.

–Exacto. Cuando ellos compararon las fechas y los movimientos de los planetas entendieron que estaban mirando parte de la fecha en sentido opuesto, ya que en sus cálculos faltaban trescientos años.

Samuel se llevó las manos a la boca.

El padre Damián sonrió: Samuel parecía haber entendido el mensaje.

–La fecha vista al revés –comenzó Samuel– es...

–18,8, 6661– dijeron ambos a un tiempo.

–6–6–6–1... el primer paso de Satanás, luego de su liberación en los mil años de los que habla la Biblia– agregó el Padre Damián.

–Observa bien qué perfectos son los números en esta profecía. El número con el que identificamos a la bestia es el 666 el cual sumado en forma individual 6 + 6 + 6 da 18.

Hizo otra breve pausa y con un fuerte suspiro, continuó diciendo:

–Alguna vez me pregunté que si los alemanes mataron a seis millones de judíos en el Holocausto, alrededor de nueve mil personas diarias... entonces, ¿por cuántos días estuvieron matando? Si se dividen seis millones entre nueve mil, el resultado es 6.6666666666.

Samuel estaba en shock y miraba al padre Damián con los ojos inmensamente abiertos.

–Si nos preguntamos por qué razón tuvo que pasar esto aquí en Phoenix, Arizona, recordaremos que esta iglesia fue fundada en 1881, fecha en la que aparece el número 18 al derecho y al revés, y sumando los números de la fecha individualmente 1+8+8+1 también nos da 18...

El padre Damián bajó el rostro y se rascó la frente; después miró hacia el fondo de la iglesia y con una leve sonrisa prosiguió:

–Los expertos habían argumentado que el año 2000 sería el del fin del mundo; pero no, es solo el comienzo del fin. Fíjate que el eclipse sucedió el 18 de agosto, cuatro meses antes del final del milenio, sobre los cuatro símbolos del zodíaco, señalando a los cuatro evangelistas del Apocalipsis...

La mente de Samuel, que permanecía inmóvil, no podía concebir lo que estaba escuchando, el modo en que cada dato y cada hecho se enlazaban y daban fuerza y mayor credibilidad a la visión del padre Damián.

–Usted es el sacerdote más extraño que he conocido... Habla de profecías mayas, de Platón, de cosas que no tienen nada que ver con su religión...

–La verdad se esconde de los palacios y de sus tronos de oro y se va a caminar entre las flores y las almas que inocentemente cuestionan la creación de Dios...

El sacerdote se le acercó sonriendo:

–¿Te acuerdas cuando te dije que, luego de ciertos estudios, pude comprobar que mis sospechas eran ciertas? Era esto lo que estaba investigando. Y hay otro dato curioso: Nostradamus habló sobre este mismo eclipse...

–¡No!

–Tal como lo oyes, la única diferencia fue que él lo predijo para el mes de julio. Señaló que en ese tiempo "Del cielo vendría un gran rey de terror a resucitar al gran rey de Angolmois". Según los expertos, Nostradamus pudo haber relacionado la fecha con el calendario judío, ya que el 11 de agosto del 1999 pertenece al último día de la séptima lunación en ese calendario, de ahí la relación.

El padre Damián se iluminó con una gran sonrisa:

–Lo que más te va a sorprender es saber que aquí mismo, en Arizona, los indios también lo predijeron.

–Padre, ¡usted está jugando conmigo!– y Samuel se echó hacia atrás, cada vez más asombrado.

–Claro que no. Los hopis predijeron que, para estos tiempos, la humanidad iba a tener la oportunidad de elegir su camino: optar por el camino del amor o por el mal camino... ¿Quieres saber otro dato importante sobre el eclipse? La sombra que proyectaba la Luna sobre la Tierra atravesó Europa, pasando por Kosovo, luego por Medio Oriente, por Irak y posteriormente se dirigió a Pakistán e India. Muchos piensan que la sombra señalaba las áreas de guerras y desastres... y es lo que ha venido sucediendo...

Samuel estaba atónito. Vio al padre Damián que observaba en silencio y con admiración la imagen de Jesús. Ambos permanecieron callados por un largo rato; el intenso sentimiento de paz llenó de nuevo el lugar. Ambos respiraban profundamente, como con gran alivio, lo cual de una forma extraña parecía nivelar sus corazones.

–¿Usted cree que todo eso sea cierto, padre?

–¿A qué te refieres?

–A las historias de la Biblia.

El padre Damián suspiró; parecía pensar en su respuesta.

–Tenemos que aceptar, padre, que hay cosas en la Biblia que son sumamente difíciles de concebir– continuó Samuel, inclinándose hacia adelante.

–Cuando comencé a estudiar la Biblia en mi niñez, me preguntaba si era cierto lo que decía o si en verdad era lo que muchos siempre han alegado: que es la mejor historia que se haya contado jamás.

Callaron mientras pensaban en silencio; el padre Damián miraba a su alrededor las pinturas e imágenes que adornaban la iglesia, las que artísticamente contaban la historia del catolicismo y el imperio de la fe. Sonriendo, sus ojos parecían acariciar cada una de las figuras.

–¿Sabes qué? –reflexionó el sacerdote volviendo a verlo–, no importa que el hombre y la ciencia traten de desmentir la idea de que hay un Dios supremo. Nunca podrán ignorar la gran verdad: en la vida hay misterios que solo tienen explicación al aceptar la idea de que existe Dios.

–¿Por qué está tan seguro?

–Piénsalo bien. ¿Crees que una maravilla tan grande como este mundo, el universo, la naturaleza son accidentes? ¿Un simple acto de panspermia? ¿Creaciones de una coincidencia?

–¿Panspermia?– Samuel alzó sus cejas interrogativamente.

–Es una teoría científica, que sostiene que la vida en este planeta fue inseminada por meteoritos que venían de otros planetas.

Samuel lo miró, confundido. El sacerdote lo percibió y agregó:

–Es una teoría más de la ciencia tratando de desmentir a Dios. Pero la gran verdad, Samuel, es que algo tan perfecto, tan sublime, solo pudo ser creado por una fuerza más grande que el entendimiento humano; y esa fuerza es lo que llamamos Dios...

48

CORTE SUPERIOR DEL CONDADO DE MARICOPA
201 W. JEFFERSON,
PHOENIX, ARIZONA

Los presentes se volvieron para ver entrar al testigo llamado; tenía unos cuarenta años, los ojos claros y la barba color castaño, nariz perfilada y delgados hombros. El hombre comenzó a caminar hacia el estrado y esperó al oficial, quien le pidió que levantara su mano derecha:

–¿Jura decir la verdad y nada más que la verdad, en el nombre de Dios?

–Lo juro– respondió firmemente.

Tomó asiento y de inmediato el fiscal se le acercó:

–Doctor, podría decirnos su nombre completo y ocupación, por favor.

–Josh Raymond, psiquiatra y neurocirujano del Hospital para niños de Phoenix.

Stanley se llevó las manos a la cintura:

–Doctor Raymond, de acuerdo con el departamento de policía de Glendale, usted fue quien llamó denunciando que tenía un paciente parecido al de la fotografía que había visto en televisión, ¿correcto?

El testigo afirmó rápidamente.

Stanley caminó hacia su mesa, se recostó sobre la esquina derecha y cruzando sus brazos le preguntó:

–¿Podría explicarnos por qué decidió llamar a la policía?

–Cuando vi la noticia, y tomando en cuenta la razón por la cual estaba tratando al acusado, noté el parecido entre Thomas y la fotografía del asesino; entonces me decidí a llamar.

–¿Podría decirnos la razón por la cual estaba tratando al acusado?

–La señora Santiago llegó a mi oficina, cinco meses atrás, por recomendación de uno de mis colegas–. El doctor hizo una pausa y continuó:

–Supuestamente su nieto padecía de unos extraños sangrados.

–¿Qué quiere decir con extraños sangrados?, preguntó Stanley, interrumpiéndolo.

–Según la señora Santiago, su nieto había amanecido varias veces cubierto de sangre y no se sabía la razón; le hicimos varios estudios y todo parecía estar bien. Al principio pensé que no se trataba de ningún trastorno psicológico y que podría ser úlcera o algo por el estilo. Pero, cuando estudiamos el tipo de sangrado que mostraban sus pijamas, nos dimos cuenta de que tenía que ser algo más.

–¿A qué tipo de sangrado se refiere?– volvió a preguntar el fiscal, esta vez hablando hacia el jurado.

–No era un tipo de sangrado normal. La mayoría de los pacientes que sufren de úlceras, por ejemplo, puede manchar la cama o la almohada con pequeñas gotas de sangre durante la noche, pero Thomas presentaba un sangrado mayor. Parecía, más bien, producto de una cortadura externa. Dos semanas más tarde, la señora Santiago llamó de nuevo; fue ahí donde decidí hacerle unos exámenes más detallados. Al día siguiente me llamaron del laboratorio con la noticia de que el tipo de sangre que se había encontrado era diferente a la de él...

–¿Otro tipo de sangre?– preguntó el fiscal.

El doctor miró a Thomas y notó la cautela con que Samuel observaba cada uno de sus movimientos, mientras le daba vueltas entre sus dedos a un bolígrafo que tenía en su mano derecha. Se dirigió de nuevo al fiscal y respondió:

–La primera vez que estudiamos las muestras de sangre coincidían con su tipo, que es A–positivo. Cuando la señora Santiago volvió a llamarnos y decidimos hacerle otros exámenes, encontramos que la sangre de sus pijamas era A– negativa.

Stanley cruzó sus brazos, con una mirada interrogativa.

–¿Qué hizo entonces?

–Llamé a la señora Santiago para preguntarle si ella sabía de quién podría ser la sangre.

– Y ¿cuál fue la reacción de la señora Santiago?

El fiscal se adelantó dos pasos.

–Parecía estar tan sorprendida como yo...

–¿Qué sucedió después?

–Esa misma noche vi la noticia en la televisión. Por el parecido de la fotografía con Thomas y por lo que habíamos encontrado, decidí llamar a la policía.

Stanley caminó hacia el centro de la sala y se volvió hacia el juez:

–No más preguntas, su señoría.

Samuel se puso de pie de inmediato y abotonó su chaqueta, dejando sobre la mesa el bolígrafo. Se acercó al testigo:

–Doctor ¿cuando analizó a Thomas, encontró usted alguna señal de que se tratara de un asesino?

–No.

–El hecho de que usted haya pensado que había semejanza entre Thomas y la fotografía que vio en la televisión no quiere decir que Thomas sea el asesino, ¿cierto?

–No, claro que no...

Samuel dirigió al jurado una mirada seria y dijo:

–No más preguntas.

Stanley miró cómo Samuel volvía lentamente a su asiento y, con una leve sonrisa, le demostró su admiración, por la estrategia al interrogar al testigo.

El juez se acercó al micrófono:

–Señor Stanley, llame a su próximo testigo...

Stanley se puso de pie y, con ambas manos sobre la mesa, dijo:

–El estado llama al detective Dan Mckoskie.

El detective se levantó entre la multitud. Los ojos de todos los presentes lo siguieron, mientras él se acomodaba la corbata, caminaba hacia el estrado y hacía su juramento.

Stanley permaneció sentado: lo saludó y le pidió que diera sus datos para los archivos.

–Detective Dan Mckoskie, departamento de homicidios del destacamento de policía de la ciudad de Glendale.

–Detective, ¿por cuánto tiempo ha estado usted envuelto en este caso? Stanley caminó hacia él.

–Desde que se encontró a la primera víctima, el 30 de septiembre de 2000.

–¿Usted fue quien arrestó a Thomas Santiago, no es cierto?

–Sí, junto con el detective Morrison.

Stanley volvió a ver al jurado y, de espaldas al testigo, le preguntó:

–¿Podría contarnos lo que pasó?

El detective trató de acomodarse en su asiento, haló ambos lados de su chaqueta y respondió:

–Cuando recibimos la llamada del doctor Raymond, nos sorprendimos de que en tan poco tiempo hubiéramos recibido una respuesta de la comunidad. Como no teníamos ninguna pista sobre quién podía ser el asesino, fuimos a verlo. El doctor nos contó sobre Thomas y la razón por la cual lo consultaba, le hicimos un examen de ADN a la muestra de sangre de las pijamas de Thomas y descubrimos que pertenecía a Patrick McKinney. Entonces ya no tuvimos ninguna duda.

El fiscal miró a todos los presentes, con rostro severo; sus ojos se habían endurecido y apretando los puños comentó:

–La sangre de una de las víctimas fue encontrada en sus pijamas...

Luego se aproximó al testigo:

–¿Cuál fue su reacción al darse cuenta de que un menor como Thomas era capaz de esto?

Mckoskie pestañeó y miró alrededor de la sala; notó que todos guardaban silencio. No había la menor duda de que era el punto de atención: tragó lentamente y respondió:

–Todos quedamos muy sorprendidos. Thomas no tenía el perfil de asesino que, de acuerdo a nuestro diagnóstico criminal, llenara nuestras expectativas. En el historial de los asesinos en serie, nunca se había visto a una persona de esa edad que hubiera hecho algo igual. El más cercano fue Williams Heirens, "El asesino del pintalabios", que tenía diecisiete años.

Williams George Heirens ha sido uno de los asesinos más jóvenes en la historia de los Estados Unidos. Con tan solo 17 años, en 1946, el estudiante de la Universidad de Chicago mantuvo a los habitantes de esa ciudad sumergidos en las páginas de los periódicos, esperando el desenlace de los reportes de lo que parecía ser, más bien, los despiadados y más oscuros relatos de Edgar Allan Poe. Luego de cada asesinato, el criminal escribía en la pared con el pintalabios de las víctimas un mensaje a la policía en que le pedía que lo detuvieran, porque ya no podía controlar su impulso de matar; de ahí el nombre de "El asesino del pintalabios".

Mckoskie calló por un segundo y, mirando a Thomas, continuó:

–De cada diez asesinos en serie, nueve tienen entre veinticinco y treinta y cinco años de edad, pero nunca habíamos visto uno de catorce...

Stanley caminaba alrededor; se podía percibir que estaba pensando qué decir. Rozó su barbilla con su mano izquierda y miró al testigo:

–Detective: de acuerdo con su reporte, usted califica al asesino como uno de los más expertos y peligrosos de todos los tiempos. ¿Podría explicarnos por qué?

–Según lo que encontrábamos en cada escena, estábamos ante un tipo de procedimiento criminal de la categoría de John Wen Gasey, Dennys Nilsson o Chikotelo, para ser exacto...

Stanley se acercó a su mesa y tomó una ampliación de la fotografía de la palabra que se había encontrado escrita en cada una de las escenas. La puso sobre un pedestal, al lado del testigo, y preguntó:

–Detective Mckoskie, en cada una de las escenas del crimen se encontró este mensaje. ¿Qué nos puede decir sobre él?

Mckoskie sacó un bolígrafo del bolsillo de su chaqueta y apuntó hacia la fotografía:

–Muchos asesinos usan lo que en criminología se conoce como su firma o identificación criminal. Es una manera de identificarse ante la sociedad o de mandar algún mensaje, ya sea al mundo o a la policía; el mensaje en la pared es una sola palabra, fue escrita con la sangre de la víctima en un dialecto bíblico llamado sirio arameo.

El fiscal dio dos pasos hacia el jurado y echó hacia atrás su chaqueta, para poner las manos en su cintura:

–¿Podría decirle a la corte, detective, lo que significa?

- Significa "demonio"- respondió Mckoskie seriamente.

El bullicio creció de repente; los presentes se miraban unos a otros mientras murmuraban. Thomas observó a Samuel sorprendido, mientras se oía el fuerte martilleo del juez sobre el estrado pidiendo orden.

–¿Qué otra característica común, además de esta palabra, tenían las escenas?– volvió a interrogar el fiscal, cuando se hizo silencio.

–También había un extraño olor a flores, aunque nunca pudimos encontrar de dónde provenía; pero allí estaba, en todas las escenas, siempre...

Stanley se frotó las manos:

–¿Cree usted que todas las víctimas fueron asesinadas por la misma persona?

–No tengo la menor duda, ya que el método de operación, que llamamos MO, fue siempre el mismo.

–Por último, detective, según su experiencia, ¿considera usted que Thomas Santiago es un asesino psicópata?

–¡Objeción, su señoría!– gritó Samuel desde su asiento.

–El testigo es un detective de homicidios, no un psiquiatra...

–A lugar– intervino el juez.

–Déjeme preguntárselo de esta manera, detective: ¿cree usted que estos son los actos de una persona desorganizada, que no sabía lo que hacía?

–Claro que no, los asesinos en serie se clasifican en dos grandes grupos, cuando se trata de las evidencias: los desorganizados y los organizados. Estos últimos son más intelectuales y son aquellos que convierten todo en un juego; van dejando pistas exclusivas o algún mensaje en las escenas. Como lo hacía el asesino del Zodíaco, por ejemplo.

–Gracias detective, no más preguntas, su señoría–; el fiscal volvió a su asiento.

El asesino del Zodíaco es sin duda, junto a Jack el destripador, el asesino en serie más impactante de todos los tiempos. A mediados de los años sesenta este despiadado criminal, mantuvo aterrorizada a toda la bahía de San Francisco, California, y sus alrededores. Luego de cada asesinato, enviaba una carta escrita a máquina a la policía de Riverside y a los periódicos locales, Riverside Enterprise y Times Herald, confesando sus crímenes y amenazando con matar de nuevo si no lo ponían en las primeras páginas de las noticias. Las cartas eran firmadas con el nombre del Zodíaco y una cruz encerrada en un círculo. Luego de varios años de jugar al gato y al ratón, el asesino comenzó a mandar, junto con sus confesiones, tres partes de un criptograma en el cual, supuestamente, revelaba su identidad. Los tres criptogramas fueron resueltos en menos de una semana por un profesor de High School de North Salina, California, y su esposa. A pesar de que fueron descifrados y que se encontró una huella digital en una de las cartas, el asesino nunca fue hallado, ni su identidad revelada. Según los reportes que se conservaron, la policía cree haber descubierto quién fue en realidad, pero solo luego de su muerte a los 82 años de edad.

Samuel se acercó al testigo sin decir una palabra, lo miró a los ojos y puso su mano izquierda sobre el borde de madera; entonces le preguntó:

–Detective, usted escribió en varios de sus reportes que no entendía cómo las escenas del crimen pudieron quedar tan impecables. ¿Podría explicarnos a qué se refería?

Mckoskie juntó sus manos y, entrecruzando los dedos, respondió:

–Algo que nos sorprendía era la forma tan perfecta en que encontrábamos cada una de las escenas. Con toda la tecnología de que disponemos en estos días para resolver los casos, no podíamos encontrar la más mínima pista, ni siquiera una hebra de cabello o una huella digital en el cuerpo de las víctimas.

–En otras palabras, nada que revelara la identidad del asesino, ¿no es cierto?

–Sí– respondió el detective irónicamente.

–Estoy seguro de que usted ha visto el video de la cámara de seguridad de la gasolinera, ¿verdad?

El policía asintió.

–¿Y el del hospital del condado de Maricopa?

–Objeción, su señoría; ese video no se ha sometido a la corte como evidencia en este caso todavía– gritó Stanley, mientras se ponía de pie, extrañado.

–Su señoría: ese video fue sometido a la corte antes de ayer– intervino Samuel, en tanto se acercaba a su mesa en busca de un papel que Marcos le extendía y lo presentaba al juez para comprobar su argumento.

–Su señoría, ese video fue grabado en una celda del hospital de Maricopa y no ha sido examinado aún para determinar su autenticidad – reclamó Stanley.

El juez leyó el documento, se quitó sus lentes y miró a Samuel.

–Su señoría, dos guardias de la marina de guerra custodiaban al acusado en ese momento; dos guardias que aún están bajo cuidados médicos, de los cuales uno atestiguará ante esta corte que todo lo que se ve en el video en verdad ocurrió...

El juez pidió a ambos abogados que se acercaran al estrado, cubrió el micrófono y en voz baja se dirigió a Samuel:

—¿Usted no estará pensando en mostrar ese video en este momento?

Stanley intervino:

—Su señoría, usted no puede permitir que ese video sea presentado en esta corte; creo que ya tuvimos suficiente alboroto con el primero que se mostró... Samuel se inclinó hacia el estrado y, señalando el papel que le había entregado al juez, respondió:

—No; en este momento solo quiero que el testigo responda si lo ha visto o no. Ese video habla bien claro sobre el estado mental del acusado y sobre este caso.

El juez volvió a estudiar el documento y, mirando a Stanley, concluyó:

—Permitiré que el testigo responda. Objeción denegada, el testigo debe contestar a la pregunta.

Los abogados retornaron a sus lugares.

—Sí, también lo he visto— contestó Mckoskie, cruzando los brazos.

—¿Qué tiene que decir al respecto?

Mckoskie endureció su rostro y lo observó fijamente:

—¿A qué se refiere?

Samuel retrocedió y volvió a preguntar:

—¿Qué cree de lo que pasó en aquel lugar, de acuerdo con el video?

—En realidad, estoy tan sorprendido como usted...

—¿Sorprendido? Humm... —Samuel se dio vuelta para verlo—. Déjeme decirle la verdad, detective, esto para mí es más que sorprendente: nunca en mi vida había visto algo igual. He observado esos videos, una y otra vez, y con toda honestidad no puedo creer que eso que ataca al señor McKinney sea un ser humano...

Mckoskie lo miró severamente:

—Tal como le dije en la estación de policía, señor Escobar, el estado me paga para atrapar a los criminales; que sean culpables o inocentes es asunto de la corte, no mío...

Samuel dio varios pasos en círculo y se rascó levemente la nuca antes de seguir:

—Detective, el fiscal Stanley le preguntó hace un rato si creía que todas las víctimas habían sido muertas por el mismo asesino, y usted respondió que no tenía la menor duda ¿correcto?

El testigo se reacomodó en su asiento y dirigió a Samuel una mirada poco amistosa:

–Sí, es correcto.

–Estoy totalmente seguro de que está familiarizado con el término de criminología *copycat*...

–Es una expresión en inglés que se usa para expresar que un asesino está imitando a otro...

Samuel dio media vuelta y con las manos en la cintura, insistió:

–¿No existe la posibilidad de que alguien más pudiera haber asesinado a varias de las víctimas y que la policía pensara que fueron asesinadas por la misma persona?

–Sería muy difícil– respondió Mckoskie que lo seguía con la mirada.

–Pero existe la posibilidad, ¿cierto?

–Sí.

Samuel volvió a su mesa a buscar algunos documentos, con los cuales se acercó nuevamente:

–Detective, estos son los expediente de dos de las víctimas, la señora Luisa Mcbell y Billy Black Horse. ¿Podría usted leer la parte sombreada en el expediente de Billy, por favor?

–Objeción, su señoría. Esas víctimas no pertenecen a la jurisdicción del detective Mckoskie– exclamó el fiscal.

El juez miró a Samuel, quien se le adelantó diciendo:

–Su señoría, solo pretendo probar que, lógicamente, no es posible que mi cliente haya matado a esas dos personas. Es físicamente imposible que haya estado el lunes 12 de septiembre en la reservación de Ship Rock y luego en la ciudad de Phoenix, en menos de dos horas...

El juez parpadeó varias veces y se rascó la barbilla, agregando:

–Objeción denegada.

Mckoskie tomó el papel y leyó: "El joven Billy Black Horse de veinticuatro años fue encontrado muerto en la madrugada del lunes doce de septiembre del dos mil cuatro. Hora aproximada de su muerte, cinco y media a.m.".

Devolvió el papel a Samuel, el cual la pasó de inmediato al juez.

–Detective, esta es una copia de la lista de asistencia de la escuela de Thomas y en la cual la dirección asegura que no ha faltado un solo día a clases, en los últimos dos años, y que el autobús escolar lo recogía en la esquina de su casa a las siete y media, todas las mañanas... ¿Podría usted explicarme cómo es posible que mi cliente haya matado a Billy Black

Horse y regresara a la ciudad en solo dos horas, si la reservación de Ship Rock está a más de cuatro horas de aquí?

Mckoskie lo miró sin decir nada, mientras que Samuel tomaba de nuevo la palabra:

–Volveremos a esa pregunta en breve.

Samuel empezó a leer el otro expediente en voz alta:

–La señora Luisa Mcbell fue asesinada a las tres y media, el dos de mayo del año pasado, en la ciudad de Globe mientras volvía a su casa del trabajo; es decir a más de cinco horas de distancia...

Samuel cruzó sus brazos y miró al testigo con ironía:

–Déjeme adivinar, detective... ¿eso tampoco puede explicarlo?

Entonces se dirigió al jurado:

–La lógica nos dice que es imposible que Thomas haya estado en Ship Rock a las cinco y media de la mañana, y haya tomado el autobús a las siete y media, cuando hay más de cuatro horas de viaje entre un lugar y el otro. Tampoco es posible que asesinara a la señora Mcbell en Globe y asistiera a la escuela a tiempo al día siguiente. Samuel caminó por la sala, antes de volver hacia el testigo:

–¿No considera usted que estos son argumentos sustanciales para pensar que alguien más pudo asesinar a Billy Black Horse y a Luisa Mcbell, detective?

Mckoskie seguía con la mirada fija, sin responder. Samuel se le acercó:

–¿Detective?

Mckoskie le dedicó una mirada despectiva y respondió:

–Puede ser, pero lo dudo...

Samuel fue lentamente hacia su asiento, mientras introducía la mano en el bolsillo de su pantalón. Solo agregó:

–No más preguntas, su señoría.

E Turquoise Av

49

RESIDENCIA FAMILIA ESCOBAR,
6889 EAST TURQUOISE AVE.
SCOTTSDALE, ARIZONA

Samuel buscaba a tientas el teléfono, en la oscuridad de la habitación, mientras que Catherine se levantaba de la cama e iba a ver cómo estaba la niña que parecía haberse despertado con el timbrar del aparato.

–¿Hello?

–¿Samuel?– dijo una voz masculina.

–¿Quién es?–. Samuel preguntaba mientras, sentado en la cama, se frotaba la cara tratando de despertarse.

–Es Mckoskie; será mejor que se levante y venga a la prisión de Florence...

–¿Qué pasó? ¿Le sucedió algo a Thomas?

–Thomas se escapó de nuevo y mató a uno de los prisioneros...

–¿A uno de los prisioneros?

–Sí, a Jonathan Dooty... Será mejor que venga antes de que llegue todo el mundo y esto se convierta en un campo de concentración...

–Saldré enseguida.

Samuel saltó de la cama y comenzó a vestirse. Cuando Catherine entró en la habitación con la niña en sus brazos, sin comprender lo que ocurría, Samuel murmuró:

–Thomas se ha vuelto a escapar...

–¡Santo Dios!

Como siempre, Samuel le dio un beso en la mejilla y mientras salía corriendo, le gritó:

–Tengo que ir a la prisión; te llamaré tan pronto pueda...

E Butte Av.

50

PRISIÓN ESTATAL DE ARIZONA EN FLORENCE,
1305 E. BUTTE AVE.
FLORENCE, ARIZONA

Samuel se acercaba lentamente a la prisión mientras notaba cómo varios helicópteros rondaban por el cielo. Miró para todos lados: el frente de la cárcel estaba repleto de camiones de las estaciones de televisión, con sus inmensas parabólicas. *¡Mierda! Ya están aquí...* se dijo a sí mismo.

Al verlo aproximarse, los reporteros corrieron hacia él, como un enjambre de moscas.

Mckoskie, viendo el alborto, le ordenó a un policía que estaba a su lado:

–Aleje a todos esos pendejos del frente y dígale a Brown que deje pasar el auto que acaba de llegar.

–Sí, señor– respondió el oficial mientras salía corriendo.

Mckoskie estrechó la mano de Samuel, que miraba hacia atrás y preguntaba:

–¿Cómo demonios llegaron aquí tan rápido?

–Muchas veces me he hecho la misma pregunta– respondió Mckoskie en tanto le mostraba con su mano derecha el camino a seguir.

–¿Y Morrison dónde está?

– Con el director de la prisión.

Tres policías se encontraban frente a la puerta de la celda, y al ver a Samuel dieron un paso atrás y lo dejaron pasar.

Samuel notó que el extraño olor a flores del que hablaban los reportes policiales se podía percibir fácilmente a varios pies de distancia. Se detuvo enfrente de la celda y vio al médico forense, que se encontraba agachado observando de cerca el cuerpo de la víctima; un fotógrafo tomaba fotos a cada pulgada de la celda.

El cuerpo de Jonathan Dooty estaba tirado en el suelo con las piernas encorvadas, sus pies debajo de los glúteos; su cabeza apuntaba hacia el norte. Una gran mancha de sangre ocupaba gran parte del piso, y también sus ojos estaban llenos de sangre. La expresión que había quedado grabada en su rostro era la del terror que se había apoderado de él antes de morir.

–¿Qué nos puede decir, doctor?– preguntó Mckoskie a un hombre de pequeña estatura, con una excesiva calvicie y pequeños y delgados espejuelos, mientras sacaba una caja de cigarrillos del bolsillo de su chaqueta.

El forense, agachado sobre su pierna izquierda, se rozó la barbilla y respondió:

–Yo diría que lleva muerto como una hora o tal vez dos...

Se quitó los guantes de goma y, acomodándose los lentes, agregó:

–Presenta los mismos síntomas que las otras víctimas: muerte por estrangulación, severas fracturas del cráneo y del cuello...

Secó el sudor de su frente y señaló a la víctima:

–Si pueden ver bien las marcas y hematomas en su cuello, se darán cuenta que fue estrangulado con una sola mano...

Samuel levantó los ojos y observó aquella palabra en sirio arameo que estaba escrita en la pared, justo encima del cuerpo.

–¿Algún testigo?– preguntó.

–Los dos presos de las celdas de enfrente; son los únicos que pudieron ver lo que pasó– respondió una voz a sus espaldas.

Samuel y Mckoskie se voltearon y vieron que el director de la prisión hacía su entrada en ese momento, junto con dos guardias. Samuel le estrechó la mano mientras que este se excusaba:

–Perdónenme por la tardanza, estaba terminando de interrogar a los guardias de turno.

–¿Dónde está el agente Morrison?– preguntó Mckoskie, al ver que había llegado solo con los guardias de la prisión.

–Está telefoneando a Washington...

–¿Podríamos hablar con los testigos?– intervino Mckoskie, rápidamente.

–Claro que sí.

–¿Cuándo podríamos hablar con los prisioneros?– preguntó Samuel, a su vez.

–Tan pronto el doctor termine de examinarlo...

–¿Examinarlo? Usted dijo que eran dos prisioneros– intervino Mckoskie.

–Uno de ellos no puede hablar...

El detective cruzó sus brazos y lo miró con sospecha:

–¿Qué quiere decir?

–Exactamente eso: está en estado de coma; no se mueve, ni siquiera pestañea.

Mckoskie miró a Samuel y sus ojos indicaban que no creía nada de lo que el director había dicho.

El abogado contempló de nuevo el cadáver de Jonathan Dooty. Había sido un hombre de pequeña estatura, quizás un metro cuarenta y cinco; parecía ser de origen oriental. De sus ojos marrones y de su perfilada nariz había salido una gran cantidad de sangre, que pasaba justo por debajo de su cabeza.

Mckoskie notó con extrañeza la actitud de Samuel y le preguntó:

–¿Está bien, Escobar?

Samuel permanecía mirando el cadáver. Metió su mano derecha en el bolsillo de su pantalón y con la izquierda se arrascó la nuca. Aspiró profundamente y luego, descargando sus pulmones suavemente, murmuró:

–Este era el famoso Jonathan Dooty... Recuerdo muy bien los titulares de los periódicos y los rumores que solían llenar los pasillos del palacio de justicia cuando lo estaban juzgando–. Samuel hizo una pequeña pausa y finalizó:

–Su caso era el más comentado en todo el estado, por la complejidad de los hechos. Nunca pensé que lo llegaría a conocer y menos de esta manera...

Whitefield los llevó a una de las salas de enfermería donde un hombre alto y robusto estaba acostado sobre una camilla. El paciente era joven, como de unos veintiocho años, sus ojos azules se encontraban completamente abiertos y su cuerpo estaba pálido y rígido. Mckoskie se le acercó; como su mirada estaba clavada en el techo, le pasó rápidamente la mano por encima de la cara tratando de ver si reaccionaba.

–¡Ah, este está perdido!– exclamó al ver que el prisionero estaba sin conocimiento.

–¿Dónde está el otro?– preguntó Samuel al director después de haber observado el cuerpo tieso y sus puños apretados.

Whitefield les hizo una señal con la mano para que lo siguieran.

Entraron a otra habitación que tenía el aspecto de una sala de interrogatorios; a través de un espejo podían ver a un hombre de raza negra, de pelo oscuro y rizado como de unos cincuenta años, quien nerviosamente apretaba en sus manos un rosario y rezaba desesperadamente.

Whitefield se acercó al prisionero, el cual con ambas manos sobre la mesa apretaba el rosario y con la cabeza baja, entre murmullos, rezaba ocultando el rostro.

–Johnny, este es el detective Mckoskie del departamento de homicidios de Glendale y él es el abogado Escobar– le dijo Whitefield. Apoyó la mano sobre la esquina de la mesa y prosiguió:

–¿Podrías decirles a estos señores lo que viste?

El prisionero levantó su cara y con los ojos humedecidos y la voz quebrantada respondió:

–Ya se lo dije, señor director, Dios ha hecho justicia. Jonathan nunca quiso escucharme, yo siempre le dije que la justicia divina era más fuerte que la del hombre y él se burlaba...

–¿Podría decirnos exactamente lo que vio, por favor?– intervino Mckoskie.

El prisionero tragó bruscamente y respondió:

–Hacía más de dos horas que habían apagado las luces; yo daba vueltas en mi cama tratando de dormir, cuando de repente vi que una gran luz iluminaba desde el otro lado de la celda. Me di la vuelta para ver qué estaba pasando...

Se secó las lágrimas que comenzaron a rodar por sus mejillas y halando ligeramente el pelo de su nuca prosiguió:

–Jonathan estaba pegado contra la pared, aterrorizado, mientras que aquella cosa se le acercaba y lo tomaba por el cuello. Luego, lo levantó con una mano... Esa cosa tenía unas alas inmensas que cubrían casi toda la celda. De pronto comenzó a golpearlo contra la pared, aquella... aquella... voz parecía retumbar en las paredes del edificio. Fue entonces cuando comencé a gritar y a pedir ayuda– sollozó el prisionero.

Samuel y Mckoskie se miraron:

–¿Qué pasó luego?

–Yo seguí gritando, todos se despertaron, Texas comenzó a gritar junto conmigo...

–¿Quién es Texas?– preguntó Samuel.

–Es el prisionero al que acabamos de ver – aclaró Whitefield.

–Y entonces, ¿qué sucedió?– volvió a preguntar Mckoskie.

El hombre respiró profundamente y respondió:

–Entonces aquella extraña figura se dio vuelta y nos miró...

Las lágrimas volvieron a correr por su rostro, sus manos temblaban mientras apretaba el rosario con más fuerza.

–Todo está bien, Johnny– el director le puso una mano en el hombro.

–Sus ojos... ¡Oh, Dios mío, sus ojos! Sentí que el alma se me caía cuando me miró. Texas pegó un grito, luego aquella cosa soltó a Jonathan y agachándose untó su dedo con sangre y escribió algo en la pared, y por allí mismo, atravesándola, desapareció como un relámpago...

–¿Y los guardias?– quiso saber Samuel.

–Los guardias no llegaron hasta después, cuando todo había pasado... fue todo tan rápido...

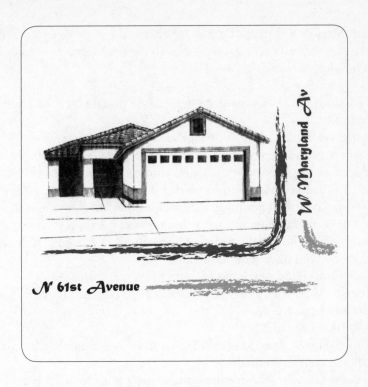

51

Residencia Familia Santiago,
6610 North 61 Ave.
Glendale, Arizona

Samuel se asomó a la ventana y haló hacia un lado la cortina: la gente seguía aglomerándose en el frente de la casa.

Mckoskie se acercó por el otro lado de la ventana y, al ver a la inmensa multitud, llamó por su radio a uno de sus oficiales:

–Mike, muevan las barricadas más atrás; dile a Rick que mantengan los ojos abiertos, alguien puede estar armado...

Mckoskie miró su reloj y se dirigió a Samuel:

–Son las cinco de la mañana, ¿por qué no se van todos a sus malditas casas? Prefieren quedarse aquí, esperando ver qué sucederá, en vez de estar con sus familias...

Juan Manuel y el padre Damián se encontraban en el sofá, mientras Mariela, sentada en una silla, recostaba su cabeza contra la pared con los ojos cerrados.

De pronto, un grito espantoso llegó desde una de las habitaciones:
–¡Mami!
Mariela saltó de la silla y corrió; todos la siguieron.
Casi estrellándose contra la puerta, entró a la habitación. Thomas flotaba en el aire, justo encima de su cama, con sus brazos abiertos en forma de cruz y las manos cubiertas de sangre. Un fuerte viento soplaba a través de las ventanas y hacía difícil la visibilidad. Sus ojos tenían un color blanco brillante, como sal, y detrás de su cabeza resplandecía una luz intensa, que iluminaba toda la habitación. Un par de alas de impresionante tamaño nacían de su espalda.
–¡Oh, santo Dios!– exclamó Mariela y cayó de rodillas.
Cuando Mckoskie vio lo que pasaba, se pegó contra la pared, mientras gritaba aterrorizado:
–¿Qué demonios...?
–¡Padre santo!–, Juan Manuel hizo en su pecho la señal de la cruz y se arrodilló al lado de su madre.
El padre Damián se abrió paso lentamente y se acercó a Thomas. Juntó sus manos en actitud de rezo y, prostrándose sobre una rodilla, comenzó a hablarle en arameo: "Enviado de Dios, vengador de la sangre, ten misericordia de este niño y su familia"...

Todos se miraban unos a otros tratando de comprender aquello, mientras el padre Damián seguía hincado hablando con el ángel.
De pronto el ángel habló; sus ojos estaban llenos de enojo cuando le dijo al sacerdote: *La maldad es mucha en el mundo y el Señor ha mandado a destruir la mala semilla...*
–Pero ten misericordia de los temerosos de Dios– rogó el padre Damián.
–*Las plegarias de los oprimidos se escuchan en el cielo pidiendo venganza...*
–Pero observa el dolor de esta madre, no cierres tus ojos a su dolor...
–*Ha llegado la hora en que la mala hierba será cortada y echada al fuego...*

Después de estas palabras, de los ojos del ángel brotaron lágrimas de sangre. Mariela, aterrorizada, comenzó a llorar desesperadamente.

Thomas lanzó un grito inmenso de dolor y su cabeza cayó hacia atrás, como si hubiera quedado inconsciente, flotando en el vacío. Una luz muy intensa lo envolvió y las alas desaparecieron de su espalda.

El padre Damián se acercó y lo sostuvo por el pecho; sintió cómo su cuerpo desmayado caía sobre sus brazos y lentamente lo acostó sobre la cama.

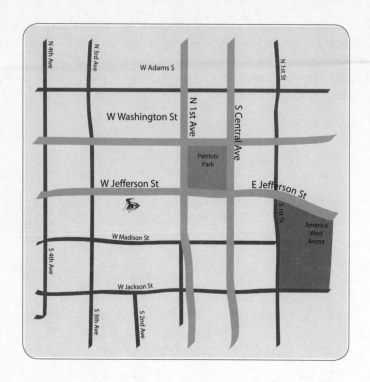

52

Oficina del Juez Fieldmore,
Corte Superior del Condado de Maricopa,
201 W. Jefferson,
Phoenix, Arizona

Dos días después Samuel fue a la oficina del juez quien lo esperaba en compañía del fiscal, Morrison, Mckoskie, la gobernadora y un hombre de estatura mediana, como de unos cuarenta años, ojos marrones y tez morena. Al verlo llegar, se pusieron de pie.

–Señor Escobar, este es Gary Owens– dijo el juez señalando a la nueva figura.

Samuel afirmó levemente con la cabeza:

–Es un placer...

–Samuel, el señor Owens está aquí en representación de la Casa Blanca...

–Yo me hago cargo de aquí en adelante, juez Fieldmore–. La razón de mi presencia, señor Escobar, es que este caso está alcanzando fama internacional...

Samuel cruzó sus brazos y con una mirada irónica se preparó para escucharlo:

–La Casa Blanca está preocupada por la forma en que este caso se ha adueñado de los medios de comunicación. Desde que esto se inició, las cosas han ido de mal en peor, y creemos que es hora de que busquemos la manera de controlar este asunto...

Samuel mantuvo sus brazos cruzados y la expresión burlona en su rostro cuando respondió:

–Estoy seguro, señor Owens, de que usted conoce los videos donde se ve lo que sucede con mi cliente; además sabrá que las últimas dos prisiones donde lo han puesto son las mejores del estado, equipadas con lo último en seguridad y tecnología y, ni aún así, se ha podido controlar el problema... ¿Qué sugiere que hagamos?

Owens se acercó a Samuel, con el rostro contrariado: sus gruesas cejas y pronunciados pómulos estaban casi unidos. Se paró frente a él y dijo con dureza:

–Estoy aquí en representación de la Casa Blanca para asegurarme de que todo esto se mantenga lo más callado posible, le guste a usted o no...

El rostro de Samuel cambió repentinamente; sus ojos se llenaron de furor y clavándole su mirada, le gritó:

–A mí me importa un carajo la razón por la que esté aquí... Mi trabajo es asegurarme de que Thomas salga libre de culpa y eso es lo que haré...

–¡Caballeros, caballeros! –intervino la gobernadora–. Estamos aquí para buscarle una solución al problema, no para matarnos unos a otros...

Owens caminó varios pasos al rededor y volvió a verlos:

–Hoy en la tarde llegará desde Washington un grupo de especialistas del gobierno, para ayudarnos a controlar la situación.

–¡Su señoría, eso es ilegal! –reaccionó Samuel rápidamente–. De acuerdo a la ley, Thomas debe estar bajo la custodia del estado de Arizona hasta que sea juzgado...

El juez se puso de pie y lentamente caminó hacia donde estaba Samuel; con sus manos a la espalda, respondió:

–Tenemos que admitir, señor Escobar, que esta situación está por encima de nuestro entendimiento... Llevamos más de dos semanas de juicio y aún no tenemos ni la más mínima explicación sobre lo que le pasa a ese muchacho. Médica o científicamente, nadie tiene la menor idea de lo que está pasando...

Todos guardaron silencio mientras el juez volvía a su asiento, con lentitud.

–Puede ser que la defensa tenga una, su señoría...

El juez giró, sorprendido, y lo miró a los ojos.

–¿Recuerda el permiso que le pedí para que un sacerdote pudiera visitar a Thomas?

El juez juntó sus manos y afirmó levemente con la cabeza.

–Quizás les parezca una locura, pero ese sacerdote ha estado trabajando conmigo, tratando de investigar lo que está pasando. Ha entrevistado a Thomas sobre lo que le sucede y estamos seguros de que se trata de una posesión...

–¡Su señoría, por favor!– intervino Stanley que se puso de pie de un salto.

–Un momento, señor Stanley –lo detuvo el juez con un gesto de su mano–. Déjelo terminar.

–Hemos estudiado los videos y de acuerdo con los síntomas que presenta en cada uno de ellos, el padre Damián asegura que es una extraña clase de posesión. Además él es el único que ha podido acercársele cuando eso se ha apoderado de él...

Samuel se volvió hacia su izquierda y, mirando al detective Mckoskie, terminó diciendo:

–Si no me creen, pueden preguntárselo a él...

Todas las miradas se dirigieron al detective, mientras se ponía de pie.

–En eso el abogado tiene toda la razón... Cuando fuimos por Thomas la última vez, vimos algo que no esperábamos; oímos un grito en su habitación y corrimos a buscarlo como la vez anterior, solo que ahora el espíritu aún estaba en su cuerpo...

Mckoskie caminó hacia adelante y, pasándose la mano por la cabeza, continuó:

–Thomas flotaba como si estuviera crucificado en el aire, hablaba en aquel extraño idioma. Todos caímos al suelo al ver aquello. El cura se adelantó y se le acercó; comenzaron a hablar, y luego de unos segundos, el cura lo tomó por el pecho y los hombros y el espíritu desapareció...

El juez miró a Owens y a Stanley, los cuales permanecían callados, y se sentó lentamente en su escritorio. Respiró profundamente y preguntó:

—¿Gobernadora?

—¿A qué hora llegará el grupo de especialistas, señor Owens? Ella se volvió para verlo.

—A las seis.

—Nos reuniremos aquí a las ocho y media; traiga a ese cura, señor Escobar y escucharemos lo que tiene que decir. ¿Está bien, señor Owens?

Él afirmó con la cabeza.

El juez se dirigió al fiscal que parpadeó varias veces en silencio y terminó diciendo que sí.

E Turquoise Av

53

RESIDENCIA FAMILIA ESCOBAR,
6889 EAST TURQUOISE AVE.
SCOTTSDALE, ARIZONA

Samuel tomó uno de sus libros de derecho de encima del escritorio y lo puso de nuevo en el librero; iba señalando el resto de los libros, uno por uno, bajando la hilera con su índice y leyendo: buscaba algo más.

–Mi amor, ¿qué tal si invitamos a mis padres a cenar el domingo?– le preguntó Catherine.

–Sí, está bien– respondió sin darse vuelta. Luego de buscar desesperadamente, se volvió para preguntarle:

–Mi amor, ¿has visto mi libro de psicología forense?

–Si no está ahí debe estar en la caja de libros que está en el desván...

–¡¡En el desván!?

–¿No te acuerdas que la pusiste allí hace dos semanas?

–¡Oh, sí!

Samuel tomó asiento lentamente en la silla del escritorio y agregó:

–Estoy perdiendo la cabeza...

–Es todo lo que está pasando; tú no eres el único, toda la ciudad parece estar viviendo la misma pesadilla– dijo Catherine que se acercó y le acarició la mejilla.

Samuel suspiró:

–Todo esto es tan difícil de creer, muchas veces me pregunto si es real...

Catherine se sentó sobre sus piernas, lo abrazó y le dio un beso en los cabellos. Samuel recostó la cabeza en su pecho y respiró profundamente:

–No sabes cuánto te agradezco el apoyo que me has brindado...

Catherine le besó de nuevo los cabellos y le abrazó fuertemente:

–Yo siempre he admirado tu gran devoción y, muchas veces, tu terquedad cuando se trata de la justicia, pero si de algo estoy segura, es de que eres un hombre de principios y honor, y eso es lo que cada día me conforta.

Samuel levantó su rostro y se frotó la cara con sus manos; agregó:

–El día en que la justicia sea el punto de exaltación entre los hombres, entonces todos buscaremos la verdad agarrados de las manos...

Catherine le tomó la cara y lo miró a los ojos:

–Eso es lo que me enamora más de ti cada día, que ese hombre que una vez conocí, aún sigue vivo. Y si mal no recuerdo, creo que una vez te prometí estar a tu lado en las buenas y en las malas...

Samuel sonrió levemente y le preguntó:

–¿Hasta que la muerte nos separe?

–Humm– afirmó ella con un movimiento leve de su cabeza.

–No sé, creo que deberías pensarlo mejor, ya que yo no pienso morirme por mucho tiempo...

Ella se rió con ganas:

–En ese caso, creo que reconsideraré mi respuesta...

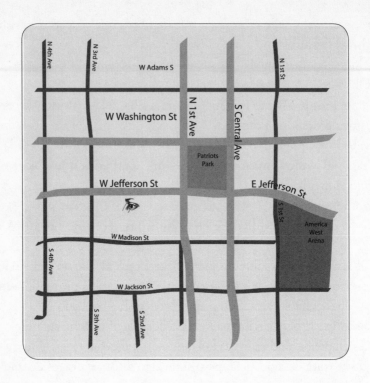

54

 OFICINA DEL JUEZ FIELDMORE
CORTE SUPERIOR DEL CONDADO DE MARICOPA,
201 W. JEFFERSON,
PHOENIX, ARIZONA

La secretaria abrió la puerta para dejar pasar a Samuel y sus acompañantes. Samuel notó de inmediato que las miradas de todos se dirigían a ambos sacerdotes.

–Adelante, por favor– les dijo el juez con un gesto de su mano y poniéndose de pie.

Samuel los presentó. El juez estrechó la mano de ambos y procedió a introducir a los demás:

–Él es Gary Owens, representante de la Casa Blanca.

Owens hizo una señal de cortesía con la cabeza.

–Creo que ya conocen a la gobernadora– continuó el juez, girando hacia el otro lado.

–Encantada– dijo ella mientras les daba la mano.

Owens tomó la palabra y señalando con su mano derecha terminó de introducir al resto del grupo:

–El doctor Robert Marcus, director del Instituto Científico de Comportamiento Criminal del FBI y profesor de psicología forense de la universidad de Boston.

El padre Damián le estrechó fuertemente la mano mientras le decía:

–Es un placer conocerlo, doctor Marcus; leí su libro "El pequeño puente entre la locura y el intelecto". Creo que es fascinante...

–Yo no sabía que los curas leían esa clase de cosas– le contestó el doctor, con una sonrisa de admiración.

–Usted se sorprendería si supiera todas las cosas que leemos los religiosos...

Owens presentó a otra persona que estaba a su derecha:

–Él es el doctor Dan Phillips, neuropsiquiatra y él es el ingeniero en seguridad Jim Myrick– terminó diciendo mientras señalaba hacia el fondo de la oficina a un hombre esbelto y alto, con brazos delgados y largos.

–¿Ingeniero?– se sorprendió Samuel, mirando al juez.

–El señor Myrick nos ayudará a construir una celda que sea capaz de retener al prisionero– intervino de inmediato Owens, tratando de que no quedara duda sobre quién estaba a cargo de la situación.

La gobernadora hizo un movimiento con su mano, señalando hacia el fondo de la sala:

–¿Qué les parece si empezamos?

Miraban un video que era proyectado mientras el doctor Marcus hacía su presentación. Era un hombre obeso; con tan solo un metro sesenta pesaba casi doscientas noventa libras. Su pelo muy gris estaba bien cortado y tenía una leve calvicie y ojos marrones. Su nariz se perfilaba entre sus redondas mejillas.

Una fotografía de Thomas en que se lo veía poseído por aquella extraña fuerza era reflejada en la pared.

–Como pueden ver, Thomas sufre de una transformación tanto física como mental que médicamente no tiene ninguna explicación –comenzó diciendo el doctor–. La luz que rodea su cuerpo es la más alta proyección del aura humana que se haya visto jamás. Su comportamiento no se puede comparar con ninguno de los casos de trastornos mentales antes vistos.

Iba haciendo un círculo con una regla alrededor de la fotografía mientras hablaba. Hizo una pausa por un segundo y, bajando la cabeza, agregó:

–Es la primera vez que un paciente presenta poderes sobrenaturales de esta magnitud; podría ser catalogado como múltiple personalidad, pero la presencia de esos poderes niega por completo esa teoría. Los trastornos mentales no le dan a ningún paciente la facultad de hacer este tipo de cosas...

El doctor dio dos pasos hacia el frente y cruzó sus brazos antes de continuar: –Lo que sí es totalmente compatible con la enfermedad mental es su deseo de matar...

La pantalla cambió y un listado completo de las víctimas, con la fecha en que se habían encontrado los cadáveres, fue la siguiente imagen.

–Como pueden ver, el período entre cada uno de los asesinatos es cada vez más estrecho–. Levantó la cabeza y mirando a todos siguió:

–Sin dudas, damas y caballeros, tenemos en nuestras manos a un asesino en serie; por desgracia para nosotros, quizás el más peligroso que se haya visto debido a sus extraños poderes. El ingeniero Myrick ha diseñado una celda especial para ayudarnos a lograr retenerlo, hasta que podamos encontrar la forma de controlarlo...

El ingeniero se puso de pie, pasó al frente y, con ojos cargados de orgullo, tomó la palabra.

Myrick contaba con una gran fama internacional en cuanto a edificaciones de celdas de máxima seguridad. Su esbelta figura y sus largos brazos siempre asombraban a todos al conocerlo. El típico comentario que solían hacer es que parecía más un jugador de la NBA que un ingeniero.

–Esta no es una celda cualquiera, damas y caballeros; si pensaron que ya lo habían visto todo, piénsenlo de nuevo...

Myrick apretó un botón del control remoto del monitor. La fotografía de una gigantesca caja de cristal cubierta por barrotes de acero, posada sobre una plataforma de hierro, llenó por completo la pantalla. Ocho tubos de aluminio, como de dos pies y medio de ancho, se incrustaban en el techo y terminaban conectados a una máquina inmensa.

Todos quedaron boquiabiertos; era algo que nunca habían visto.

El padre Estiven miró sorprendido al padre Damián el cual, aún más asombrado, contemplaba fijamente a la pantalla. Samuel también volvió a verlo y él, poniéndole la mano sobre la rodilla, le regaló una leve sonrisa.

–Como pueden ver, la celda tiene un piso de metal, cubierto por un sistema de censores electromagnéticos.

Unas botas de metal con candados en los extremos aparecieron en la siguiente fotografía. Myrick tomó la regla que el doctor Marcus había dejado sobre la mesa y, señalando hacia ellas, continuó:

–El prisionero tendrá que llevar estas botas puestas todo el tiempo; en caso de alguna emergencia, el prisionero puede ser inmovilizado desde la cabina de control con tan solo apretar un botón...

–¿A qué se refiere con inmovilizado?– se interesó Samuel.

–A lo que se refiere, señor Escobar –intervino Owens desde su asiento–, es a que si su cliente tratara de escapar será magnetizado contra el suelo y recibirá una descarga eléctrica de quinientos voltios.

–¡Qué! Su señoría, usted no puede permitir eso...

La gobernadora giró la cabeza hacia atrás y miró a Samuel:

–Señor Escobar, las tres veces que su cliente se ha escapado de la cárcel ha dejado tres policías, dos marinos y un prisionero en cuidados intensivos, y de los últimos cuatro marinos que lo custodiaban, tres quedaron temporalmente ciegos y el restante quedó tan trastornado que acaba de renunciar a la marina. Si usted no lo encuentra suficiente, yo sí...

Samuel volvió a mirar al juez, sorprendido por lo que escuchaba, y abriendo los brazos expresó:

–Thomas es tan solo un niño, esa descarga eléctrica podría matarlo...

–Él ha matado a veinte personas y le ha causado daño a muchas otras; tenemos que detenerlo a como dé lugar o la cantidad de cuerpos seguirá aumentando– respondió el juez mirándolo a los ojos.

–Señor Escobar, tiene que entender que nuestro mayor deber en este momento es proteger a la sociedad– agregó la gobernadora.

–Si no trata de escapar de nuevo, no le pasará nada– opinó Owens sarcásticamente.

Samuel lo miró con furia:

–¡Por su propio bien, será mejor que no le pase nada a Thomas porque si algo le sucede me aseguraré de que usted sea totalmente responsable y que pague por ello!

–¿Para qué son los tubos que están en el techo?–. La pregunta del padre Damián rompió la tensión del momento.

Todos volvieron a sus asientos, mientras Myrick se acercaba a la pantalla y señalaba la fotografía:

–Los tubos metálicos incrustados en el techo están conectados a un compresor de gas...

–¿Gas? –preguntó el juez.

–Sí, su señoría, ahora verán...

Myrick le hizo una señal con la mirada al ayudante que operaba el proyector. Comenzaron a ver el video de una oveja que caminaba dentro de la celda, y luego, en cuestión de segundos, la celda se llenaba por completo de humo.

Samuel permanecía con sus ojos fijos en la pantalla, mientras trataba de entender de qué se trataba aquello. Entonces pudo ver cómo el gas era succionado por uno de los tubos de metal que estaban a uno de los lados en el techo.

–¡Santo cielo!– exclamó el padre Estiven, que no podía creer lo que sus ojos veían.

La oveja parecía una brillante estatua de sal; había quedado congelada en tan solo segundos. El padre Damián se puso de pie lentamente y, quitándose los lentes, clavó su mirada en la pantalla mientras una leve sonrisa se reflejaba en sus labios.

–Como les dije, caballeros, esta no es una celda cualquiera.

Myrick se sentó sobre la mesa y cruzó los brazos, lleno de orgullo:

–La celda contiene varios tanques de *liquid heeling*: es un tipo de gas congelante de 43.000 grados Fahrenheit que congela al instante.

Samuel se puso de pie y preguntó:

–¿Qué significa todo esto?

–Esa celda es capaz de congelar a cualquier ser humano en menos de diez segundos– respondió Owens que se levantó de su asiento y lo miró con firmeza.

–No permitiremos que se escape de nuevo, pase lo que pase...

Samuel observó al juez, quien bajó la cabeza, avergonzado. Samuel pudo entender en ese momento que tenía las manos atadas; miró a su alrededor y comprendió cuál era la verdadera misión que ellos tenían.

–Esa celda no lo detendrá–. Las palabras del padre Damián sorprendieron a todos.

–¿Cómo dijo?– preguntó Owens.

–Dije que esa celda no lo detendrá...

–¿Por qué está tan seguro?– quiso saber Myrick.

El padre Damián se arregló la sotana, mientras entrecruzaba las piernas. Le respondió con voz serena:

–Ustedes están tratando de contener algo que no conocen ni entienden. Sabemos muy bien cuál es su misión, señor Owens...– El padre Damián se volvió para a verlo–. Ustedes harán todo lo posible para que Thomas no se escape, aunque tengan que matarlo para impedirlo...

Todos guardaron silencio mientras él se ponía de pie y colocaba su mano sobre el hombro del padre Estiven. Luego continuó:

–Ustedes piensan que con toda su tecnología podrán detenerlo, mas yo les aseguro que no, que todos sus esfuerzos serán inútiles...

Myrick se levantó de su asiento y metiendo ambas manos en los bolsillos de su pantalón, preguntó:

–Pero ¿por qué está tan seguro de que se escapará? Nuestras celdas han guardado a los más grandes criminales de los últimos tiempos sin ningún problema...

El padre Damián dio dos pasos hacia su izquierda:

–De los criminales que han mantenido encerrados ¿cuál ha mostrado poderes sobrenaturales como los de este niño? ¿Cuál de ellos ha sido visto traspasando una pared como si fuera un fantasma, o deteniendo balas con solo levantar su mano?

Permanecían en silencio, porque todos entendían que, en realidad, el sacerdote tenía razón.

El doctor Marcus se acercó a él y mirándolo a los ojos le pidió:

–¿Por qué no nos cuenta su teoría sobre lo que está pasando con Thomas, padre?

El sacerdote guardó silencio. Miraba a Samuel que con sus ojos en suspenso esperaba ver cuál sería su respuesta.

–Ustedes son hombres de ciencia y yo soy un hombre de fe... No voy a perder mi tiempo hablándoles de cosas que ustedes consideran absurdas; lo que sí les aseguro es que no podrán detenerlo...

–¿Por qué está tan seguro?– le preguntó el juez.

–Como dijo el doctor Marcus, su necesidad de matar es cada vez mayor y eso lo empujará a escapar de nuevo.

El padre Damián miró a cada uno de ellos, mientras hacía una breve pausa.

–Ustedes están olvidando lo más importante de todo.

–¿Qué?–. Myrick era quién había hablado.

–Que cuando eso entra en su cuerpo, él ya no es un ser humano y aunque sus tendencias sean similares a las de un asesino en serie, su naturaleza no lo es...

El padre Damián miró al doctor Marcus y le dijo:

–Lo que ustedes no llegan a entender, doctor, es que cuando el cuerpo se acostumbra a la posesión, es más fácil para el espíritu tomar control sobre él, ya que se va convirtiendo en costumbre, y si no se encuentra una forma de detener la posesión, habrá cuerpos por todas partes. Pues el espíritu se apoderará del cuerpo por completo y ya no habrá forma de detenerlo...

El padre Damián se dio vuelta y finalizó:

–Cuando se convenzan de lo que les digo, sabrán dónde encontrarme.

55

Basílica de Santa María, 231 North. Third Street, Phoenix, Arizona

Samuel llevó al padre Damián y al padre Estiven de regreso a la iglesia de Santa María. Durante todo el camino nadie dijo una sola palabra; Samuel miraba por la esquina de su ojo al padre Damián y se preguntaba por qué él no les había contado a todos lo que estaba pasando.

Al llegar a la iglesia, ambos curas bajaron del auto. El padre Damián dio la vuelta alrededor del vehículo, se acercó a la ventana y mirando a Samuel con una gran seguridad en sus ojos le dijo:

–Todo saldrá bien; no tenemos nada de qué preocuparnos...

–¿Cómo puede estar tan seguro, padre? Esas personas están dispuestas a matar a Thomas si es necesario...

–¿Podríamos hablar adentro? Este calor del desierto está acabando conmigo– y el sacerdote se aflojó el cuello de su atuendo religioso.

Cuando tomó asiento en su escritorio, invitó a Samuel a que se sentara a su lado:

–Te repito, Samuel: no hay nada de qué preocuparse.

–¿Por qué lo cree así, padre?

El padre Damián entrecruzó los dedos de sus manos y le preguntó:

–¿Has oído hablar alguna vez de un ángel en prisión? ¿O de alguien que haya visto a un ángel muerto?

Samuel guardó silencio y pensó detenidamente en las palabras del padre Damián.

–Todas las cosas del mundo tienen su razón de ser, aunque no lo lleguemos a entender. Lo que pasa es que, muchas veces, las razones espirituales sobrepasan nuestro entendimiento. Hasta ahora, todo lo que ha pasado tiene sentido para mí...

Samuel lo miraba, silencioso, tratando de entender. El padre Damián se levantó y, acercándose a él, le dijo:

–Para entender el mundo se necesitan paciencia y sabiduría, pero para entender a Dios, más que sabiduría, se necesita fe... Estoy totalmente seguro de que no podrán detenerlo.

–Pero, ¿qué le da esa seguridad?– le preguntó Samuel, mientras lo seguía con la mirada.

–La celda en la que piensan poner a Thomas es una réplica avanzada de un experimento que se hizo en 1974, en Culver City, California, con una mujer llamada Carla Moran; supuestamente ella era violada y golpeada por un fantasma.

–¿Por un fantasma?

–Sí, tal como lo oye; al principio nadie le creía, aunque encontraban muestras de violencia en su cuerpo. Pensaban que era su imaginación, hasta que un día el fantasma la agredió frente a su familia...

Samuel se había quedado mirándolo boquiabierto; estaba estupefacto.

El padre Damián recordaba con exactitud aquel extraño caso. Podía recordar claramente cómo, en aquella mañana de octubre de 1996, el dueño de una pequeña caseta de periódicos le regaló un artículo y una fotografía de Carla Moran que había sido publicada en la revista Omni Magazine, años atrás, con el título de "La cacería de Culver City".

Los ojos del padre Damián se llenaron de espanto. La fotografía había sido tomada con una cámara de 35 mm por un equipo de doctores, que trabajaba bajo la supervisión de la doctora Thelma Moss, y mostraba a la señora Moran cubierta por un ancho arco de luz. El artículo hablaba ampliamente sobre el caso de una madre soltera en la ciudad de Culver City, la cual era brutalmente agredida y violada por un demonio invisible. El caso fue bautizado con el nombre de "La entidad" y ganó enorme popularidad, hasta convertirse en uno de los casos paranormales más estudiados de la historia. En 1992, el popular programa de Sightings realizó un especial y enseñó la fotografía, y en 1996 la revista Fate publicó otro artículo sobre el insólito caso.

–¿Y que pasó con el fantasma? ¿Lograron atraparlo?

–En realidad, no. De la misma forma en que congelaron a esa oveja, en la película que nos mostraron, congelaron también al fantasma por tres segundos, lo suficiente para poder ver de qué se trataba. El equipo de especialistas pudo ver una gigantesca figura con forma humana, envuelta en una luz blanca y verdosa.

–¿Solo tres segundos?

–Sí, porque la vibración del fantasma al tratar de escapar rompió la capa de hielo.

El padre Damián respiró profundamente y reacomodó su postura; luego continuó:

–De repente la figura desapareció; dos de los jóvenes asistentes se desmayaron y tuvieron que ser hospitalizados.

Samuel seguía boquiabierto y estupefacto. El sacerdote sonrió:

–Si no me crees, puedes ver una película sobre esto; se llama "The Entity"...

El sacerdote hizo otra pequeña pausa y le preguntó:

–¿Quieres saber algo curioso? Los ataques que sufría la señora Moran solo sucedían tarde en las noches, igual que con Thomas. Una noche, el hijo de la señora Moran, que para ese tiempo, si mal no recuerdo, tenía 16 años escuchó a su madre gritar con desesperación. Corrió a su habitación y la encontró tirada sobre la cama, sacudida con violencia en todas direcciones. Trató de ayudarla, pero algo lo golpeó con fuerza y lo lanzó a través de la habitación; uno de sus brazos se fracturó a causa del golpe.

El padre Damián miró a Samuel con una curiosa sonrisa:

–¿Y quieres saber otra cosa curiosa? Cuando filmaban la película "The Entity", el actor que hacía el papel del hijo de la señora Moran, cuando filmaban esa misma escena, accidentalmente se rompió el mismo brazo...

Samuel lo miró sorprendido:

–¿Cómo sabe todo eso?

–Fue uno de los casos que llegué a investigar cuando estaba realizando un entrenamiento sobre la posesión, hace ya algunos años...

Con sus manos a la espalda, caminó hacia la ventana:

–Si no pudieron atrapar a un simple fantasma, estoy seguro de que no lograrán atrapar al ángel que se apodera de Thomas...

Samuel bajó su cabeza y se frotó la cara con ambas manos:

–¿Usted asegura que Thomas volverá a escaparse? ¿Cierto?

El sacerdote levantó apenas una de las esquinas de la cortina y mirando hacia fuera respondió:

–No tengo la menor duda.

–¿Podremos encontrar, algún día, la manera de impedir que siga escapando?

El padre Damián soltó la cortina y lo miró a los ojos. Samuel vio, a través de los pequeños espejuelos del sacerdote, cómo sus ojos brillaban con intensidad, cuando lo escuchó responder:

–Sinceramente, eso no lo sé...

W. Jefferson St.

56

Corte Superior del Condado de Maricopa
201 W. Jefferson,
Phoenix, Arizona

–Señor Stanley, llame a su primer testigo– señaló el juez, acomodándose en su asiento.

–Su señoría, el estado llama al detective Mckoskie.

–¡Objeción, su señoría!– gritó Samuel, mientras apoyaba sus manos sobre la mesa y se ponía de pie.

–El detective Mckoskie ya dio a la corte su versión sobre su experiencia en este caso.

Stanley se acercó al estrado:

–Su señoría, este caso fue suspendido por varios días debido a que el acusado se volvió a escapar y se encontró a otra víctima la cual, según el reporte de la policía, fue asesinada de la misma manera. El detective Mckoskie dirigió parte de la investigación, por tal razón el estado está en todo el derecho de llamarlo a testificar.

–Objeción denegada –respondió el juez, dirigiéndose a Samuel–. La corte le permitirá a la defensa un receso, si lo desea, para que pueda preparar su interrogatorio.

Samuel miró a Mckoskie a los ojos y se dio vuelta para responder:

–No será necesario, su señoría.

–La corte admitirá al testigo– indicó el juez al jurado, mientras ambos abogados volvían a sus lugares.

Mckoskie se puso de pie y caminó lentamente hacia el estrado, cruzó sus brazos y esperó a ser cuestionado.

El fiscal preguntó:

–Detective, usted dirigió en parte la investigación que se hizo el pasado martes en la prisión de Florence, ¿verdad?

–Sí, así es.

–¿Podría decirle a la corte de qué se trataba la investigación?

–Investigábamos la muerte de uno de los reclusos y la nueva desaparición de Thomas Santiago.

–¿Podría revelar a la corte el nombre de la víctima?

–Jonathan Dooty.

–De acuerdo con su reporte y el del médico forense, Jonathan Dooty parece haber sido víctima del mismo asesino que mató a las otras personas y por lo cual se acusa a Thomas Santiago...

–Todo parece indicar que sí; el reporte médico señala que el cuerpo de Jonathan presentaba iguales características que los de las otras víctimas. Además, en la celda se encontró la misma firma del asesino.

Stanley volteó a ver al público y con voz irónica expresó:

–Una víctima más, otra persona que ha muerto a manos de Thomas Santiago.

–Objeción, su señoría– exclamó Samuel desde su asiento, con voz calmada:

–El fiscal está presuponiendo.

–¿Presuponiendo? Su señoría, tanto el reporte del forense como el policial aseguran que es el mismo asesino.

–Su señoría, ambos reportes no incluyen indicaciones sobre la identidad del asesino– insistió Samuel desde su mesa, mientras hacía girar entre sus dedos el bolígrafo que solía llevar siempre consigo.

–¡Hay otra maldita persona muerta! ¿Qué más indicaciones quieres?

El juez golpeó firmemente con el martillo de madera y miró con enojo al fiscal:

–¡Señor Stanley, otra falta de respeto como esa y lo pondré en restricción!

Stanley respiró profundamente, tratando de calmarse; haló hacia abajo las mangas de la chaqueta de su traje y respondió:

–Perdón, su señoría...

–Objeción aceptada, el jurado descartará el ultimo comentario– agregó el juez mirando al jurado.

Stanley volvió a respirar profundamente y rascándose la barbilla se acercó de nuevo al testigo:

–Dos de los reclusos presenciaron el hecho, ¿no es cierto?

–Sí.

–Y uno de ellos describió a una figura muy parecida a la que vimos en el video de la gasolinera de la 59 avenida y Cactus, como quien asesinó a Jonathan Dooty, ¿verdad?

–Sí, así es.

–Detective Mckoskie, de acuerdo con su experiencia policial, ¿usted se atrevería a asegurar que Jonathan Dooty fue muerto por el mismo asesino?

–Sí.

–No más preguntas, su señoría.

Samuel se puso de pie y preguntó:

–Detective, ¿encontró usted alguna evidencia que le diera la más mínima pista sobre la identidad del asesino?

–No.

–¿Alguna huella digital o muestras de cabello?

–No.

–¿Muestras de sangre que no fuera la de víctima en la escena del crimen?

–No.

Samuel se acercó al jurado y, volviéndose hacia el testigo, le preguntó:

–Detective Mckoskie, ¿encontró usted la más mínima señal en la cual se pueda basar para decir que mi cliente pudo ser el asesino de Jonathan Dooty?

Mckoskie guardó silencio por un segundo y se lo vio tragar bruscamente al responder:

–No.

–No más preguntas.

E Butte Av.

57

PRISIÓN ESTATAL DE ARIZONA EN FLORENCE
1305 E. BUTTE AVE.
FLORENCE, ARIZONA

–¡Hola, campeón!

–¡Samuel!– gritó Thomas con sus ojos llenos de alegría.

–No te había visto tan contento desde que eras un chiquillo...

Samuel tomó una silla y se sentó delante de él.

–¿Cómo te sientes en esta nueva celda?

–La idea de estar magnetizado al suelo me aterra, pero por lo menos ya no tengo esas malditas cadenas...

–¿Te están tratando bien?

–Dentro de lo que cabe, creo que no me puedo quejar.

Samuel puso su maletín en el piso y se inclinó hacia delante:

–¿Cómo te va con el padre Damián?

Thomas se sentó en el suelo y cruzando sus piernas respondió con una sonrisa:

–Bien; al principio me sentía un poco incómodo, pero ya me gusta su compañía.

–La próxima semana comenzaremos con tu defensa...

Samuel notó que el aspecto de Thomas cambió de inmediato:

–¿Qué te pasa?– le preguntó, sorprendido ante el drástico cambio.

–Nunca en mi vida pensé que oiría a la gente decir cosas tan feas sobre mí...

–Te dije antes de que fuéramos a la corte que no le prestaras atención a lo que dijeran...

Thomas levantó su rostro y juntando sus manos lo miró:

–Sí lo sé, pero no es tan fácil escuchar a tanta gente hablando de ti como si fueras el mismo demonio y no sentir nada...

Volvió a bajar su cabeza y, con voz triste, agregó:

–Yo sé que algo no anda bien conmigo, pero yo nunca quise hacerle daño a nadie...

Samuel vio que estaba a punto de comenzar a llorar.

–¿El padre Damián te explicó lo que está pasando contigo?

–Solo me dijo que yo sufría de una extraña forma de posesión...

–¿Tan solo eso te dijo?

Thomas respiró lentamente y, mirando hacia el lado contrario, respondió:

–Y que luego, cuando estuviera más seguro, me contaría todo con lujo detalles...

Samuel parpadeó, mientras se preguntaba a sí mismo por qué el padre Damián no le había contado todo a Thomas.

–¿Hay algo más que yo tendría que saber?

Samuel notó que Thomas comenzaba a sospechar y reaccionó rápidamente:

–No, no... Solo me preguntaba qué habrá querido decir con que te contaría todo después...

58

BASÍLICA DE SANTA MARÍA,
231 NORTH. THIRD STREET
PHOENIX, ARIZONA

–¿Hello?
El padre Damián, medio dormido, respondió el teléfono.
–Padre, levántese por favor, tenemos serios problemas...
–¿Samuel?
–Sí, padre, soy yo... Thomas se ha vuelto a escapar.
–¡Oh, santo Dios!
–Según Morrison y Mckoskie, sucedió hace como una hora...
–¿Ha habido alguna víctima?

–Aún no lo sabemos, pero hay una alerta roja en todo el estado; tanto la guardia como la policía están en su búsqueda.

El padre Damián se sentó en la cama y, frotando su nunca, le preguntó:

–¿Qué vamos a hacer?

–En estos momentos, la gobernadora y todos los demás van hacia la casa de Thomas a esperar que aparezca.

–Los veré allí en media hora...

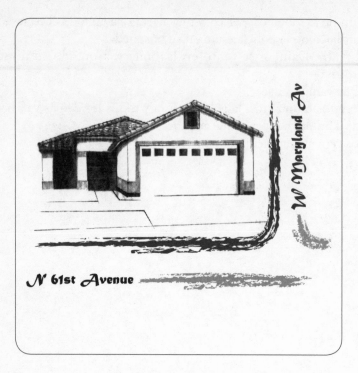

N 61st Avenue

W Maryland Av

59

RESIDENCIA FAMILIA SANTIAGO
6610 NORTH 61 AVE.
GLENDALE, ARIZONA

Era una noche misteriosa. Una luna gigantesca y roja iluminaba orgullosamente todo el cielo. La extraña brisa que soplaba del norte traía en sus entrañas el olor a polvo del desierto.

El padre Damián miró la luna y dijo para sí: *Apocalipsis 6–12. Y la luna se volvió toda como de sangre.* Respiró profundamente y bajando la mirada, murmuró *¡Bendito sea tu nombre señor!*

El taxi que lo transportaba lo dejó justo a dos esquinas de la casa. Los soldados habían bloqueado la calle con una barricada que impedía la entrada a cualquier vehículo. El padre Damián se bajó y, luego de pagarle al taxista, caminó el resto del recorrido.

Los soldados que estaban enfrente de la casa quedaron sorprendidos; no podían creer lo que sus ojos veían. El padre Damián llegaba de forma magistral: el reflejo de unos faroles de luz de mercurio que habían puesto en ambas esquinas de la calle le daban una apariencia mágica a la figura del sacerdote. Iluminado por la espalda parecía salir de un profundo túnel brillante. Su sombra gigantesca abarcaba toda la calle. Los soldados le abrieron paso.

–Adelante, padre– le dijo Samuel, al verlo asomarse a la puerta.

La casa estaba llena de oficiales. Owens conversaba con la gobernadora y los doctores, Mckoskie fumaba un cigarrillo, mientras hablaba con Morrison y Juan Manuel.

–¿Dónde está Mariela?– preguntó el padre Damián.

–Está dormida; tuvimos que darle un sedante, estaba demasiado histérica– contestó Juan Manuel.

–¿Alguna noticia sobre Thomas?

–No–. Fue Samuel quien respondió.

De pronto el teléfono celular de Morrison timbró, y todos se sobresaltaron.

–Morrison –exclamó el detective–. Saldremos de inmediato, que vengan a buscarnos– dijo cerrando su celular.

–¿Qué pasa?– preguntó Owens.

–Encontraron un cuerpo en la ciudad de Yuma. Vendrán dos helicópteros y nos recogerán al final de la calle en veinte minutos...

En la dirección desde donde se había reportado a la nueva víctima, ya una pequeña multitud se había empezado a aglomerar. Varios policías cerraban el área y alejaban a los espectadores curiosos que trataban de saber qué estaba pasando. Dos carros de policía, con las luces encendidas, bloqueaban ambos extremos de la calle, mientras que dos camionetas de color negro y ventanas oscuras llegaban a gran velocidad y se paraban enfrente de la casa.

La multitud se sorprendió con la llegada de aquel grupo de hombres, que se habían desmontado de las camionetas y parecían acompañar a la gobernadora, y que de inmediato fueron introducidos en la residencia.

Entraron a la habitación donde se encontraba la víctima. Una mujer de unos cuarenta años se encontraba en el piso del baño, con su cuerpo casi desnudo. Su brazo izquierdo descansaba sobre la bañera y sus piernas entrecruzadas estaban sumergidas en un inmenso lago de sangre.

–¿Qué es ese extraño olor a flores?– preguntó el doctor Marcus, inhalando profundamente al acercarse a la víctima.

–Es el olor de la santidad– respondió el padre Damián que se adelantó y se arrodilló sobre una de sus piernas, en tanto con su mano derecha hacía la señal de la cruz sobre la mujer.

–Dios se apiade de tu alma– terminó diciendo el sacerdote, mientras le cerraba los ojos.

–No toque a la víctima– le pidió el doctor Marcus, poniéndole la mano en el hombro–. El cuerpo necesita ser examinado para buscar evidencias.

El padre Damián se puso de pie y se volvió hacia él:

–Sus esperanzas son vanas, doctor Marcus; al igual que con todas las otras víctimas, no encontrarán la más mínima huella–. Sacó un pañuelo y, quitándose los anteojos, comenzó a secarse el sudor. –Espero que se hayan dado cuenta de que yo sé más de lo que le sucede a Thomas de lo que ustedes se imaginan...

–Tiene nuestra atención– afirmó Owens.

Samuel miraba a su alrededor y observó que la palabra en arameo estaba escrita en la pared sobre la bañera. Recordó el apartamento de Nathaniel Brown, y se dijo:

–Todas las escenas son casi idénticas; con excepción de unas pequeñas variaciones, todo parece ser perfectamente igual.

El teléfono celular de Morrison volvió a timbrar, y él salió de la habitación para escuchar mejor.

–¡Qué!– se le oyó gritar.

Todos lo miraron, y en los ojos de cada uno se podía leer el temor de que hubiera más malas noticias.

–¿Dónde? Estaremos ahí en menos de una hora– terminó diciendo Morrison, mientras se acercaba al grupo.

–¿Qué pasó ahora?– quiso saber la gobernadora.

–Encontraron otro cuerpo en el Hospital para niños de Phoenix.

–¡Santo Dios!– expresó ella, recostando su cabeza en la pared.

–Dos víctimas en una sola noche; parece que su deseo de matar se hace cada vez más incontrolable...– reflexionó el doctor Marcus mirando al padre Damián.

–Tal como les había dicho, caballeros, cuando el cuerpo se acostumbra a la posesión, es mucho más fácil para el espíritu tomar dominio sobre él. Puede permanecer en su cuerpo por mucho más tiempo y llega un punto en que la posesión se hace permanente... y entonces será imposible detenerlo.

60

–¿Hacia dónde vamos? El padre Damián le gritaba a Mckoskie para que pudiera escucharlo mientras volaban sobre la ciudad en el helicóptero.

Mckoskie se inclinó para que pudiera oírlo:

–Hacia el Hospital para niños de Phoenix...

–¿Quién fue la víctima?

–Un doctor...

Samuel miró al padre Damián, sorprendido por la noticia. El sacerdote notó en su rostro lo asustado que estaba; le palmeó una pierna y le sonrió levemente, como solía hacerlo, haciéndole saber que todo saldría bien.

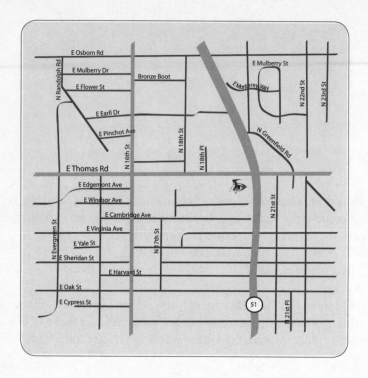

61

Hospital para niños de Phoenix
1919 East Thomas Rd.
Phoenix, Arizona

Al llegar fueron recibidos por un sargento quien los llevó de inmediato al piso número tres.

–Todo el piso ha sido evacuado– les dijo al entrar al elevador.

–¿En qué departamento trabajaba la víctima?– se interesó el Padre Damián.

–En pediatría.

La puerta del elevador se abrió; el pasillo estaba repleto de policías fuertemente armados, la entrada a la habitación estaba restringida con señales de la policía. Al entrar quedaron sorprendidos por los signos de violencia que había por todos lados.

–¡Santo cielo!– exclamó el doctor Marcus al ver que había sangre por todas partes.

–Parece que este lo hizo enojar...– dijo Mckoskie, en tono sarcástico mirando a su alrededor y viendo la sangre en las cuatro paredes.

La víctima era un hombre de raza blanca y pelo completamente gris, de unos treinta y cinco años de edad. Estaba tirado sobre una de las camas, boca arriba, con su bata blanca totalmente ensangrentada. El doctor Phillips se acercó al cuerpo:

–¿Hubo algún testigo?

–Sí señor, el paciente– respondió inmediatamente el sargento.

–¿Le pasó algo al paciente?– preguntó la gobernadora.

–No, señora.

–¿Quién era el paciente?– quiso saber Owens.

–Un niño de cinco años.

–¿Podría verlo?– preguntó el padre Damián.

–Sí señor, está en el segundo piso– contestó el sargento y le señaló el camino a seguir.

El padre Damián salió con él, pero los demás se quedaron en la habitación.

–Esta escena es totalmente diferente a las demás –observó el doctor Phillips, mirando alrededor de la habitación–. Ninguna de las otras escenas mostraba una manifestación de violencia como esta.

–Estoy de acuerdo contigo. ¿Qué crees que haya pasado?– preguntó el doctor Marcus.

–No lo sé, pero parece que este no le fue tan fácil como los demás...

Luego de varios minutos el padre Damián volvió en busca de los demás y, desde la puerta, les dijo:

–Será mejor que vengan a escuchar esto...

–¿De qué se trata, padre?– se interesó Samuel.

–No lo creerán si no lo escuchan con sus propios oídos...

Uno tras otro entraron a la habitación donde estaba el niño. Parecía estar calmado; jugaba con un soldadito de plástico que tenía en sus manos. El niño era de raza india, tenía apenas unos cinco años de edad, y traía puesta una bata del hospital de color blanco, con dibujos de Mickey Mouse en color azul. Su pelo negro y largo, sus mejillas rosadas y sus grandes y hermosos ojos canelos reflejaban a plenitud su inocencia.

El padre Damián se le acercó, mientras los demás rodeaban la cama. El niño dejó de jugar y miró a cada uno de ellos.

–Rampsey, estos señores son del FBI y están aquí para investigar lo que pasó. ¿Podrías repetir lo que me contaste?– le dijo el sacerdote.

El niño permanecía callado y continuaba mirándolos; el padre Damián le acarició los cabellos:

–No tengas miedo, ellos están aquí para ayudarte...

El niño lo abrazó por la cintura y, recostando su cabeza, respondió:

–El ángel mató al doctor Golden.

–¿Cuál ángel?– intervino el doctor Marcus.

–El ángel–. El niño habló con un tono de voz dulce e inocente.

El doctor Marcus y el doctor Phillips se miraron, intrigados por la respuesta.

–¿Podrías contarnos exactamente lo que pasó?– preguntó el doctor Phillips.

El niño levantó la mirada para ver al padre Damián, quien acariciándole de nuevo la cabeza le dijo dulcemente:

–No tengas miedo, todo estará bien.

–El doctor Golden me trajo una gelatina de postre; estábamos hablando cuando el ángel apareció y lo tomó por el cuello y comenzó a ahorcarlo...

Mckoskie miró a Samuel, quien cruzaba sus brazos e igual que el detective parecía pensar en lo que el niño decía.

–¿Qué pasó después?– preguntó el doctor Marcus, sentándose en la cama.

–Ellos comenzaron a pelear; el ángel lo golpeaba contra la pared y le gritaba.

–¿Y qué era lo que le gritaba?– lo interrogó Owens.

–No sé, yo no entendía...

–¿Podrías describirnos al ángel?– le preguntó el doctor Phillips.

–Tenía pelo largo y alas en su espalda, sus ojos eran bien brillantes...

–¿Y él trató de tocarte o de hacerte daño?– intervino la gobernadora.

–No, señora.

Samuel miró su reloj; pronto amanecería y dijo:

–Ya son las cinco de la mañana; será mejor que vayamos a la casa de Thomas y esperemos por él...

Cuando casi todos habían salido de la habitación, se oyó la voz del niño:

–Él me dijo algo...

–¿Quién?– preguntó Samuel.

–El ángel...

–¿El ángel te habló? La gobernadora sonó asombrada.

–Sí–. El niño volvió su rostro para verla.

–¿Qué fue lo que te dijo?– preguntó el doctor Marcus.

El niño miró al padre Damián antes de responder:

–Él dijo que nadie me haría daño nunca más...

El doctor Marcus miró al doctor Phillips y al salir de la habitación le preguntó en voz baja:

–¿Cómo es posible que haya podido entender? Yo pensaba que hablaba en arameo...

El padre Damián escuchó el final de la conversación y, acercándose, les dijo:

–No, señor Marcus, los ángeles hablan todos los idiomas, pues tienen la mentalidad de Dios...

Miró hacia su izquierda y luego hacia su derecha, parpadeó varias veces y agregó:

–Parece que las cosas se ponen más interesantes, ¿no creen?

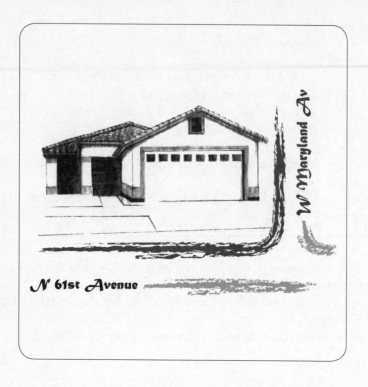

62

RESIDENCIA FAMILIA SANTIAGO, 6610 EAST 61 AVE. GLENDALE, ARIZONA

Esperaban tranquilamente, como ya era rutina, en la sala de la casa. Todos estaban cansados y soñolientos. El doctor Marcus y el doctor Phillips trataban de mantenerse despiertos conversando entre ellos.

—Voy a hacer café. ¿Alguien quiere un poco?— preguntó Mariela.

Todos se echaron a reír al ver la rapidez con que el padre Damián levantó la mano.

—Ya se habrán dado cuenta de que no soy el típico cura que están acostumbrados a ver...— sonrió él.

—¿Cómo le gustaría, padre?

—Negro y bien dulce, por favor.

–¿Alguien más?

–A mí me gustaría tomar un poco con crema, por favor– dijo el doctor Marcus.

Samuel bostezó mientras miraba de nuevo su reloj. Ya eran las siete de la mañana. Se puso de pie y acercándose a Juan Manuel le susurró al oído que encendiera el televisor.

–Buenos días, Arizona –saludó una hermosa dama de cabello rubio y ojos cafés desde el televisor–. Johanna Hints con las noticias de la hora...

Uno por uno, se fueron acercando al televisor.

–El estado de Arizona amaneció, el día de hoy, otra vez bajo alerta roja, tras la noticia del nuevo escape de la prisión de Florence de Thomas Santiago. La policía de la ciudad de Glendale, Mesa y Phoenix está detrás del fugitivo. Desde Florence, con los últimos acontecimientos, nos reporta Cintia Vega. Buenos días, Cintia.

–Bueno días, Johanna.

–Cuéntanos ¿qué ha pasado?

–Tal como has dicho, el estado de Arizona ha despertado en el día de hoy con la terrible noticia de que Thomas Santiago ha vuelto escapar. Se puede sentir el terror que reina en la ciudad de Phoenix, al saber que este asesino anda de nuevo suelto. Nuestras cámaras trataron de localizar al director de la prisión, el mayor Jim Whitefield, pero no estaba disponible...

–Cintia, ¿tiene alguien alguna respuesta sobre la razón por la cual él sigue escapando?

–Hasta ahora nadie ha podido responder a esa pregunta. La mayoría de las escuelas de Phoenix suspendió sus actividades, por lo menos hasta que la policía notifique a la comunidad que han vuelto a ponerlo tras las rejas.

Mckoskie se paró frente al televisor y, mirando a su alrededor, les dijo a todos: –Será mejor que nos preparemos para lo peor...

–¿Por qué dice eso?– preguntó Juan Manuel.

–Mucha gente no tomará esta noticia muy tranquilamente...

Owens se volvió a ver a Morrison:

–Quiero un pelotón de marinos frente a la casa, lo más pronto posible; no quiero ningún tipo de sorpresa, ¿entendido?

–Sí, señor.

De pronto, el teléfono celular de Owens comenzó a timbrar. Su respuesta fue inmediata, y por la expresión de su rostro podía deducirse que la llamada era de suma importancia.

–Sí señor, estamos haciendo todo lo posible por encontrarlo, sí señor...

Habían pasado tres horas y todavía no había ni la más mínima señal de Thomas. El grupo esperaba calmadamente.

–¿Como a qué hora suele aparecer?– preguntó el doctor Marcus.

–Nunca se había demorado tanto, ¿no es cierto?– respondió Samuel mirando a Juan Manuel

–Casi siempre era entre las cinco y las siete de la mañana...– agregó Juan Manuel.

–¿Por qué tanto tiempo esta vez?– insistió el doctor Phillips.

–Porque cada vez que es poseído, su espíritu se debilita y la fuerza que se apodera de él va dominando la voluntad de su cuerpo– explicó el padre Damián.

Sin que nadie lo esperara, de pronto una piedra traspasó una de las ventanas. Todos se tiraron al suelo; Samuel se lanzó sobre Mariela y, abrazándola, se echó sobre ella.

–¡Gregg! ¿Qué demonios está pasando allá afuera?–. Mckoskie gritó a su ayudante a través de su radiotrasmisor.

–Un grupo de manifestantes que se ha presentado con antorchas y bombas caseras, señor...

–¡Arréstenlos, pongan las barricadas una cuadra más lejos de la entrada de la calle y no dejen pasar a nadie sin mi permiso! ¿Entendido?

–Sí, señor.

Entonces un fuerte grito estremeció la casa.

–¡Mamiiii...!

Mariela alzó el rostro y se quedó mirando hacia las habitaciones del segundo piso.

Samuel, que aún se encontraba en el suelo abrazado a ella, miró al padre Damián y ambos subieron corriendo, seguidos por el resto del grupo. Samuel abrió la puerta de la habitación de Thomas de un solo golpe y, ante lo que vio, cayó de rodillas con los ojos llenos de terror.

El doctor Marcus se asomó a la puerta y se recostó en la pared, exclamando:

–¿Qué demonios...?

–Que nadie se mueva– pidió el padre Damián, adelantándose.

El rostro de Thomas había cambiado drásticamente: su piel era blanca y brillante, unas inmensas alas blancas surgían de su espalda y abarcaban, casi por completo, de un lado a lado a otro de la habitación. Su cuerpo flotaba a unos tres pies de altura, envuelto en una burbuja de luz. Sus manos estaban cubiertas de sangre, su pelo ondeaba hacia atrás debido al fuerte viento que soplaba a través de la ventana.

El padre Damián se arrodilló ante él. Señalando a Owens y al doctor Phillips, el ángel les gritó en arameo:

–¡Almas impías, arrepentíos antes de que sea tarde!

Ambos cayeron al suelo, aterrorizados, mientras el padre Damián levantaba sus brazos y oraba:

–Ángel de Dios, abandona el cuerpo de este niño y permítenos salvar esta alma inocente.

–¿El padre sabe hablar su idioma?– susurró el doctor Marcus al oído de Samuel, que simplemente agitó la cabeza.

–Ángel de Dios, vengador de la sangre, ruega ante el Todopoderoso por la humanidad –el padre Damián juntó sus manos debajo del mentón y bajó su rostro–. Dile que aún hay lugar para el arrepentimiento, que tenga misericordia.

Thomas dejó salir un feroz grito de dolor, y quedó flotando en el aire, inconciente. El padre Damián se puso de pie y lo sostuvo por el pecho hasta que cayó rendido en sus brazos. De pronto, un intenso destello de luz los envolvió a ambos; un fuerte viento entró por la ventana, alborotando todo en la habitación. Luego, la luz que los envolvía se escurrió por la ventana como un relámpago y la brisa dejó de soplar repentinamente.

Samuel y Juan Manuel corrieron ayudar al padre Damián con el cuerpo de Thomas: estaba inconciente. Lo pusieron sobre la cama, cuando de pronto el padre Damián cayó al suelo, sin conocimiento.

–¡Padre, padre!– gritaba Samuel, mientras le pegaba levemente en las mejillas.

El doctor Marcus se acercó y le colocó la chaqueta de su traje debajo de la nuca. Le tomó el pulso y le ordenó a Mckoskie:

–Pidan una ambulancia.

El padre Damián abrió lentamente los ojos y mirando a Samuel, con una voz débil que casi no se podía escuchar, le dijo:

–Se nos está acabando el tiempo...

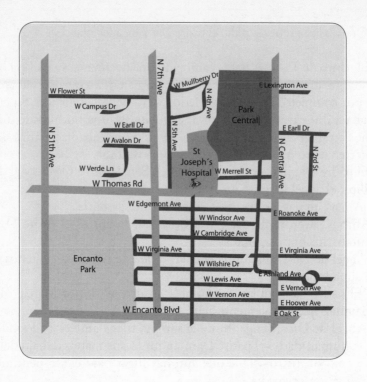

63

HOSPITAL SAINT JOSEPH
350 W. THOMAS ROAD,
PHOENIX, ARIZONA

-Tiene que hacerse un chequeo general lo más pronto posible -le dijo la doctora al padre Damián, en tanto que se quitaba el estetoscopio de los oídos y lo dejaba colgar de su cuello-. Trate de guardar reposo y, sobre todo, debe dormir más.

El sacerdote no pudo evitar una leve sonrisa al escucharla.

-¿Tiene problemas para dormir, padre?- preguntó ella al ver su reacción.

-Muchas veces paso las noches enteras en vela- le respondió mientras se abotonaba la sotana.

-¿A qué cree usted que se debe?

–Nunca he sido muy amante de dormir; desde que comencé el seminario me acostumbré a dormir poco; con el estudio, la comunión y la oración no me queda tiempo para nada...

La doctora lo miró con una cierta ternura en sus ojos:

–Usted parece ser un hombre atormentado, padre...

Él se puso de pie y tomó sus espejuelos:

–Cuando uno aprende las cosas que yo he aprendido y ve las cosas que yo he visto, se da cuenta de que es verdad el viejo dicho...

–¿Cuál? La doctora cruzó los brazos.

–Que para muchas personas la fe es como el café...

Ella sonrió y recostó su espalda contra la pared:

–¿Cómo es eso?

El sacerdote se acercó a un espejo que estaba a su derecha y luego de arreglarse el cuello de su atuendo, volvió a verla y respondió:

–La fe, al igual que el café, es negra y amarga y lo único que la endulza es la esperanza. Cuando aprendemos cómo tomarla sin que nos haga daño, nos mantendrá despiertos...

La doctora lo miró en silencio mientras pensaba en lo que le había dicho; bajó su rostro y sonriendo agregó:

–Esas no son palabras típicas de un sacerdote...

–Yo soy un sacerdote, eso es cierto; pero detrás de esta sotana hay un hombre con muchas preguntas, doctora, preguntas que aún no tienen respuestas...

El padre Damián se acercó a ella y mirándola a los ojos continuó:

–Yo no soy de los que creen que con rezar dos Padre Nuestro y un Ave María el asesino revive a su muerto, como dice la canción...

–¿Qué les aconseja a quienes se confiesan con usted?

–Que busquen dentro de su corazón el perdón y el arrepentimiento, y que si reconocen que han hecho mal, pidan perdón. Porque de nada sirve pedir perdón sin arrepentimiento...

E Butte Av.

64

PRISIÓN ESTATAL DE ARIZONA EN FLORENCE
1305 E. BUTTE AVE.
FLORENCE, ARIZONA

Dos días después, el padre Damián fue a visitar a Thomas, que al verlo llegar saltó de la cama y se acercó al cristal para preguntarle:

–Padre, ¿cómo está? No sabe lo mal que me siento...

–Todo está bien, hijo– respondió sonriendo.

–Yo nunca pensaría en hacerle daño, padre...

–Yo lo sé, hijo, yo sé... Lo que pasó no fue tu culpa.

Thomas se sentó en el suelo, bajó su rostro y puso las manos sobre su cabeza:

–¿Qué vamos a hacer, padre? Las cosas van de mal en peor... usted dijo que encontraríamos la forma de detener todo esto.

–Lo sé, hijo, pero las personas que están a cargo de tu seguridad deben dejarme trabajar contigo libremente.

Thomas respiró profundamente, mientras echaba su cabeza hacia atrás. Los ojos se le llenaron de lágrimas y, colocando las manos sobre sus rodillas, preguntó:

–La única forma de detener esto es matándome, ¿verdad?

El padre Damián se acercó y le acarició la cabeza:

–No..., claro que no. Tengo una idea que creo resultará, pero primero debo consultar a un amigo de Sinaloa, en México.

Ambos callaron. Thomas secaba sus lágrimas y el padre Damián le acarició de nuevo la cabeza mientras hablaba:

–Samuel me llamó está mañana para decirme que esta noche nos reuniremos con el juez para discutir qué pasará contigo. Si todo sale bien, creo que pronto podremos comenzar con mi plan...

65

OFICINA DE LA GOBERNADORA
1700 W. WASHINGTON STREET,
PHOENIX, ARIZONA

Sentados calmadamente, esperaban por la gobernadora y Owens, quienes estaban en una conferencia telefónica con Washington.

–¿Cuánto tiempo más demorarán?–. El padre Damián se había dirigido a Samuel.

–No lo sé, hace más de una hora que esperamos...

Samuel lo miró seriamente, sin decir nada.

–¿Qué pasa? ¿Por qué me miras así?

–¿Les contará todo esta vez?

—Claro que sí, ahora hay evidencias que soportan mis teorías y ellos no podrán negar que tengo razón.

Owens y la gobernadora entraron a la habitación, y por la expresión de sus caras Samuel pudo interpretar que las cosas no andaban bien. Se sentaron y Owens tomó la palabra.

—Caballeros, hay una gran preocupación en Washington por este caso —dio leves golpes sobre la mesa con su dedo índice y continuó—. Esta es la cuarta vez que ese niño escapa; todo el estado arde de rabia ante nuestra impotencia...

Todos permanecían en silencio. Owens se dirigió al doctor Marcus y al ingeniero Myrick y les preguntó:

—¿Tienen ustedes algo que decir?

—Creo que lo primero, como nos ha dicho el padre Damián, es saber contra qué estamos luchando...

El doctor Marcus se quitó los lentes y los colocó sobre la mesa, para continuar diciendo:

—Usted pudo ver con sus propios ojos, el día de ayer, que lo que le pasa al niño es más que extraordinario.

Owens miró al padre Damián y le preguntó:

—¿Podría usted explicarnos qué diablos es todo esto?

El padre tomó un portafolio que había traído consigo y sacó un fólder que puso sobre la mesa. Miró a todos detenidamente y comenzó:

—Dama y caballeros: quizás lo que les voy a decir parecerá difícil de creer, pero al final se convencerán de que es la verdad.

Abrió el fólder y tomó unas fotografías que pasó primero al doctor Phillips, para que todos las vieran.

—Cada una de estas fotografías fue tomada de los videos de seguridad de los sitios de donde Thomas ha logrado escapar, excepto la primera, que fue sacada del video de la gasolinera. Como pueden notar en ellas, y como estoy seguro que ya sospechan, Thomas sufre de una forma de posesión nunca antes vista...

El padre comenzó a caminar alrededor de la mesa, con los brazos cruzados a su espalda.

—Verán que en la primera fotografía las facciones de Thomas son aún levemente visibles pero, en las restantes, su cuerpo fue sufriendo una trasformación cada vez mayor...

Se detuvo para mirar a todos y agregó:

—A eso me refería cuando les dije que se nos estaba acabando el tiempo... En cada posesión, el cuerpo se hace más vulnerable y la fuerza del espíritu que se apodera de él es mucho más fuerte. Como pueden ver en la última fotografía, él ya tiene alas en su espalda...

Hizo una leve pausa, mientras parecía ordenar sus pensamientos.

–Sinceramente les digo que, si dejamos que suceda de nuevo, ya no podremos detenerlo, pues el espíritu se apoderará de su cuerpo y no lo dejará jamás.

Guardó silencio por varios segundos y puso su mano en el espaldar de la silla, por detrás del doctor Marcus.

–Luego de los estudios que he podido hacer, estoy convencido de que Thomas es poseído por una extraña fuerza, nunca vista; un tipo de posesión que creo que nuestra religión no ha enfrentado jamás...

–¿A qué clase de posesión se refiere usted, padre?– preguntó la gobernadora.

El sacerdote permaneció callado y volvió a ver a Samuel; sus ojos estaban temerosos y esperaba que el sacerdote les revelara toda la verdad.

–¿Qué es lo que se apodera de él, padre?– insistió Owens, al ver que permanecía en silencio.

–De acuerdo a los síntomas que presenta, sospecho que es una especie de ángel, o algo así. Aún no estoy completamente seguro; necesito pasar más tiempo con Thomas y tratar de hablar con el espíritu...

–¿El espíritu de un ángel?– se sobresaltó el doctor Marcus.

–¿A qué clase de ángel se refiere usted?– intervino otra vez la gobernadora.

–A San Miguel Arcángel...

–¿Qué? ¡Eso es ridículo!– exclamó el doctor Phillips con expresión burlona.

–¿Ridículo? –le preguntó el padre Damián, volviendo a verlo–. ¿A cuál de sus pacientes, doctor Phillips, alguna vez ha visto que le hayan salido alas en la espalda o que tenga los poderes que Thomas enseña?

–Pero, ¿en qué se basa para decir tal cosa, padre?– preguntó el juez.

–¿Podría explicarnos la razón de las alas en la espalda de Thomas, doctor Phillips?

El sacerdote tomó una de las fotografías donde se veían claramente las alas extendidas, saliendo de la espalda de Thomas, y poniéndola enfrente del doctor Phillips, la señaló con el índice:

–Usted las vio con sus propios ojos en casa de Thomas, ¿sí o no, doctor?

El doctor lo miró sin decir una palabra. El padre Damián fue mirando a cada uno y tomando aliento, agregó:

–Les diré de dónde viene mi seguridad–. Continuaba su marcha alrededor de la mesa:

–Hay muchas cosas en este caso que ustedes aún no saben; hace casi tres años, Thomas fue a visitar a su hermano mayor al seminario...

El padre Damián les contó la historia completa, todo lo que ellos ignoraban. Quedaron mudos tras escuchar el relato. Samuel lo miró con una leve sonrisa, que reflejaba su alegría de que todo se hubiera descubierto.

–¿Por qué cree usted que es San Miguel Arcángel y no un demonio, o algún espíritu maligno?– preguntó la gobernadora.

–La primera víctima murió el 29 de septiembre, ¿cierto? En la iglesia católica ese es el día de San Miguel, quien es considerado el protector de los inocentes y vengador de la sangre. Según la abuela de Thomas, al día siguiente fue la primera vez que Thomas amaneció cubierto de sangre...

–¿Pero si es un ángel, por qué tiene que matar?– lo interrumpió Owens.

–Eso es algo más que hay que explicar; él es un asesino, de eso no hay duda, pero no mata por placer...

El padre Damián se dirigió al doctor Marcus:

–Doctor, cuando usted dijo que las víctimas tenían algo en común no se equivocó.

Samuel les pasó una lista a cada uno de los presentes, donde estaban los nombres de cada una de las víctimas.

–Como pueden ver, cada uno fue acusado o condenado por algún delito grave, alguna vez...

–El que esas personas hayan cometido algún delito no le da el derecho a asesinarlas– opinó Morgan.

–Esa es la ley de los hombres, señor Stanley. Pero Dios hace lo que quiere sin importarle la opinión de los demás– señaló el padre Damián que se había vuelto para verlo.

Permanecían callados, porque nadie se atrevía a contradecir lo que el padre había dicho. Owens miró alrededor de la mesa buscando alguna opinión, y luego hacia el centro, donde una de las fotografías mostraba a Thomas completamente transformado, su rostro enfurecido y con las alas inmensas extendidas. Volvió a observar a todos y preguntó:

–¿Alguien tiene algo que decir?

–Yo creo que esto es solo una maldita estrategia de Samuel y el padre Damián para librarlo de culpabilidad– respondió Stanley.

Samuel se puso de pie y apuntándole con el dedo, le gritó:

-¿De qué demonios estás hablando? ¡Sabes mejor que yo que lo que dice el padre Damián es la única explicación a lo que está pasando!

Samuel estaba enfurecido, miró a Owens y le advirtió:

-No dejaré que nadie le haga daño a ese pobre niño; ustedes saben, como yo, que Thomas es inocente, que no está actuando por su propia voluntad...

-¡Caballeros, caballeros, cálmense, por favor!- pidió la gobernadora, poniéndose de pie.

-No sé por qué demonios lo defiendes tanto... Si sabes que es una amenaza para todos...- dijo Stanley con tono sarcástico.

Samuel trató de calmarse, lo miró a los ojos y respondió:

-Siempre he creído que un hombre tiene derecho a un juicio justo, sin importar las circunstancias, y si dentro de lo que abarca la ley se demuestra su inocencia, hay que darle su libertad aunque se abran las puertas del infierno...

En medio del silencio general, Stanley bajó el rostro avergonzado. La mirada del juez demostraba orgullo y respeto por Samuel.

-Padre, ¿qué podríamos hacer en este caso? -se preocupó Owens-. ¿Podría hacerse alguna clase de exorcismo, o algo por el estilo?

El padre Damián los miró, mientras pensaba; bajó la cabeza y se quedó contemplando una de las fotografías de Thomas, completamente transformado en aquella increíble figura. Entonces habló:

-Nosotros, como hombres de religión, hemos estudiado la forma de sacar los demonios del corazón humano, pero lo que se apodera de este niño parece ser algo bueno...

Todos escuchaban atentamente, mientras el padre Damián miraba al juez y continuaba:

-Cómo sacarle un ángel a alguien, creo que nadie lo sabe... habría que empezar a estudiar, desde el punto de vista religioso, los síntomas que presenta este tipo de posesión...

-Pero eso tomará tiempo- se oyó decir al doctor Marcus.

-Sí, quizás más del que quisiéramos...- se entristeció el sacerdote.

-¿Cómo cuánto tiempo?- preguntó Owens.

-No estoy seguro, tendría que tener acceso completo a Thomas para poder interrogarlo con libertad. Además tendría que comunicarme con unos amigos que tengo en el Vaticano y en México y estudiar el caso detenidamente...

–Señor Whitefield, concédale al padre toda la ayuda que necesite– dijo Owens, volteando a su derecha.

–Una cosa más, señor Owens –lo interrumpió el padre Damián–; desde mañana me gustaría pasar las noches junto a Thomas...

–¡Usted está loco! Él podría matarlo– exclamó la gobernadora.

–Estoy dispuesto a correr ese riesgo. Si todo parece originarse en sus sueños, quiero estar allí cuando suceda...

–Yo no me haré responsable– advirtió el juez mirando a la gobernadora.

La sala cayó en un repentino silencio. Owens miró al padre Damián y dijo:

–Señor Whitefield, no podemos permitir que Thomas se escape de nuevo, y si la única manera es impedir que la posesión tome lugar, concédale el permiso al padre Damián; yo me hago responsable.

Owens hizo una leve pausa y terminó diciendo:

–No quiero ni llegar a pensar lo que pasaría si este niño se escapara de nuevo...

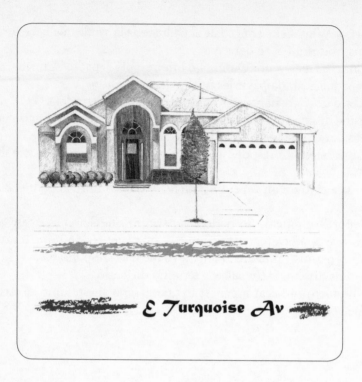

E Turquoise Av

66

RESIDENCIA FAMILIA ESCOBAR
6889 EAST TURQUOISE AVE.
SCOTTSDALE, ARIZONA

-¿Qué estás haciendo, mi amor?- preguntó Catherine mientras se acercaba a Samuel y le daba un beso en la frente.

-Estoy viendo las noticias; Marcos me llamó hace un rato...parece que hay grandes protestas por lo que ha pasado y se han producido varios arrestos, tanto en Mesa como en Glendale...

Catherine se sentó a su lado:

-¿Qué es lo que harán con Thomas, ahora que se ha vuelto a escapar?

-No lo sé, mi amor. De lo único que estoy seguro es de que este grupo de doctores y científicos que han venido desde Washington prefiere matarlo antes que dejar que vuelva a huir...

Samuel alzó su rostro hacia el televisor; empezaban las noticias y se levantó de su asiento para tomar el control remoto y subir el volumen.

—El estado de Arizona sigue aún en alerta roja, debido a las numerosas protestas que se han producido por el nuevo escape de la cárcel de Florence del niño diabólico, Thomas Santiago —comentaba un hombre de raza negra, de elegantes espejuelos y voz aguda desde la pantalla—. Grandes multitudes con armas de fuego y antorchas fueron arrestadas por la policía. La extensión de una milla, alrededor de la prisión, ha sido declarada como zona militar. Soldados fuertemente armados han colocado barricadas y no se permite el paso a ningún personal no autorizado. Se han reportado también varios incidentes, tanto en la reservación de Ship Rock como en las ciudades de Mesa y Glendale, así como la quema de neumáticos en Tucson y en la ciudad de Yuma—.

Samuel apagó el televisor y suspiró; bajó la cabeza en señal de desaliento. Catherine se sentó a su lado y le acarició la espalda.

—No veo el día en que toda esta pesadilla termine— le dijo mientras la abrazaba por la cintura y recostaba la cabeza en su estómago.

Catherine le acarició los cabellos y lo apretó con fuerza.

—Todos los días llegan cartas a la oficina amenazándonos, diciéndonos un sinnúmero de ofensas...

Catherine bajó la cabeza y caminó hacia el otro lado de la habitación.

—¿Qué pasa?— le preguntó Samuel, sorprendido por su reacción.

Ella permanecía callada, mientras tomaba sus cabellos y se los echaba hacia atrás; Samuel se le acercó y la tomó por los hombros:

—¿Catherine, qué es lo que pasa?

Ella levantó el rostro y con una mirada triste le respondió:

—No quería decirte nada, para que no te preocuparas, pero nos han estado mandado cartas aquí, a la casa, desde hace varios días...

—¡Qué! —gritó Samuel, levantaba su cara para mirarla a los ojos—. ¿Por qué demonios no me habías dicho eso?

—No quería preocuparte y, además, yo no tengo miedo...

Samuel corrió a tomar el teléfono y comenzó a marcar:

—¡Mañana a primera hora, tú y la niña se irán donde mis tíos, a Guadalajara!

Catherine se le acercó y le quitó el teléfono de las manos:

—Nosotras no vamos a ningún lado...

—¡Estás loca!

—¡Mi lugar está aquí, al lado de mi esposo; así que no pienses ni por un instante que nos iremos!

–Catherine, esas personas pueden hacerte daño a ti y a la niña...

–Yo no tengo miedo.

Samuel la tomó por el brazo y le dijo:

–Catherine, por favor, tienes que entender que esas personas no están jugando.

–No me importa, no dejaré que te enfrentes solo a todo esto...

Samuel la soltó y se pasó la mano por la cabeza:

–Catherine, tienes que entender lo grave que es esto–. La tomó por los hombros y terminó diciendo:

–No me lo perdonaría si algo les llegara a pasar a ti o a la bebé.

Ella clavó su mirada en la de él; sus hermosos ojos azules resplandecían con intensidad; él permaneció callado mientras sus ojos se llenaban de lágrimas.

–No puedes echarte atrás en este momento; sabes mejor que yo que sin ti Thomas no tiene la más mínima oportunidad de salir con vida...

–Pero ustedes son lo único que yo tengo en la vida...

–Te prometo que nada nos va a pasar.

–¿Cómo puedes estar tan segura?

–Porque nada ni nadie me va alejar de ti, solo Dios...

Samuel la miró a los ojos y sonrió levemente:

–Eres una mujer valiente, pero aún así sigo creyendo que estás loca.

Ambos rieron dulcemente; ella se acercó a él y, abrazándolo, recostó la cabeza en su pecho.

–¿Recuerdas cuando me pediste que me casara contigo? Ese día te prometí que estaría a tu lado en las buenas y en las malas, en la luz o en las tinieblas, siempre y cuando me dejaras ser tu mujer–. Ella hizo una pausa y, besándolo en el pecho, terminó diciendo: –Yo no estaba jugando, te lo dije de verdad.

Él le besó los cabellos y su mente se inundó de recuerdos; revivió con alegría el bello y escalofriante momento cuando, junto a unos amigos policías, le hicieron a Catherine la broma más grande y hermosa de toda su vida.

Samuel recordaba exactamente aquel día inolvidable. Él y varios de sus amigos le hicieron la trastada de su vida a la pobre mesera de la cafetería. Dos policías llegaron justo a la hora del almuerzo y esposaron a la muchacha, en frente de todo el mundo. La acusaron de asesinato en primer grado; los ojos de la joven se llenaron de lágrimas, mientras que, aterrorizada y avergonzada, bajaba la cabeza. Luego, uno de los policías miró al cliente al cual ella le servía y le pidió que le leyera sus derechos a la acusada. Los ojos de la mesera se agrandaron por el asombro; en ese momento, Samuel sacó una sortija del bolsillo de su pantalón, se arrodilló ante ella y tomándole la mano le dijo: "Tienes el derecho de ser mi esposa, de ser mi amiga, mi mujer y la madre de mis hijos". Una enorme algarabía llenó la cafetería: los presentes silbaban y muchas de las jóvenes que estaban allí lagrimearon de emoción. Catherine se echó a llorar en brazos de Samuel, mientras que muchos aplaudían. Al día siguiente, en la portada del periódico de la universidad, un titular decía: "La cenicienta de los noventa, prominente estudiante de derecho se casa con mesera"...

-Por lo menos déjame hablar con el juez para conseguir que te pongan bajo protección- finalizó Samuel, cerrando los ojos y abrazándola tiernamente.

Ella afirmó frotando la cabeza contra su pecho.

67

Basílica de Santa María,
231 North. Third Street,
Phoenix, Arizona

–¿Aló?–. El sacerdote contestó el teléfono.

–Buenas noches, padre Estiven.

–¿Samuel? ¿Cómo estás?

–Estoy bien, gracias; perdone que llame a esta hora...

–No te preocupes, hijo, estábamos mirando las noticias.

–¿Podría hablar con el padre Damián, por favor?

El padre Damián tomó el teléfono y saludó a Samuel que inmediatamente dijo:

–Estuve investigando lo que me pidió y usted tenía razón.

–¿Qué encontraste?

–La mujer que fue asesinada en Yuma, había sido acusada de matar a su marido en un sospechoso accidente, junto con un amigo al cual consideraban su amante, supuestamente para cobrar una póliza de seguro de más de un millón de dólares...

–¡Santo Dios!

–La policía nunca pudo probar que no fuera un accidente...

–¿Y qué averiguaste sobre el doctor?

–Estuvo bajo investigación por más de un año.

–¿Investigación? Pero ¿por qué?

–Hace un año y medio, cinco niños que estaban bajo el cuidado de su departamento murieron misteriosamente...

–¿Cómo "misteriosamente"?

–Según lo que investigué, los niños ingresaron al hospital con problemas mínimos y empeoraron de la noche a la mañana. Luego de varios meses sin mejoría, todos murieron. No se encontró razón para ello, y por eso el doctor estaba bajo investigación. El niño con el que hablamos, Rampsey Collard, fue ingresado hace una semana con una leve gastroenteritis y la noche antes de que le dieran de alta, empeoró drásticamente.

–Hum, eso explica el exceso de violencia en la habitación...

–¿De qué habla?

–Jesús predicó que quien le hiciera daño a un niño inocente, sería mejor que se atara una piedra de molino al cuello y se echara al mar...

Samuel se quedó callado y respiró profundamente.

–¿Samuel?

–Aquí estoy, padre.

–¿Estás bien?

–Sí... sí, es solo que estoy preocupado por Thomas... ¿Cree usted que podremos de alguna manera evitar lo que le pasa?

–No lo sé hijo, pero recémosle a Dios para que encontremos respuestas y para que nos ayude con todo esto...

–Usted tiene que hacer algo por él, padre, porque si no encontramos cómo detenerlo, terminarán matándolo...

–Tengo una idea, que espero que resulte...

Samuel se sorprendió y rápidamente le preguntó:

–¿Cuál es?

–No puedo decir nada hasta que esté completamente seguro, por eso no te lo había comentado. Quiero estar completamente seguro de que funcionará...

68

Corte Superior del Condado de Maricopa
201 W. Jefferson,
Phoenix, Arizona

El juez entró a la corte en medio del silencio de los presentes. El salón de prensa estaba repleto de cámaras y reporteros que trasmitían en vivo a nivel nacional. Toda la sala estaba colmada de policías; a petición del juez Fieldmore, luego de la última escapada del acusado de la prisión de Florence y de las manifestaciones de violencia en todo el estado, se había vuelto a redoblar la seguridad en el palacio de justicia. Los reporteros y camarógrafos habían tenido que pasar un doble chequeo de seguridad, y sus cámaras y micrófonos fueron examinados con rayos X.

En cada ventana y en cada puerta de la corte se había triplicado la vigilancia. Los policías vestían sus chalecos a prueba de balas y varios traían consigo metralletas.

El juez Fieldmore miró hacia el fondo de la sala, asegurándose de que todo estuviera en orden; se llevó la mano a la boca y tosió levemente para aclarar su garganta. Se acercó al micrófono y dijo:

–Señor Escobar, puede llamar a su primer testigo.

–Su señoría, la defensa llama al doctor Dwain Rogers.

El hombre, de raza blanca y unos sesenta años, con grueso bigote y tierna mirada, subió al estrado. Samuel se acercó de inmediato:

–Doctor, usted trabaja para el hospital Jackson Memorial de la ciudad de New York, ¿cierto?

–Sí, así es.

–¿Cuál es su tarea allí?

El testigo miró directamente al jurado y, con voz firme y segura, respondió:

–He dirigido el departamento de psiquiatría y neurología del hospital durante los últimos treinta y cinco años.

Samuel tomó el control remoto del proyector y apuntó hacia la pared:

–Su señoría, la defensa quisiera presentar este video que fue grabado el pasado viernes y fue sometido a la corte como evidencia V. 1–22.

Luego se dirigió al testigo:

–Doctor, este es el último video que fue grabado hace cuatro días en la prisión de Florence por las cámaras de seguridad de la celda del acusado. Le ruego que le dé a la corte su opinión profesional sobre lo que se puede captar.

El video comenzó a rodar bajo el murmullo de los presentes. Samuel notaba el asombro del doctor porque apretaba los ojos cuando veía que Thomas, lentamente, era levantado por una esfera de luz que lo cubría por completo. Después, Thomas se trasformaba en la figura del ángel. Sus alas extendidas parecían tocar los extremos de la celda, que rápidamente se llenó de humo, hasta que segundos después, el humo fue succionado por uno de los orificios que se encontraban en el techo.

La celda estaba completamente vacía, y el ángel había desaparecido. Samuel devolvió el video y lo detuvo en la imagen donde se veía a Thomas totalmente trasformado. Miró al testigo y dijo:

–Doctor Rogers, el estado presentó a esta corte al doctor Nicholas Brushevski quien, luego de haber examinado a mi cliente y haber visto un video similar a este, declaró que no había encontrado nada malo en el acusado y que, de acuerdo con su experiencia profesional, lo encontraba totalmente normal...

–Eso es totalmente ilógico –respondió el doctor, mientras se quitaba los espejuelos que se había puesto para ver el video–. Es más que obvio que algo le pasa a ese niño; se puede notar con exactitud que, sea lo que sea que le esté sucediendo en ese momento, no es normal. Los seres humanos no tenemos alas en la espalda... además yo nunca había visto u oído de un ser humano que resplandeciera de tal forma.

Samuel pasó frente a Stanley y, mientras lo miraba seriamente, preguntó:

–¿Es decir que usted asegura que verdaderamente ocurre algo malo con mi cliente que médicamente no se ha podido probar?

–Claro que sí, las evidencias son innegables. ¿Que se pueda probar médicamente lo que le pasa? De eso no estoy seguro, pero si existe una forma científica de explicarlo, me gustaría saberla...

–Doctor, con toda su experiencia, ¿cree que una persona que pase por una transformación como esa puede estar en su pleno juicio?

–Creo que no. Si se fijan bien, al comienzo del video, parece ser que esto le pasa cuando está dormido. Al igual que las personas sonámbulas, que no son responsables de sus actos mientras están en ese estado involuntario, pues es un mecanismo muscular automático que hace que el cuerpo reaccione sin intervención de la mente, él parece estar en esa situación.

Después de detenerse por un segundo, continuó:

–Al parecer, él sufre de un descontrol neurótico que solo se produce cuando está dormido y que, de alguna manera, le provoca esos extraños poderes sobrenaturales. Pero esto parece ser más una posesión espiritual que un descontrol mental...

–Objeción, su señoría, el testigo es un psiquiatra, no un sacerdote– señaló Stanley mientras escribía en un papel..

–A lugar– respondió el juez.

Samuel se acercó al jurado y apretando el puño de su mano derecha lo golpeó con violencia contra la palma de su mano izquierda:

–¡De acuerdo a la ley, ningún acto es castigable si fue cometido involuntariamente! En el código del 1984, página 319, se indica que "una persona no puede ser considerada culpable si sus actos fueron producto de una enfermedad mental o algún defecto relacionado con la misma".

Miró con seriedad a cada uno de los miembros del jurado y finalizó:

–No hay ser humano en el mundo que pueda, voluntariamente, provocarse a sí mismo esos poderes sobrenaturales, y mucho menos cuando está dormido...

Samuel se dio vuelta y mirando al testigo le preguntó:

–¿No es cierto, doctor?

–Así es.

Giró hacia Stanley y terminó diciendo:

–Su testigo.

–Doctor, ¿ha examinado usted al acusado?– preguntó el fiscal, que permanecía sentado.

–No, aún no.

–¿Entonces cómo sabe que algo anda mal?

–Es más que obvio, señor Morgan. Tanto los videos que se han presentado a esta corte, como las evidencias, y las extrañas hazañas que lo vemos hacer, no permiten otra conclusión...

Stanley se puso de pie y se acercó para preguntarle:

–¿Usted está diciendo que con solo mirar los videos y examinar las evidencias puede determinar si el paciente sufre de algún trastorno mental, sin siquiera haber hablado con él?

El doctor cruzó sus brazos y lo miró seriamente; trató de calmar sus impulsos y respondió:

–Eso se llama examen psicológico criminal, señor Morgan. El FBI lo ha usado en los últimos treinta años para atrapar a los más terribles asesinos de nuestra historia... No sé por qué le sorprende tanto...

Stanley lo miró en silencio, mientras pestañeaba varias veces; comprendió que había llegado demasiado lejos con esa pregunta.

–¿Ha interrogado usted alguna vez a un asesino en serie?

–Sí.

–¿A quién?

–Fui uno de los primeros en entrevistar a Ted Bundy, cuando se decidió a hablar, y a Jeffrey Dhamer, Patrick McKay y otros no tan conocidos...

Stanley, con una mano en la cintura y la otra sobre el estrado, continuó:

–Doctor, de acuerdo con la ley, "para que una persona pueda ser considerada demente, debe estar privada de entendimiento y conciencia en el momento del crimen y no conocer las consecuencias de sus actos".

Se acercó al televisor que estaba en una esquina de la sala, levantó en su mano una cinta de video y miró al juez:

–Su señoría, la fiscalía presentará a la corte el video de la estación gasolinera de la 59 avenida.

Luego introdujo la cinta de video en el VHS, y se dirigió al testigo:

–Estoy seguro de que usted ha visto este video en el que Thomas Santiago asesina a una de sus víctimas...

Stanley lo detuvo en el momento en que la víctima caía al suelo. Colocó el control remoto sobre el estrado y dijo:

–Aquí se ve cómo específicamente se dirige a su víctima, la toma por el cuello y mientras la está ahorcando le dice la razón por la cual lo hace. ¿No es esa una señal de que el asesino está conciente de sus actos?

–No exactamente –respondió el doctor, mientras se recostaba en su lado izquierdo–. Todo lo contrario; gran parte de los asesinos en serie demuestran su sadismo de esa forma, pues los emociona ver el terror reflejado en los ojos de sus víctimas.

Se tomó un segundo para aclarar su garganta y prosiguió:

–Uno de los más aterrorizantes factores sobre los asesinos en serie es que son racionales y calculadores, como se pudo probar con Denis Nilsen y Jeffrey Dhamer, que fueron caníbales y depredadores de inocentes. Ambos aseguraron que su mayor satisfacción radicaba en imaginarse lo que les harían a sus próximas víctimas.

Stanley se frotaba la barbilla mientras daba algunos pasos alrededor:

–Doctor, corríjame si estoy equivocado, pero el mismo Denis Nilsen dijo al ser interrogado por las autoridades que "la mente humana puede actuar diabólicamente sin estar enferma". ¿Es verdad?

–Sí, él lo dijo.

–Una persona que entra a un supermercado, por ejemplo, saca una pistola y comienza a dispararle a todo el mundo, me parece que está más fuera de sus cabales que una persona que escoge a una víctima en especial, pues como vimos en el video Thomas Santiago se dirigió específicamente a Patrick McKinney. No miró siquiera a la señora que atendía la estación; fue directamente hacia su víctima y eso es premeditación. ¿O estoy equivocado?

–Ese es un acto normal en los asesinos desorganizados, ya que su demencia es extrema. Olvidar que la señora sería un testigo ocular es una prueba de su demencia...

El doctor lo observó rascándose la cabeza y, luego de respirar profundamente, continuó:

-La razón por la cual psicológicamente se les llama depredadores es porque, al igual que un león o un tigre, que elige entre una manada a su presa y la persigue ignorando a las demás, el asesino escoge en sitios públicos a sus víctimas, como por ejemplo Andrei Chikatilo en las estaciones de tren, en Alemania, o Dhamer en los malls de Milwaukee. La única diferencia es que el animal lo hace por hambre y el asesino, por impulsos criminales alimentados por sus fantasías o su odio...

69

BASÍLICA DE SANTA MARÍA,
231 NORTH. THIRD STREET,
PHOENIX, ARIZONA

El padre Damián quedó sorprendido al encontrar a Samuel sentado en una de las bancas, justo en medio de la iglesia. Parecía pensar profundamente; observaba una imagen de Jesús pintada en una de las ventanas, que mostraba al maestro judío cargando la cruz camino al Calvario, mientras era azotado por los soldados romanos.

–¡Samuel! –exclamó el sacerdote alegremente en tanto se le acercaba–. ¿Por qué no me habías dejado saber que estabas aquí?

–Es que me sentía un poco cargado de espíritu y decidí pasar y sentarme, tranquilo y a solas, un rato...

El padre Damián se sentó a su lado y le pasó el brazo por encima del hombro:

–¿Te puedo ayudar en algo?

Samuel lo miró en silencio mientras que sus ojos parecían humedecerse.

–Samuel, me estás asustando... ¿Dime qué te pasa? El sacerdote quitó el brazo y lo miró con atención.

–Tengo miedo de que algo le vaya a pasar a mi familia, padre... Recibo más de diez llamadas diarias, tanto en la oficina como en mi casa, de gente que jura que matará a mi esposa y a mi hija, para que yo vea lo que se siente al perder a un ser querido...

El padre Damián le puso de nuevo la mano en el hombro y suspiró profundamente:

–Es normal que esto te esté pasando; los grandes hombres de nuestra historia que han luchado por la verdad y la justicia fueron alguna vez amenazados de muerte, encarcelados y hasta asesinados injustamente...

Levantó la mirada y la dirigió hacia el fondo de la capilla:

–No te lo digo para asustarte, pero mira a Jesús, por ejemplo. Lo crucificaron y lo mataron por predicar la verdad y llamarse hijo de Dios.

Samuel levantó la cabeza y fijando sus ojos en la estatua de Jesús crucificado vio cómo los rayos del sol, que entraban por la ventana, le iluminaban vagamente el rostro, con un toque de misterio y tragedia. Vio también que, a los pies de la figura, María Magdalena y la Virgen María, postradas bajo la cruz, lloraban amargamente.

–Yo sé que estoy luchando por algo justo; sé muy bien que Thomas es inocente y eso es lo que me motiva cada día, es tan solo que todo esto...

–Parece una pesadilla que nunca terminará... Lo sé, a veces yo pienso lo mismo...– intervino el sacerdote, sin dejarlo terminar de hablar, y recostándose en la banqueta continuó:

–Las injusticias de la vida solo se combaten a través de la fe y la satisfacción de saber que lo que haces está bien hecho y que, de alguna manera, algún día, la fuerza que mueve al mundo y armoniza las diferencias traerá bienestar a tu alma...

Una inmensa cascada de agua fría parecía haber caído sobre Samuel al oír tales palabras. Con una leve sonrisa le preguntó:

–¿Cómo ha hecho usted para mantener su fe a través de los años?

–Mi fe es incrédula, Samuel.

–¿Incrédula?

El padre Damián lo miró a los ojos:

–Yo creo en lo que veo y lo que siento, y hay cosas que veo y hay cosas que siento que alimentan mis dudas...

–¿Cuáles dudas?

–De que esto lo sea todo, el nacer y el morir. El ver que la maldad del ser humano nos llevará a la autodestrucción como humanidad.

El padre Damián dejó que sus ojos recorrieran la iglesia, mientras arreglaba el ruedo de su sotana; entrecruzó los dedos y puso las manos sobre sus piernas.

–Muchas de las preguntas que me hago tienen una sola respuesta, y es que tiene que haber un Dios en algún lugar que creó todo esto; en un lugar al que él llama cielo, porque nada sale de la nada. Yo no puedo creer que, sin ninguna razón lógica, una gran explosión haya ocurrido en el universo y miles de años después se hayan ido formando los animales y las grandes maravillas que hay en el mundo. Creo que quien estuvo aquí al principio supo la verdad, de dónde vino todo esto, hayan sido Adán y Eva o quien quiera que haya sido. Creo que la verdad de la creación ha sido distorsionada a través de los tiempos...

Ambos callaron y disfrutaron del profundo silencio. Samuel observó un leve brillo de ternura que se reflejaba en los ojos del sacerdote, el brillo que suele dejar la satisfacción de la sabiduría en el alma humana.

–Padre, si usted tuviera la oportunidad de hablar con Dios y hacerle una sola pregunta, ¿cuál sería?

El padre sonrió y respondió:

–¿Qué de lo que sabemos sobre ti es verdad, Señor?

Luego se volvió hacia él y terminó diciendo:

–Sé que la respuesta a esa pregunta me daría las respuestas sobre tantas otras...

–¿Usted cree que a los apóstoles les fue más fácil creer?

–¿Creer en Dios?

–Sí, esa es una pregunta que me he hecho desde que era pequeño. Yo creo que sí, ya que tenían a Jesús con ellos, lo vieron hacer milagros y lo escucharon hablar sobre el reino de los cielos...

–En cierta forma fue como tú dices, pero ellos, al igual que nosotros, tuvieron que ser convencidos. Yo me considero un Abraham de los tiempos modernos...

–No le entiendo– dijo Samuel con curiosidad.

–¿Por qué crees que Dios escogió a Abraham para que fuera el padre de la fe?

–Porque era un buen hombre...

–La tierra siempre ha estado llena de buenos hombres; la Biblia dice en Génesis 5:24, que *Enoc caminó con Dios trescientos años y que Dios estaba*

*tan complacido que le dijo "vente conmigo", y lo convirtió en la primera persona
en la historia que nunca murió.*

Samuel echó hacia atrás su cabeza, con expresión de sorpresa.

El padre Damián dio la vuelta y se puso frente a él; cruzó sus brazos
y continuó:

–Abraham era un hombre que buscaba al Dios verdadero, pues no creía
en los dioses de sus ancestros. Era hijo de un escultor de imágenes y un
día vio cómo, al caer del asno en que la cargaban, una de las imágenes
del dios de su padre se hizo pedazos. Analizó todo aquello y se dijo a sí
mismo que aquello no podía ser un dios: algo tan frágil y que se rompe
tan fácil...

– Pero, ¿dónde aparece eso en la Biblia?

–No, no está en la Biblia; es una de las tantas historias que no se
contaron allí...

–¿Usted cree en esas historias?

–Muchas son más que eso: son manuscritos que se han encontrado
en excavaciones con más de tres mil años de antigüedad. Yo mismo
traduje muchos de ellos para la iglesia católica. Otras son leyendas que
se han ido contando en Israel, a través de generaciones. Por ejemplo,
mucha gente no sabe por qué Pedro fue el discípulo que más creyó
en Jesús...

Samuel lo miró en silencio, pero entendió que si no preguntaba, nunca
tendría la respuesta:

–¿Y por qué fue Pedro quien más creyó en Jesús?

El sacerdote sonrió para comenzar con su relato; Samuel reconoció de
inmediato aquella sonrisa, esa expresión que demostraba su satisfacción
al contar historias como esas.

–Cuenta una vieja leyenda en Israel, que cuando Jesús caminaba con sus
discípulos hacia Cesárea, Pedro que iba siempre a su lado, se detuvo un
momento para atar sus sandalias. Mirando el suelo descubrió que los pies
de Jesús no dejaban huellas en el polvo. Pedro se puso la mano sobre su
boca, tal era su asombro, y fue allí donde comenzó a convencerse de que
Jesús era el hijo de Dios. Por eso, cuando Jesús preguntó a sus discípulos
"¿Quién dice la gente que soy?", ellos respondieron: *"Unos dicen que Juan el
Bautista, otros que Elías o alguno de los profetas"*. Y Jesús volvió a preguntar:
"¿Quién creen ustedes que soy yo?"; Pedro, acordándose de lo que había visto,
le dijo: *"Tú eres el Cristo, el hijo del Dios viviente"*.

En silencio, Samuel trataba de pensar en las viejas historias de la Biblia que solían contarle en el catecismo, cuando era niño, pero no recordaba nada parecido a lo que el sacerdote decía.

–Todo esto me aterra, tan solo pensar en Dios, en la religión, me pone los pelos de punta– admitió Samuel, echándose hacia adelante en su asiento.

–No te dejes engañar por las densas cortinas de la ignorancia; la religión, al igual que el amor, se enseña en lo que uno hace. En este mundo hay un sinnúmero de personas que andan predicando un mensaje de victoria y tienen una vida destrozada. La gente viene a la iglesia, se arrodilla y le pide a la estatua del santo que lo proteja y lo libre de todo mal, ignorando que como nos dijo Jesús "El reino de Dios está en cada uno de nosotros".

– Pero ¿usted cree que realmente Jesús hizo todo lo que la Biblia dice?

–Jesús ha sido el mayor maestro de la humanidad; sus enseñanzas, sus alegados milagros, no han sido igualados por ningún otro maestro. Pero, si lo que me estás preguntado es si creo que de verdad sanó a los enfermos, les dio vista a los ciegos y resucitó de entre los muertos, te contesto que sí.

–¿Por qué?

–Porque de no haber sido así, la humanidad no hubiera dividido su historia como lo ha hecho: antes y después de Cristo.

Samuel se quedó mirándolo con cierta decepción; la respuesta del sacerdote no había llenado sus expectativas.

–¿Por qué me miras así?– preguntó el padre Damián observando su extraña expresión.

–¿Tan solo por eso lo cree?

El sacerdote se dio vuelta y clavando sus ojos de nuevo en la estatua de la crucifixión de Jesús, que estaba al fondo de la iglesia, parpadeó varias veces mientras pensaba en su respuesta.

–Esa es la base de la fe, Samuel: creer. Usted cree o no cree, es así de simple...

Hizo una pausa y soltó un fuerte suspiro:

–Aunque soy de los que cree y confiesa que Jesús fue el precio a pagar por nuestros pecados, hay muchas cosas sobre su vida que han sido manipuladas por el hombre...

Samuel caminó alrededor de él y preguntó:

–¿Como cuáles?

–Según los evangelios, Jesús caminó por la Tierra Santa enseñando sobre el reino de Dios y el amor al prójimo durante tres años. En esos tres años la gente lo colmó de preguntas, sobre el divorcio, los impuestos, el perdón, el ayuno, la oración y mil temas más. Aún no entiendo por qué nadie tuvo la idea de preguntarle: ¿Maestro, crees que es justo que un hombre sea esclavo de otro hombre, cuando de acuerdo a tus enseñanzas todos somos iguales ante los ojos de Dios?

Samuel sintió un impacto en su pecho; las palabras del padre Damián parecían haber cambiado algo dentro de él, que pestañeaba rápidamente, mientras lo miraba en silencio.

El sacerdote se humedeció los labios y agregó:

–Es ahí donde se basan mis dudas sobre la verdad de lo que sabemos. La Biblia nos dice que el apóstol Pablo en su carta a los Colosenses 3:22, les dijo *"Siervos, obedeced en todo a vuestros amos terrenales, no sirviendo al ojo, como los que quieren agradar a los hombres, sino con corazón sincero, temiendo a Dios"*.

Por debajo de su sotana, el sacerdote metió las manos en los bolsillos y prosiguió:

–Jesús mismo nunca mencionó la esclavitud, mas sus apóstoles sí. ¿No te parece extraño?

Samuel seguía en silencio, con sus manos debajo de la barbilla, atento a lo que decía.

Después, cruzó los brazos y recostándose le preguntó:

–¿Qué hay de cierto en lo que alegan los gnósticos, que Jesús se casó con María Magdalena y que tuvieron hijos?

–Déjame hacerte una pregunta: ¿eso degrada de alguna manera la enseñanza de Jesús? ¿El hecho de que el se haya casado, lo desacredita como Maestro? Porque si así fuera, debiéramos descartar a Gandhi, Abraham, David, Martin Luther King...

El padre Damián dibujó una sonrisa cortada y abriendo sus brazos de extremo a extremo agregó:

–Y ni siquiera mencionemos a Salomón, quien se casó setecientas y pico de veces...

Entonces bajó el rostro con desaliento:

–No sé por qué la idea de que Jesús se haya casado provoca tanto a la gente, cuando Dios mismo dijo que el hombre no puede estar solo. Muchos olvidan, como te dije cuando te conocí, Samuel, que Jesús fue cien por ciento Dios y cien por ciento hombre.

El sacerdote se sentó en una de las bancas frente a él y bajando la cabeza le dijo:

-Nunca te has puesto a pensar que quizás lo que aterroriza a muchas personas no es la idea de que el Maestro haya sido esposo de una prostituta, como alegan algunos, sino que si en verdad tuvieron hijos, y de acuerdo a las leyes de Israel, ellos tendrían derecho a ser herederos del trono...

Ambos guardaron silencio. El vago sonido de un automóvil que se alejaba en la distancia era lo único que se escuchaba. El sacerdote clavó sus ojos en una imagen de San Pedro, pintada en una de las ventanas y concluyó:

-Dios no es una creación del hombre; la religión sí lo es. ¿Nunca has escuchado decir que la religión es la única razón por la cual los pobres no han matado a los ricos?

70

CORTE SUPERIOR DEL CONDADO DE MARICOPA,
201 W. JEFFERSON,
PHOENIX, ARIZONA

–Su señoría, la defensa llama al ingeniero David Flanagan.

El ingeniero, de unos cincuenta años de edad, cabello oscuro y ojos profundos, subió al estrado y tomó asiento lentamente. Samuel se acercó a él y metió ambas manos en los bolsillos de su pantalón antes de preguntar:

–Señor Flanagan, ¿podría decirle a la corte a qué se dedica?

El testigo volvió a ver a los miembros del jurado y respondió:

–Trabajo para el FBI, como ingeniero analista de audio y video.

–¿Podría darnos algunos detalles, por favor?

–Analizo los videos y grabaciones que llegan a nuestros laboratorios como evidencias.

Samuel se acercó a su mesa y tomó una fotografía que Oliver le extendía, y el control remoto del proyector:

–Señor Flanagan, me gustaría que observara este video...

Hubo un silencio mientras el video era presentado; luego Samuel apagó el televisor y se volvió al testigo, que estaba verdaderamente impresionado.

–¿Difícil de creer, no es cierto?– afirmó Samuel al ver su asombro.

Se le acercó con la fotografía y continuó:

–Señor Flanagan, esta fotografía fue sacada del video que acabamos de ver y presentada por el departamento de policía de la ciudad de Glendale a la comunidad, como evidencia. Según esto, se trata del asesino que es responsable de la muerte de dieciocho personas en el estado, incluyendo la que hemos visto en el video... ¿Cree usted que la persona de la fotografía puede ser el acusado?

El testigo miró a Thomas, volvió a mirar la fotografía y respondió:

–No es totalmente exacta, pero se parece un poco...

–¿Podría explicarnos cómo se realiza el proceso que se utilizó para obtener esta foto?

El testigo le devolvió la fotografía y explicó:

–Primeramente se toma la cara del agresor y se la pasa al computador. Luego se amplía y se trabaja en una mejor definición. Muchas veces, cuando solo se tiene el perfil del sospechoso, se crea una imagen tridimensional, para la cual se usan las facciones visibles y se trata de reproducir el resto. Este es un método que se experimentó con John List, en 1998. Después de dieciséis años del asesinato de su familia, se logró componer lo que llamamos "un sospechoso tridimensional". El nombre se debe a que se hace una figura imaginaria sobre cómo puede lucir el sospechoso, de acuerdo con sus hábitos, si fuma o bebe, y según su genética familiar. Inclusive tratamos de ver qué cambios drásticos podría sufrir su cara, en caso de que se hiciera una cirugía plástica...

Samuel avanzó hacia el jurado y, sacando la mano derecha del bolsillo, apuntó a los presentes y volvió a preguntar:

–¿Qué tan precisas son las fotografías tomadas desde un video normal? A lo que me refiero con normal es a un caso en que el agresor no tuviera la luz que vimos...

El testigo respondió:

– Lo serían desde un ochenta a un noventa por ciento.

Samuel tomó de nuevo el control y devolvió el video para detenerlo justo cuando la cara de la figura se podía ver claramente:

–Señor Flanagan, ¿usted se atrevería a jurar que esa es la cara de mi cliente?

El testigo pensó por un segundo:

–Hay que entender que lo que enseña ese video no es algo común y corriente, por tal razón yo no me atrevería a asegurarlo.

Samuel se dio vuelta y le dijo a Stanley:

–Su testigo.

Stanley se puso de pie, tomó unos papeles de un fólder que guardaba encima de su mesa y se los llevó al testigo:

–Señor Flanagan, estos son los resultados de un examen de ADN realizado a la sangre que se encontró en las pijamas de Thomas Santiago, la mañana siguiente del asesinato que vemos en el video. De acuerdo con el laboratorio pertenecía a Patrick McKinney, la víctima. ¿Podría usted explicar eso?

–Claro que no.

–Según usted, ¿cuál sería la única explicación?

El testigo pensó antes de responder:

–La única explicación sería que él lo haya matado o que hubiera estado presente a la hora del asesinato.

–Objeción, su señoría, lo que el fiscal está pidiendo al testigo no procede; no es su especialidad.

–Aceptada– El juez indicó al jurado que descartara el último comentario.

–Una pregunta más, señor Flanagan. Usted habló de que la exactitud de las fotografías que se tomaban de los videos era de un ochenta a un noventa por ciento, ¿cierto?

–Sí.

Stanley se le acercó lentamente y agregó:

–Casi perfecto, ¿verdad?

–Sí.

Stanley volvió a su asiento, miró al juez y terminó diciendo:

–No más preguntas, su señoría.

Samuel se puso de pie rápidamente y tomó de nuevo la palabra:

–Señor Flanagan, en un video de una persona normal, a lo que me refiero es a que su cara no estuviera llena de luz como la que vimos en el video, la precisión de la fotografía sería casi perfecta. ¿No es verdad?

–Así es.

–Pero la fotografía que se tomó de este video, precisamente por la luz en el rostro, llevó un trabajo especial...

–Pareciera que en esta fotografía se tomó la cara del asesino, se le quitó la luz que la rodeaba, y se le puso color a la piel del rostro, al igual que a los ojos. Es una tarea hecha con el computador.

Samuel caminó hacia el jurado y los miró fijamente:

–De acuerdo con el video, en la cara del asesino no es posible distinguir ningún color de piel; ni siquiera los ojos, ya que parecen ser dos llamas de fuego. Es decir, que el asesino podría ser cualquier persona... Podría ser un hombre blanco, negro, árabe o indio... ¿Verdad, señor Flanagan?

–En efecto; podría ser posible...

71

M.J.A ABOGADOS
TORRE BANK OF AMERICA,
201 E. WASHINGTON, PHOENIX

Samuel apoyó sobre la mesa el portafolios que traía y se dejó caer bruscamente en su asiento, suspirando. Se dirigió a Oliver, luego de mirarlo a los ojos:

-¿Qué crees que debemos hacer?

-La verdad, creo que debemos aferrarnos a nuestro más poderoso argumento: la locura temporal por sonambulismo; el testimonio del doctor Rogers fue muy convincente...

Samuel puso las manos detrás de la nunca y se quedó pensando. Oliver, presintiendo su respuesta, le dijo:

–Sé que la locura temporal es lo más difícil de probar en nuestro sistema judicial, y más si se trata de un desorden neurológico, pero en este caso tenemos algo más que diagnósticos médicos...

Se acercó y se sentó a su lado antes de proseguir:

–Se puede ver claramente en el video de la prisión cómo esa presencia se apodera de él mientras está durmiendo; el jurado está conciente de ello.

–¿Conoces a alguien que sepa sobre esto?

–Tengo un amigo que me debe un favor; ya está retirado, pero en sus tiempos era el mejor en todo el país.

Samuel quitó sus manos de la nuca y respiró profundamente:

–Para ser sincero contigo, no sé adónde vaya a parar esto... Aunque lleguemos a probar que Thomas es legalmente inocente, nunca le darán la libertad y de nada sirve que lo tengan en prisión, pues se volverá a escapar, una y otra vez, de acuerdo con lo dicho por el padre Damián...

Oliver puso ambas manos sobre la mesa y se inclinó hacia delante:

–Recemos para que el padre Damián encuentre la forma de detener la posesión, ya que si Thomas se escapa de nuevo todos terminaremos quemados vivos enfrente de la corte...

–Yo nunca pensé que la justicia llegara a ser inútil.

Oliver le puso la mano sobre el hombro y le dijo:

–No te des por vencido; tenemos un buen argumento a nuestro favor.

Samuel miró alrededor de la oficina, mientras sus ojos se llenaban de un denso brillo de nostalgia:

–Cuando se trata de la ley, siempre he creído en tres cosas: la justicia, la preparación y la dedicación...

Se puso de pie y señaló hacia la estatua de la diosa de la justicia:

–La justicia, como lo representa esta figura, debe ser ciega para que hasta el más miserable de los hombres esté seguro de que, ante la ley, tendrá los mismos derechos que cualquier otro en el mundo...

De repente su rostro cambió; su mirada se llenó de rabia y su respiración comenzó a acelerarse:

–¿Ves esta otra? –preguntó a Oliver, apuntando a la estatua de David–. Cada vez que la miro pienso en la perfección de la mano humana; no importa lo dura o difícil que sea la situación, con un poco de imaginación y una fuerte dedicación se puede hacer lo que nadie nunca creyó posible. Pero cada vez que veo cosas como estas, me doy cuenta de que hay partes oscuras en la maldita justicia...

Entonces se acercó a la mesa para tomar el portafolios que lanzó contra la pared con todas sus fuerzas, gritando:

–¡Cosas que no te enseñan en la universidad ni en los malditos libros!

Samuel cayó de rodillas y comenzó a llorar. Oliver se acercó lentamente y, sentándose a su lado, lo abrazó con fuerza.

E Butte Av.

72

Prisión Estatal de Arizona en Florence, 1305 E. Butte Ave.
Florence

El padre Damián llegó junto con dos de los soldados y una pequeña maleta de mano.

–¡Padre Damián, qué gusto verlo!–. Una gran sonrisa iluminó el rostro de Thomas.

–¿Cómo estás, hijo?– preguntó el sacerdote mientras entraba a la celda y ponía la maleta en el suelo.

–¿Y esa maleta?

–Desde hoy en adelante me quedaré contigo en las noches...

Thomas lo miró con una gran pena en sus ojos:

–Parece que en verdad tienen miedo de lo que pueda pasar la próxima vez...

El padre Damián se le acercó y, poniéndole ambas manos sobre los hombros, lo miró a los ojos:

–Thomas, tienes que entender la situación por la que estamos pasando; no podemos permitir que suceda de nuevo...

Thomas se alejó hacia el otro lado de la celda:

–Me pregunto, noche y día, por qué yo... ¿Por qué demonios tiene que pasarme esto justamente a mí?

–Quizás nunca sabremos la respuesta con exactitud, pero de algo estoy seguro y es de que eres un buen muchacho.

Thomas volteó a verlo rápidamente, con su rostro lleno de furor, y preguntó:

–¿Y acaso eso me califica para ser un asesino?

El padre Damián notó en sus ojos la frustración y la pena que lo envolvían y se acercó a él:

–Siéntate conmigo un momento; hay algo que debo contarte y que tú aún no sabes. Hace treinta años, cuando estaba en el seminario, yo tuve una visión...

Le contó toda la historia a Thomas, quien estaba más que sorprendido ante el relato: parpadeaba constantemente, mientras giraba sus ojos para todos lados.

–¿Usted está seguro de lo que me está diciendo, padre?

–Tan seguro como que estoy hablando contigo ahora mismo.

Thomas se puso de pie y comenzó a caminar alrededor de la celda sin decir una palabra; el padre Damián adivinaba que peleaba con su razonamiento, en tanto el ruido estremecedor de las botas de metal que traía puestas, parecía penetrarle hasta los huesos.

Al fin, Thomas se pasó la mano derecha por su cabeza y volvió a preguntar:

–¿Pero toda esa gente a la que he matado?

–Tal como te he dicho, no eran personas buenas; desde el sacerdote que mataste en Glendale, hasta el niño de Mesa...

Thomas echó hacia atrás un mechón de cabello que le cubría la cara y miró por encima de su hombro cómo los soldados seguían cada movimiento que hacía; sus caras reflejaban un terror inmenso.

–Usted sostiene que lo que se apodera de mí es un ángel de Dios, ¿cierto?

El padre Damián afirmó lentamente con la cabeza.

–¿Entonces, por qué tiene que matar? ¿Por qué no poner a esas personas en prisión o castigarlas de otra manera?

–Por qué esa gente merecía morir es algo que no sé, pero la Biblia dice en Números 35:19: *"El vengador de la sangre dará muerte al homicida; cuando lo encuentre, él lo matará"*.

Thomas extendió sus brazos hacia él y continuó:

–Pero ese niño tenía tan solo diez años, tenía la oportunidad de cambiar y convertirse en un hombre de bien...

–Thomas, debes comprender que en la vida hay personas diabólicas desde el mismo momento en que nacen y su único destino es sembrar el mal donde quiera que vayan...

Thomas se sentó de nuevo en la cama y, bajando la cabeza, suspiró:

–No lo entiendo... ¿Por qué si es un ángel de Dios tiene que matar?

–Mucha gente se pregunta lo mismo cuando lee el Antiguo Testamento... –le respondió el padre Damián, acercándose y sentándose a su lado–. Yo mismo me pregunté cómo pudo Dios mandar a David a exterminar ciudades y quemarlo todo, desde los niños hasta los animales, si él es supuestamente un Dios de amor...

Ambos callaron por un instante. El sacerdote volvió a ponerse de pie y colocó las manos a su espalda; suspiró y dijo:

–Cuando ingresé al seminario para ser sacerdote y comencé a estudiar el Antiguo Testamento, me preguntaba cómo pudo David tener corazón para derramar tanta sangre. Y cuando lo analizaba más profundamente, no entendía cómo pudo David volver a casa sin remordimiento de conciencia, luego de haber matado a hombres, mujeres y niños de todas las edades, quemar sus cuerpos y todas sus pertenencias. Con el paso del tiempo, y al estudiar cuidadosamente tantos temas, después de interpretar manuscritos en griego, en latín y en arameo, descubrí ciertas cosas que el mundo desconoce.

Thomas bajó su rostro y con voz quebrantada le preguntó:

–Pero ¿por qué las cosas deben ser de esa manera? ¿Por qué hay que derramar tanta sangre?

El sacerdote lo miró con una leve sonrisa y recordó una vieja leyenda que había escuchado cuando era niño; entonces empezó a contarle:

–¿Sabes qué? Cuenta una historia que hubo una vez tres jefes indios que pidieron cada uno un deseo. Y, por casualidad, los tres pidieron lo mismo: querían ir a la montaña sagrada y hablar con el gran espíritu.

Uno de ellos tenía un niño pequeño y no lo podía dejar, así que tuvo que llevárselo con él.

Cuando llegaron a la cima de la montaña, uno dijo:

–Yo vengo de tierras más lejanas que ustedes y mi viaje de regreso será bien largo; por favor, déjenme hablar primero. Y los demás aceptaron.

Se acercó entonces al gran espíritu y le habló: –Dios de la montaña sagrada, yo quiero hacerte una pregunta–. Y Dios dijo:

–Pregunta.

–Yo quiero saber cuándo mi gente vivirá en paz... Vivimos peleando con el hombre blanco y con otras tribus, nuestra historia es un mar de sangre y yo quiero saber... ¿Cuándo mi pueblo podrá vivir en paz?

Cuenta la historia que Dios miró al jefe indio y le dijo:

–Tu pueblo vivirá en paz veinticinco años después de tu muerte.

Y el indio lloró, pues entendió que su gente aún seguiría peleando por mucho tiempo.

El otro jefe indio miró al que traía al niño consigo y le dijo:

–Yo no traigo a nadie conmigo, pero también soy de tierras muy lejanas; te suplico que me dejes hablar primero. Y el otro aceptó.

El indio se acercó al gran espíritu y dijo:

–Dios poderoso, creador de todo cuanto existe, yo también quiero hacerte una pregunta. Y Dios asintió:

–Pregunta.

–Quiero saber cuándo mi pueblo tendrá su propia tierra. El hombre blanco nos la ha quitado y hemos vivido ambulantes por los últimos años y quiero saber, ¿cuándo podremos tener nuestra propia tierra?

Cuenta la vieja historia que Dios miró al jefe indio y le dijo:

–Tu gente tendrá su propia tierra cincuenta años después de tu muerte.

Y el jefe indio lloró, pues comprendió que su gente tendría que seguir deambulando por el mundo por muchos años.

El último jefe se acercó al gran espíritu y dijo:

–Yo también, gran Dios creador del universo, quiero hacerte una pregunta. Y Dios le dijo:

–Pregunta.

–Quiero saber cuándo mi pueblo será libre. Somos esclavos del hombre blanco, nos maltratan, nos golpean y hasta nos matan sin piedad. Por favor dime: ¿cuándo mi pueblo será libre?

Cuenta la vieja historia que Dios miró al jefe indio y le dijo:

–Tu gente será libre setenta y cinco años después de tu muerte.

Y el jefe indio también lloró, pues entendió que su gente sería maltratada aún por mucho tiempo.

Entonces, el niño se acercó al gran espíritu y dijo:

–Dios todopoderoso, ¿podría hacerte yo una pregunta? Y Dios le dijo:

–Pregunta.

–¿Por qué en el mundo hay tanta gente a la que no le importa el dolor ajeno? Mientras en una esquina unos lloran, en la otra, otros ríen. Unos tienen demasiado, mientras que otros se mueren de hambre. Muchos matan, roban y maltratan a su prójimo solamente por maldad. ¿Por qué sucede esto, gran Dios? ¿Por qué tanta maldad?

Y cuenta la vieja historia que Dios lloró, pues era tan difícil explicar a alguien tan dulce e inocente por qué cosas como esas debían pasar en el mundo...

Thomas guardó silencio por varios segundos, mientras pensaba en la historia.

–¿Cuántos idiomas sabe, padre?– preguntó mientras se recostaba en la cama.

–Doce. Mi motivación para aprender los idiomas ancestrales fue conocer la verdad, saber qué era cierto y qué era mentira de todo lo que sabemos sobre nuestra historia como seres humanos...

Thomas levantó la cabeza, lo miró por encima de su hombro y le preguntó:

–¿Y qué fue lo que encontró?

Los ojos del padre tomaron un extraño aspecto, como si expresaran una pena profunda.

–Por ejemplo –respondió dándose vuelta y contemplando a los soldados–, la ironía y las maldades que se encuentran detrás de las puertas de las casas de poder. Las verdades que le han ocultado al mundo, simplemente para no destruir el imperio y el gran negocio de la fe...

–Y sobre David, ¿qué encontró?

–Varias cosas interesantes. ¿Sabías que muchos de sus salmos fueron cantos y oraciones que rezaba a Dios antes de ir a la guerra? En ellos le pedía que le diera la fuerza para seguir adelante...

–¿De verdad?– se entusiasmó Thomas, volviéndose.

–Hay una vieja leyenda en Israel que cuentan los ancianos. Dice que: *"Antes de salir a pelear, David cantaba y rezaba a Jehová. Y que, cuando terminaba, su rostro no era el mismo: parecía algo más que un hombre. Era como si el ángel de la muerte brillara en sus ojos, el ángel aquel del que habla el Apocalipsis. El que camina sobre un mar de sangre el día de la última batalla entre el bien y el mal".*

El padre Damián se quedó en silencio por unos segundos, y sonrió al ver cómo los soldados y el ingeniero de seguridad escuchaban atentamente todo lo que decía.

–Por eso estoy seguro de que lo mismo está pasando contigo en este momento. Te has convertido en un instrumento de la justicia divina. David es el único hombre al que el mismo Dios todopoderoso llamó su siervo...

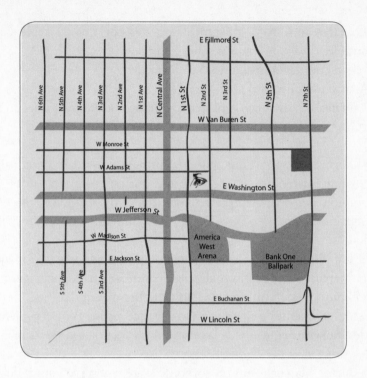

73

Restaurante Money Watch,
1 N. First St.
Phoenix, Arizona

–Gracias por aceptar mi invitación, padre Damián. El doctor Marcus le estrechó la mano.

–Verá que, como le dije, este es el mejor lugar en toda la ciudad de Phoenix para desayunar– le dijo el sacerdote que abrió la puerta con un gesto para que pasara adelante.

–¿Cómo se llama el lugar?

–Money Watch. Lo que más me gusta, además de la comida, es que está a tan solo dos cuadras y media de la iglesia y a tres cuadras y media de la corte.

–¿Qué desean tomar?– preguntó la mesera con una adorable sonrisa, mientras les dejaba los menús sobre la mesa.

–Té frío, por favor– respondió el doctor.

–¿Y para usted, padre?

–A mí me das café negro, mi hija; pero ¿me podrías traer miel en lugar de azúcar?

–Padre, la razón por la que quise reunirme con usted es que considero sumamente interesante su teoría sobre lo que está pasando con Thomas. Mi opinión personal siempre ha sido que el día en que la psicología y la religión se unan en favor de la salud humana tendremos mejores resultados.

–El hombre de ciencia cree que el cuerpo humano es una máquina, doctor Marcus. Una máquina que puede controlar o manipular, ignorando que el hombre es un milagro de Dios, su obra maestra...

–Estoy totalmente de cuerdo con lo que dice, padre. Pero, si supiéramos dónde está la línea que divide la posesión y la locura, todo sería más fácil, ¿no lo cree?

El doctor Marcus tomó un sorbo de su té y observó cómo, del otro lado de la calle, un anciano ayudaba a su esposa a bajarse del auto y la sentaba en una silla de ruedas. Pensó por un momento y continuó:

–La ciencia se basa en evidencias, padre; no podemos basarnos tan solo en la fe.

–*"Benditos lo que creyeron sin ver, pues su fe fue mayor"*. ¿No fueron esas las palabras de Jesús? –dijo el sacerdote mientras movía su café con la cuchara–. La posesión ha existido desde el principio de los tiempos, doctor. Jesús les sacó los demonios a muchas personas que, médicamente, habían sido diagnosticadas como epilépticas. Pero para un hombre de ciencia como usted esas no son más que historias religiosas...

Tomó otro sorbo de su café y continuó:

–Analicemos los hechos desde un lado lógico y razonable; digamos que lo que padecían esas personas no eran demonios, sino algún tipo de epilepsia o cualquier otra enfermedad. Solamente el hecho de que Jesús los haya curado con apenas decir una palabra es la más alta convicción de que no hay mejor medicina para el cuerpo que la misma fe...

S 1st Avenue

S 3rd Avenue

W. Jefferson St.

74

Corte Superior del Condado de Maricopa, 2001 W. Jefferson Phoenix, Arizona

Samuel se puso de pie y avanzó hacia el testigo:

–Doctor Cooper, usted trabajó para el estado de California por más de treinta años como psicoanalista criminal, ¿no es verdad?

–Sí, así es.

Con la mano en el bolsillo de su pantalón, Samuel volvió a preguntar:

–De acuerdo con nuestros archivos, usted estuvo en el caso del estado de California contra Josh Mathews y en el del estado de Florida contra Jeam Benedict...

El testigo afirmó levemente con la cabeza y juntó sus manos.

Samuel retrocedió y señaló a Thomas:

–Doctor, mi cliente, Thomas Santiago, sufre de un trastorno neurológico que lo hace caminar dormido... al menos eso es lo que parece...

–¡Objeción, su señoría! El abogado está adelantando el diagnóstico– gritó Stanley desde su asiento.

–Aceptada– respondió el juez.

Samuel respiró profundamente y continuó:

–Bien, pongámoslo de esta manera... Doctor, mi cliente, Thomas Santiago, sufre de un extraño fenómeno que mientras duerme le otorga poderes sobrenaturales. Usted ha visto los videos y las evidencias que han sido presentadas a esta corte. ¿Cuál es su opinión?

–Que algo sucede con él, es indudable. Lo extraño son los síntomas que presenta; nunca había visto a nadie que atravesara las paredes y cuyo rostro resplandeciera de esa manera...

Samuel se acercó a su mesa, donde apoyó su mano mientras miraba a Thomas:

–¿Qué cree usted que le esté pasando?

–Es lógico pensar que su problema se origina en sus sueños, ya que esto sucede solo cuando está dormido y nunca mientras está despierto. Por tal razón, debe considerarse como un trastorno en su dormir. El sonambulismo, como solemos llamarle comúnmente, es un descontrol en el dormir que se encuentra sobre todo en los niños y en algunos adultos que lo han padecido desde su infancia. Es un auto–mecanismo por el cual los músculos del cuerpo funcionan sin intervención de la mente, como la convulsión o un reflejo muscular, por ejemplo.

–Doctor, ¿una persona que camina dormida está conciente de lo que hace?

–Claro que no. Muchas personas que sufren de sonambulismo han llegado a hacer cosas que, una vez despiertos, cuando les cuentan lo que hicieron, no pueden creer...

–No más preguntas, su señoría.

–Doctor, ¿cuántas clases de sonambulismo existen?– preguntó Stanley, que permanecía sentado.

–Dos: el orgánico y el histérico.

–¿Podría explicarnos en qué se diferencian?

–El sonambulismo orgánico es aquel que se produce por un mal funcionamiento al dormir. No tiene que ver con problemas psicológicos;

es tan solo un pacífico descontrol del sueño que hace que los músculos reaccionen sin que la persona lo quiera.

El doctor se acomodó en su asiento, entrecruzó sus manos y continuó:

–El de tipo histérico, como su nombre lo indica, se produce en aquellos que reaccionan violentamente; son casi siempre personas que desean llamar la atención hacia sus problemas emocionales. Es muy común en los niños y adolescentes, pero hay que admitir que la violencia en los sonámbulos es sumamente extraña.

Stanley se puso de pie y, caminando hacia él, preguntó:

–Usted dijo hace un momento que el sonambulismo no era más que una reacción muscular sobre la cual la mente no tiene ningún efecto, ¿no es cierto?

–Sí, así es.

–También dijo que la violencia en los sonámbulos es extraña. ¿En qué porcentaje se presenta?

–Como en un tres por ciento de los casos.

–¿Pero en realidad existe?

–Sí.

Stanley, que se había dirigido hacia el centro de la sala, se le acercó de nuevo:

–Doctor, ¿puede una persona fingir fácilmente el sonambulismo?

El doctor sonrió:

–Cualquier persona puede pretender que camina mientras está dormida; el caso es que en verdad lo esté. Lo que es impresionante en este caso, señor Stanley, no es que camine dormido, sino los extraños poderes que presenta. Hasta ahora, que yo tenga conocimiento, nunca se había visto algo igual.

–¿Doctor, puede una persona planear un asesinato cuando está despierto y llevarlo a cabo como sonámbulo?

–No.

–¿Por qué no?

–Una de las características más sorprendentes y extraordinarias del sonambulismo es que no importa lo que pase en la mente de la persona mientras duerme. Siempre será totalmente indiferente a los deseos y pensamientos de cuando está despierta. Cuando una persona duerme, el subconciente es lo que toma el control: la mente está neutralizada.

–¿Usted alega que una persona que piensa en algo mientras está despierta no puede ejecutarlo cuando está dormida?

–Así es.

–Pero, doctor, sé de un amigo que soñó que estaba peleando y, de repente, fue despertado por un golpe en la cabeza que le dio su esposa, pues él la estaba ahorcando...

Una carcajada resonó entre la audiencia.

–Existen ciertos casos, como el que usted acaba de mencionar, donde lo que la persona sueña es ejecutado parcialmente mientras duerme. Pero yo estoy seguro de que su amigo no se fue a la cama pensando que le gustaría matar a su esposa...

–Espero que no– sonrió el fiscal.

Se acarició la barbilla y, bajando la mirada, comentó:

–Doctor, yo pienso que es más fácil creer, como en el caso de mi amigo, que alguien que está soñando de repente empiece a caminar y a actuar de acuerdo a lo que sueña, que creer que, como usted dice, camine sin quererlo o sin pensarlo...

–Nadie sabe con exactitud lo que pasa en la mente humana durante el sueño. Nadie puede explicar, por ejemplo, que haya personas que han soñado el futuro, tanto el propio como el de algún acontecimiento.

Stanley volvió a su mesa para tomar un libro.

–¿Doctor, lo reconoce?

–Claro, es mi libro sobre el psicoanálisis criminal.

–Muy buen libro, dicho sea de paso– señaló el fiscal mientras se aproximaba.

–Gracias.

–Estoy seguro de que usted está familiarizado con los términos del doctor J. Dickinson, uno de los más grandes psicoanalistas criminales del país, ya que usted mismo lo cita en la página ciento treinta y tres.

Stanley se acercó al testigo y le pasó el libro:

–¿Podría leer la parte subrayada, por favor?

–"En el 1991, el doctor Dickinson declaró ante la corte que lo que se conocía como un descontrol mental hoy, podría no serlo en el día de mañana. Por ello la corte debería establecer el significado del descontrol mental de acuerdo a las evidencias científicas que se descubren día tras día".

El doctor bajó el libro y lo puso sobre sus piernas, Stanley caminó hacia el jurado y, de espaldas al testigo, preguntó:

–¿No escribió usted esto porque se dio cuenta de que muchos criminales habían escapado al castigo de la ley debido a que los jurados fueron persuadidos por el diagnóstico de los psiquiatras?

El doctor guardó silencio en tanto pensaba su respuesta:

–Lo que sucede es que cuanto más estudiamos el comportamiento humano y se amplían nuestros conocimientos, comprendemos mejor cuál es el verdadero estado psicológico del agresor en el momento del crimen.

Stanley se volvió rápidamente y con un enorme sarcasmo agregó:

–¿No es cierto que en una de sus charlas en Washington D.C., el pasado diez de marzo, usted dijo que *"daba pena que en nuestro sistema judicial se pudiera encontrar a personas como David Berkowitz (El hijo de Sam), demente, y a otra como Jeffries Dhammer, que admitió tener sexo con cadáveres, ser caníbal y sádico, como si fueran totalmente sanas"*?

Se acercó al jurado y puso su mano sobre la barandilla de madera. Después de echar hacia atrás la chaqueta de su traje, preguntó:

–Doctor, ¿usted cree en la locura temporal?

El doctor miró a Oliver quien, conociéndolo, bajó la mirada, pues podía presentir cuál sería su respuesta.

–¿Doctor?– insistió Stanley.

El testigo volvió a parpadear, nervioso, y tragando bruscamente respondió:

–Si se refiere a si creo que una persona, en un momento de enojo, alegue que perdió la cabeza y asesinó a alguien, claro que no. Que el enojo le haya cegado la razón no quiere decir que la persona estuviera demente. Todos somos responsables de nuestros actos, con o sin enojo–. El rostro del doctor se fue llenando de ira, al igual que su voz. ¡Tampoco creo que comer cierta cantidad de determinados dulces acompañados con stress le provoque a nadie un descontrol mental!

Stanley se dio vuelta y dirigió a Samuel una mirada agresiva; agregó:

–No más preguntas, su señoría.

Samuel se puso de pie rápidamente. Reconocía que Stanley había empujado al doctor a confesar lo que él quería.

–Una pregunta más, doctor. ¿Cree usted, con toda su experiencia como psicoanalista criminal, que una persona que comente un crimen mientras camina dormida es responsable de sus actos?

–No, cuando una persona se encuentra dormida, está inconsciente y no sabe lo que hace.

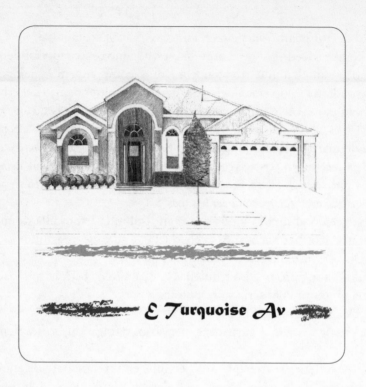

E Turquoise Av

75

RESIDENCIA FAMILIA ESCOBAR
6889 EAST TURQUOISE AVE.
SCOTTSDALE, ARIZONA

Catherine llegó corriendo a la habitación en busca de Samuel. Se detuvo en la puerta tratando de recobrar el aliento.

–¡Mi amor, el detective Morrison está al teléfono, parece que algo le pasó al padre Damián!

Samuel tomó de inmediato el aparato:

–¡Hello!

–¿Samuel?

–¿Qué pasó?

–Thomas trató de escaparse otra vez, el padre Damián quiso impedírselo y ahora está en el hospital...

–¿Thomas lo atacó?

–No lo sé. Whitefield me llamó desde la prisión y solo me dijo que tuvieron que llevarlo al hospital...

–¿Y Thomas?

–Él está bien; al menos, el padre Damián pudo evitar que se escapara.

–¿A qué hospital lo llevaron?

–Al Scottsdale Memorial; estoy de camino en estos momentos.

–Lo veré allá en veinte minutos...

Samuel llegó corriendo a la habitación donde tenían hospitalizado al padre Damián. El padre Estiven estaba sentado a su cabecera.

Whitefield y Morrison lo vieron llegar, casi sin aliento. Parado en la puerta preguntó:

–¿Cómo está?

El padre Damián yacía inconsciente; un monitor estaba conectado a su pecho, y reflejaba en una pequeña pantalla los lentos latidos de su corazón. Unos delgados tubos respiratorios salían desde su nariz e iban a conectarse a una máquina que le ayudaba a respirar.

–Su corazón está muy débil; el doctor dijo que no sabe cómo pudo sobrevivir al encuentro– le respondió el padre Estiven.

Samuel miró a Whitefield:

–¿Ya saben qué fue lo que pasó?

–Los guardias no pudieron ver nada. Como pasó la vez anterior, una inmensa luz los cegó por varios minutos; de repente la luz desapareció y descubrieron que el padre Damián estaba en el suelo, inconsciente.

–¿Qué grabaron las cámaras de seguridad?

–Exactamente lo que los guardias dijeron.

–¿Y qué de las otras cámaras que instalaron los técnicos de la NASA?

–Eso aún no lo sé; no he podido hablar con Myrick.

76

OFICINA DE LA GOBERNADORA
1700 W. WASHINGTON ST.
PHOENIX, ARIZONA

Discutían acaloradamente en la oficina de la gobernación cuál sería la estrategia a seguir, ahora que el padre Damián estaba hospitalizado.

En ese instante se oyó un suave toque en la puerta y ambos sacerdotes entraron de pronto. Todos se pusieron de pie al verlos.

–¡Padre Damián!– exclamó Samuel, lleno de alegría.

El doctor Marcus se le acercó y poniéndole la mano en el hombro le preguntó con una gran sonrisa:

–¿Cómo se siente, padre?

–Ya estoy bien...

-El doctor le pidió que guardara reposo, pero no quiere hacerle caso- agregó el padre Estiven.

-Ya te dije que tenemos muchas cosas de qué ocuparnos y no podemos perder el tiempo- le respondió, mientras se adelantaba para saludar al resto del grupo.

-Qué bueno que esté aquí, padre –le dijo Owens-, porque estábamos pensando qué hacer.

Los sacerdotes se acercaron a la mesa y tomaron asiento. El padre Damián miró a todos y comenzó a hablar:

-La razón por la que vine, caballeros, es informarles lo que debemos hacer para controlar lo que sucede con Thomas...

Todos quedaron sorprendidos; los ojos de Owens se llenaron de asombro y, de inmediato, le preguntó:

-¿Encontró cómo hacerlo?

El padre Damián le sonrió a Samuel, quien estaba justo al otro lado de la mesa, y continuó:

-En el último encuentro que tuve con el ángel que se apodera de él, pude hacer varias preguntas que me han dado las respuestas a ciertas dudas que tenía...

-¿Usted puede hablar con esa cosa?- le preguntó el juez asombrado.

-No es una cosa, señor juez, es un ángel de Dios.

-Díganos, ¿qué le dijo?- lo interrumpió la gobernadora.

-Desde que todo comenzó, estuve pensando de qué se trataba y, luego de hablar con el ángel, pude confirmar que era lo que siempre había sospechado...

-¿Qué?- intervino Mckoskie.

-Una maldición.

-¿Una maldición? ¡Eso es ridículo!- le gritó el juez.

-Padre, ¿en qué se basa para decir eso?- preguntó Owens.

-Cuando me inicié en el mundo de la religión, tuve una visión...

El padre Damián les contó detalladamente lo que ellos todavía ignoraban. El juez se echó hacia atrás en su asiento, murmurando:

-Todo eso me parece una ridiculez...

-Puede pensar que estoy loco, si es lo que quiere, pero es la verdad...

-¿El ángel le dijo que era una maldición?- se interesó el doctor Marcus.

-Sí.

-Pero, ¿por qué una maldición?- preguntó la gobernadora.

El sacerdote juntó sus manos y las puso sobre la mesa:

–Si leen la Biblia con atención, verán que Dios maldijo muchas ciudades, desde Sodoma y Gomorra hasta Egipto, y a cada una de ellas mandaba a sus ángeles para destruir y castigar a los impíos.

Todos escuchaban cuidadosamente sus palabras. Paso a paso, él les explicó su teoría sobre lo que estaba pasando. Sus mentes no podían concebir aquello; se miraban unos a otros, boquiabiertos.

–El ángel me dijo que había venido a vengar la sangre de los inocentes y que, como en los tiempos de Egipto, él había sido enviado para llenar de sangre el desierto.

Aterrorizados de pensar que algo peor pudiera pasar, sentían todos una desagradable sensación en el estómago.

–Sé que ustedes son hombres de ciencias –dijo el padre Damián luego de una pequeña pausa, presintiendo sus miedos–, pero este es un problema basado en la religión y de tal manera hay que tratarlo.

Owens se pasó la mano derecha por la nuca echándose hacia atrás y respiró profundamente:

–¿Qué cree que debamos hacer?

–Estuve hablando con un amigo que tengo en México y, luego de varios estudios, ambos coincidimos en cómo debemos actuar...

–¿Cuál es su plan?– preguntó la gobernadora.

–Debemos tratar este asunto de la misma forma que se hizo con las plagas de Egipto...

Todos parecían confundidos; nadie tenía la menor idea sobre lo que estaba hablando.

–No sé cuánto conozcan sus Biblias, señores –dijo el sacerdote al ver su confusión–, pero una de las siete plagas fue la matanza de los primogénitos, y para ello fue enviado el ángel de Jehová.

–¿Podría explicarnos qué relación tiene con este caso?–. El doctor Phillips era quien preguntaba.

–Si recuerdan bien, la matanza de los primogénitos fue la séptima y última de las plagas. El peor de los castigos de Jehová para el pueblo egipcio por haber maltratado a su gente...

–Aún no entiendo nada, padre– comentó Owens.

–El ángel me dijo que, al igual que en Egipto, el clamor de los oprimidos había llegado a los oídos de Jehová y por esa razón fue enviado a vengar la sangre de los inocentes.

–¿Cuáles oprimidos?– preguntó Stanley.

–Interrogué a algunos de los familiares de las víctimas y a varias personas que fueron afectadas de una u otra manera por los asesinatos, y son personas muy religiosas y con una gran fe en Dios. Por ejemplo, la señora McKinney me confesó que una semana antes de que el ángel matara a su esposo, él le había dado una paliza, una noche en que estaba totalmente borracho. Ella rezaba a Dios todos los días para que lo sacara de su vida, pues temía que la matara...

El padre Damián se volvió hacia el juez:

–¿Recuerdan al niño que fue asesinado en Mesa? Hablé con Tania Báez y con su madre; Tania es la niña a la que golpeó brutalmente. Ella me dijo que había hecho una promesa al niño Jesús, de encenderle un velón todos los domingos en misa, si él le daba su merecido a ese niño.

El padre Damián se puso de pie y caminó alrededor de la mesa seguido por la mirada de todos.

–Quizás estas cosas les parezcan tonterías, pero en el mundo de la religión lo que hace el milagro no es el santo sino la fe...

Un denso silencio reinó por varios segundos, en tanto trataban de comprender por completo la explicación del sacerdote.

Owens parpadeó varias veces y habló, con sus manos sobre la mesa:

–Déjeme ver si le entendí bien... ¿Usted alega que las oraciones de esas personas provocaron todo esto?

El sacerdote puso sus manos detrás de la espalda, como solía hacer, y sin dejar de caminar respondió:

–Tal como lo dice el dicho, señor Owens, *la fe mueve montañas*...

–¡Eso es ridículo!– gritó Stanley golpeando con su puño sobre la mesa.

–Puede pensar lo que quiera, señor Stanley, pero yo le aconsejaría que tomara en cuenta lo que está pasando... o vaya usted mismo a dormir todas las noches con Thomas, y trate de que no se escape...

Stanley guardó silencio y bajó la mirada.

–¿Cuál es su plan, padre?– Owens insistió con esa pregunta.

–Para poder librarnos de él, de una vez por todas, debemos hacer dos cosas y en una de ellas necesitamos la ayuda de la comunidad.

–¿A qué se refiere?– le preguntó el juez.

El padre Damián se acercó de nuevo a la mesa y apoyando las manos respondió:

–Tenemos que hacer lo mismo que hizo el pueblo de Israel para librarse del ángel de la muerte, y lo que hizo Egipto para librarse de la maldición de Jehová.

–¿No estarás sugiriendo que hagamos la señal de la cruz de sangre?– intervino el padre Estiven con sus ojos llenos de terror.

–¿Sangre? ¿De qué demonios está hablando?– se sobresaltó la gobernadora.

El padre Damián detuvo su marcha y la miró:

–Cuando Jehová le anunció a Moisés que llevaría la muerte a los primogénitos de Egipto, le pidió al pueblo de Israel que cada familia matara a un animal y que, con la sangre, hicieran una cruz en la puerta de las casas. Cuando el ángel de la muerte pasara, vería esa señal y no causaría daño.

El juez se puso de pie y mirando fijamente al padre Damián le gritó:

–¿Está usted loco? ¡No podemos pedirle a la gente que haga tal cosa! Con tantos enloquecidos como hay en este país, correría la sangre por todo el estado, sería un verdadero caos...

Samuel volvió a ver al sacerdote:

–Padre, no podríamos pedir a la gente semejante cosa; el caos sería tan grande que no sería posible controlarlo...

–Yo lo sé, pero había pensando pedirle al señor obispo que haga un llamado a la comunidad, para que durante una semana se haga comunión y en cada casa prendan una vela como señal de su fe en Dios...

El silencio volvió al salón; todos reflexionaban sobre la idea del padre Damián.

–Usted dijo que teníamos que hacer dos cosas, ¿cuál es la segunda?– preguntó Owens.

El sacerdote tomó asiento muy lentamente:

–Sacar a Thomas de aquí, llevarlo lo más lejos posible...– dijo mirándolos a todos.

–Si lo vamos a sacar de aquí, ¿para qué pedirle a la comunidad que haga la comunión?– preguntó el doctor Marcus.

–Porque nos llevaremos el cuerpo, pero la maldición seguiría aquí... lo que quiere decir que, cada vez que el ángel se apodere de él, regresará y matará otra vez y tendrán que venir por él siempre, pues su misión está en este lugar...

–¿Para qué sirven las comuniones y las velas encendidas?– quiso saber la gobernadora.

–Con el acto de rezar y encender las velas le imploramos a Dios que nos quite la maldición; es un acto religioso que se hace desde los tiempos bíblicos...

–¿Cómo haremos para sacarlo de aquí?– preguntó el doctor Marcus.

–Ese es asunto suyo– respondió el padre Damián, mirando al juez y a Owens.

–Llamaré a Washington y les dejaré saber sobre su proposición. Nos reuniremos aquí mañana, antes del juicio– finalizó Owens.

E Butte Av.

77

PRISIÓN ESTATAL DE ARIZONA EN FLORENCE
1305 E. BUTTE AVE.
FLORENCE

Samuel fue a visitar a Thomas que, al verlo llegar, salió corriendo a su encuentro. Con ambas manos sobre el cristal, le preguntó desesperadamente:

–¿Dime cómo está el padre Damián?

–Está bien, no te preocupes– respondió Samuel, mientras halaba una silla y se sentaba frente a él.

–No me mientas Samuel, dime la verdad, ¿él está bien?

–No te estoy mintiendo, Thomas; está bien.

–¿Por qué entonces hace ya tres días que no viene?

Samuel se cruzó de brazos:

–Al principio estuvo delicado, pero vendrá a verte muy pronto; es solo que tiene que atender ciertos asuntos de último minuto.

Thomas se sentó en la cama y con gran tristeza murmuró:

–¡Pobre padre Damián! Esta es la segunda vez que casi pierde la vida por cuidarme...

–Pero tienes que entender que es el único que puede hablar y controlar a eso que se apodera de ti.

Thomas pasó su mano derecha por su cabellera y, con un hondo suspiro, dijo:

–¿Puedes creer todo lo que está pasando? Por más que trato de metérmelo en la cabeza, no lo puedo creer, –Thomas levantó la mirada y se volvió a verlo por encima de su hombro.– Después de que el padre Damián me contó todo, muchas cosas empezaron a tener sentido para mí, pero aun así me es difícil creer en lo que está pasando.

Samuel lo notó tan preocupado que, luego de respirar profundamente en silencio, se inclinó hacia adelante, puso sus codos sobre las rodillas y le preguntó:

–¿Estás bien?

–Sí.

–¿Recuerdas lo que pasó?

–No; fue como las otras veces. Tenía mucho sueño y estábamos hablando con el padre Damián. Me quedé dormido como a eso de las diez y cuando desperté, los soldados me apuntaban con sus armas. Yo preguntaba dónde estaba el padre Damián y nadie me decía nada; fue cuando deduje que algo malo había pasado...

Thomas se puso de pie y caminó hacia el fondo de la celda y, de espaldas a Samuel, le preguntó:

–¿Qué pasará ahora que el padre Damián no puede quedarse conmigo?

–En realidad no lo sé, pero algo debemos hacer...

78

Oficina de la gobernadora
1700 W. Washington St.
Phoenix, Arizona

Owens llegó a la oficina del juez hablando por su celular. Todos esperaban en suspenso para saber cuáles serían las órdenes a seguir.

–Padre Damián–. Owens le pasó el teléfono.

Hubo una sorpresa general mientras el sacerdote tomaba el teléfono y se lo llevaba al oído.

–¿Hello?– dijo el sacerdote con voz temerosa.

–¿Padre Damián?– preguntó una voz femenina.

–Sí.

–Un momento, por favor.

–¿Padre? Le habla el presidente de los Estados Unidos...

–¿Cómo está, señor presidente?

–Bien, padre. Dígame, ¿es cierto todo lo que me han contado sobre ese niño?

–Me temo que sí, señor presidente...

–Según me dicen, usted tiene un plan que puede funcionar...

–Sí, así es.

Todos en la oficina permanecían callados y en suspenso.

–¿Qué seguridad nos tenemos de que su plan funcione?

–Póngalo de esa manera, señor presidente: es nuestra única esperanza...

Luego de un breve silencio, el padre Damián escuchó un suspiro al otro lado de la línea:

–Recémosle a Dios para que todo salga bien–, agregó el presidente. ¿Podría poner a Owens al teléfono, por favor?

El sacerdote así lo hizo. Owens lo tomó y rápidamente se encaminó hacia un lado de la oficina; solo se le oía repetir "Sí, señor..., sí señor..., sí señor..., así lo haré, sí señor..., adiós".

Owens guardó el teléfono en el bolsillo de su chaqueta y con una cara que mostraba su preocupación les dijo:

–Caballeros, tenemos el apoyo de la Casa Blanca para hacer cuanto sea necesario para resolver este problema–. Miró al padre Damián y continuó:

–Díganos cuál es el resto de su plan, padre...

–Como ya les dije, debemos pedirle al señor obispo que se dirija a la comunidad, junto con la gobernadora. Después de que se conozca el veredicto, se le pedirá a la gente que encienda una vela en la puerta de cada casa y que se hagan jornadas de oración por siete días. Lo demás es sacar a Thomas de aquí.

–¿Adónde piensa llevarlo?– interrogó el doctor Marcus.

–Me gustaría sacarlo del país...

–¿Qué?– brincó el doctor Phillips.

–¿Qué hay de los familiares de las personas que ha matado? Ellos exigen justicia– agregó Stanley.

–Padre, ¿qué pasará con su madre y con su hermano? Thomas tiene tan solo catorce años– quiso saber Samuel.

–Si la única solución es sacarlo de aquí, eso haremos– interrumpió Owens.

Samuel miró al juez y agregó:

–Nadie puede, legalmente, negarle a un ciudadano el derecho de vivir donde quiera, nadie puede forzarlo a que abandone el estado; no sé si se les olvida que, aunque él no haya nacido en este país, es un ciudadano americano como cualquiera y lo que piensan hacer es ilegal...

El padre Damián hacía pequeñas rayas en una hoja de papel, con un bolígrafo que había tomado de la mesa hacía un rato, y sin levantar el rostro agregó:

–Como pudieron notar, mi cuerpo ya no aguanta los encuentros con él. Por eso quiero llevármelo a donde pueda encontrar ayuda; además hay que alejarlo de esta ciudad donde todo empezó. Pero la decisión es de ustedes. Si quieren correr de nuevo el riesgo de que se escape, no hay nada más que yo pueda hacer...

Se hizo silencio, pero era un silencio monótono, cargado del temor que se hallaba en el aire. Nadie quería enfrentar la posibilidad de que Thomas se escapara otra vez.

–Supongamos que decidieran sacarlo de país, como piensa usted, padre Damián, –dijo Stanley dando pequeñas palmadas sobre la mesa–, ¿cómo harán para librarlo de culpa? Yo estoy seguro de que no estarán pensando que el estado lo va a librar de los cargos– terminó diciendo cínicamente.

Samuel lo enfrentó con gran enojo:

–Cualquiera que tenga el más mínimo conocimiento sobre la ley sabe que Thomas es inocente, que no existe razón para que sea declarado culpable.

Mirando al juez continuó:

–Nosotros somos hombres de ley y la ley ha servido siempre para armonizar las diferencias entre las personas. Sabemos que este es un caso único por el peligro que él representa para todos, pero nadie puede negar la más grande de las verdades: que ante los ojos de la ley, el niño es completamente inocente. Una cosa es que tratemos de encontrar una solución para él, pero no podemos cerrar los ojos a los hechos. Ustedes, al igual que la multitud que asiste a la corte todos los días, han visto lo videos y es obvio que nada de lo que sucede es su culpa.

79

M.J.A Abogados
Torre Bank of America,
2001 E. Washington
Phoenix, Arizona

Oliver le pasó una taza de café y se sentó junto a Samuel. Ambos estudiaban la propuesta del padre Damián.

–No sé que piensas tú, Oliver, pero me parece sumamente arriesgado.

–Hay que entender que, arriesgado o no, él es el único que ha podido controlar la situación y evitar que se escape.

–Pero, ¿sacarlo del país? Tú sabes mejor que yo que Stanley nunca aceptará tal cosa.

–Si el sacerdote encuentra la forma de controlarlo, sería lo más conveniente...

De pronto la voz de la secretaria se oyó por el altoparlante del teléfono.

–¿Qué pasa, Celia?

–Te llama el juez Fieldmore en línea uno, Samuel...

Mientras le agradecía, Samuel se volvió hacia Oliver:

–¿El juez? ¿Qué crees que pase?

–Contesta y lo sabremos...

–¿Su señoría?– dijo Samuel abriendo la línea telefónica.

–Señor Escobar, lo estoy llamando para comunicarle que el gobierno se hará cargo del caso.

–¿De qué está hablando?

–Tal como lo oye: el gobierno se hará cargo del caso. Usted y Morgan procuren mantener el resto del proceso con pocos percances y todo terminará pronto...

–¿Qué va a pasar con Thomas?

–Eso no lo sé.

–¿Cómo puede pasar esto?

–Lo siento, señor Escobar, pero está fuera de mi alcance.

–Le advierto que, si no estoy de acuerdo con el veredicto, apelaré a la suprema corte...

–Por su propio bien, le aconsejo que no lo haga. Usted es un buen abogado, señor Escobar; no ponga su carrera contra la pared, pues podría terminar con muy malos resultados...

–¿Morgan ha aceptado?

–No tiene otra alternativa; lo veré el miércoles en el juicio...

Samuel colgó y le preguntó a Oliver:

–¿Tú qué piensas?

–No pierdas la calma, esperemos a ver qué es lo que harán.

Samuel tomó asiento y, recostándose, agregó:

–No dejaré que destruyan la vida de ese niño...

–Su vida ya está destruida.

–Me gustaría ver qué es lo que harán ahora...

–No te preocupes. Mucha gente piensa que ellos mataron a JFK... y hasta el día de hoy no se ha esclarecido el caso. Estoy seguro de que este no será ningún problema...

80

Corte Superior del Condado de Maricopa,
2001 W. Jefferson
Phoenix, Arizona

El juez tomaba asiento en el mismo momento en que las cámaras de televisión comenzaban a grabar.

–Señor Escobar, llame a su primer testigo.

–Su señoría, la defensa llama al padre Damián Santos.

El sacerdote quedó sorprendido de que fuera llamado a atestiguar; volteó hacia su izquierda para ver a Owens, quien estaba sentado a pocos pies de distancia. Él afirmó levemente con la cabeza para hacerle saber que estaba de acuerdo con que testificara.

A la audiencia le asombró que un sacerdote fuera llamado a atestiguar.

El padre se puso de pie y caminó lentamente hacia el estrado; el policía se le acercó para juramentarlo:

–¿Jura usted decir la verdad y nada más que la verdad, en el nombre de Dios?

–Lo juro– respondió el sacerdote firmemente y tomó asiento.

–Padre Damián: usted ha sido la única persona que ha podido estar junto al acusado en las últimas cuatro semanas –dijo Samuel acercándose a él–. No solo eso; usted es la única persona que ha logrado dormir a su lado en las últimas dos semanas, ¿no es cierto?

El asombro inmenso de la audiencia provocó un fuerte murmullo en la sala; el juez pidió silencio, mientras el padre respondía.

–Sí, así es.

Samuel dio dos pasos hacia adelante, quitó la mano que había puesto en su cintura y agregó:

–Usted ha estudiado a Thomas de una forma diferente, distinta de la que los doctores o científicos han utilizado. ¿Podría decirnos cuál es su opinión sobre lo que pasa con él?

El padre Damián bajó la mirada por un segundo, como si pensara en su respuesta:

–Thomas sufre de una extraña forma de posesión, nunca antes vista, y esa es la causa de sus poderes sobrenaturales.

Samuel se le acercó, pero miraba hacia el jurado:

–¿Posesión, padre?

–Sí... su cuerpo es arrebatado por una fuerza sobrenatural que toma control completo sobre él.

–¿Podría explicarlo más detalladamente, por favor?

–Cuando una persona esta poseída, una fuerza sobrenatural, o para decirlo más sencillamente, otro espíritu, se apodera de su cuerpo. La conciencia de la persona desaparece y la fuerza que se apodera de ella toma control. La figura humana sigue siendo la misma, pero la persona es otra.

–En otras palabras, padre, es como si sacáramos el líquido de una botella y la llenáramos con otro totalmente diferente. La botella sigue siendo la misma, pero su contenido es otro...

–Si quiere ponerlo de esa manera...

–Padre, ¿cree usted que una persona poseída deba considerarse responsable de sus actos?

–¡Objeción, su señoría, el testigo es un sacerdote no un psiquiatra!– señaló Stanley calmadamente desde su asiento.

Samuel se dirigió al juez:

–Su señoría, el testigo es un experto en exorcismos. ¿Quién mejor que él puede saber si el acusado está fingiendo locura o en realidad está poseído?

–Su señoría, el testigo está completamente fuera de su área– dijo Stanley que esta vez se puso de pie.

–Su señoría, la especialidad del testigo es el exorcismo, ha examinado y permanecido noches enteras junto al acusado y ha sido la única persona que ha podido impedir que se escape; creo que su opinión es de suma importancia.

–Objeción denegada, por favor conteste la pregunta, padre.

–Gracias, su señoría– Samuel giró hacia el testigo mientras esperaba la respuesta.

El padre hizo una pausa, como si pusiera en orden sus ideas:

–Claro que no. Una persona poseída sufre una transformación inmensa, tanto espiritual como psicológica. Ya hemos visto los videos y estoy seguro de que ustedes, al igual que yo, saben que cuando eso le sucede a Thomas no es un ser humano normal. Quien trate de negarlo simplemente no quiere ver la verdad...

Samuel avanzó hacia el centro del salón y habló con voz serena:

–Una pregunta más, padre Damián. ¿Cree usted que Thomas es capaz de matar a alguien de una manera tan sádica como alega el estado?

–No, Thomas es un buen muchacho– respondió el sacerdote, mirándolo a través de la sala con una leve sonrisa.

Thomas parpadeó, levantó su rostro y lo miró con dulzura.

–Thomas no le haría daño a nadie– terminó diciendo el sacerdote, mientras Samuel se daba vuelta en dirección al fiscal:

–Su testigo, señor Stanley.

Morgan se puso de pie. El padre Damián lo veía acercarse lentamente.

–¿Padre, en todos sus años como sacerdote había tratado usted un caso como este?

–¿A qué se refiere en realidad, señor Stanley?

Morgan caminaba alrededor de salón mientras tendía su emboscada:

–A lo que me refiero, padre Damián es a si alguna vez había enfrentado un caso en que una persona que, supuestamente, sufriera de posesión fuera acusada de ser un asesino en serie.

–No, nunca había tratado un caso igual.

–O sea que usted está tratando algo en lo que no tiene ningún conocimiento.

El padre Damián lo miró muy seriamente, entendiendo su propósito, y con un aspecto que demostraba su descontento respondió:

–Si lo pone de ese modo, señor Stanley, ambos estamos en la misma situación...

El fiscal lo miró a los ojos con furia y prosiguió:

–¿No le parece extraño, padre, que se haya encontrado la sangre de Patrick McKinney en las pijamas de Thomas, si supuestamente él es inocente como alega usted?

–¿Qué es lo que no es extraño en este caso, señor Stanley? Pero si lo que quiere es que responda a su pregunta, le contestaré que no me es del todo extraño, ya que todos sabemos lo que ha pasado. Lo que tratamos de investigar es si en verdad Thomas sabía lo que hacía...

El fiscal calló por un momento al tiempo que ponía su mano derecha en el bolsillo del pantalón:

–Usted dijo hace un momento que lo que se apodera de él es una extraña forma de posesión, ¿cierto?

–Sí, así es.

–¿Podría explicarnos cómo una persona poseída puede ser un asesino en serie? Stanley se volvió hacia la audiencia; en voz alta y con ironía le preguntó:

–¿Qué es lo que se apodera de él, padre? ¿John Wayne Gaice, Richard Ramírez, Ted Bundy?

El padre Damián sintió ira; el sarcasmo de Stanley lo estaba empujando hacia el extremo. El juez lo miró con temor de que dijera toda la verdad y le hizo una leve señal con la cabeza, pidiéndole que se abstuviera de hablar. El padre vio que Samuel también le hacía un gesto para que callara.

–Lo que pasa con Thomas... –el sacerdote se interrumpió para respirar profundamente tratando de calmarse–. Es más que un acto sobrenatural, es un tipo de posesión nunca vista en la historia de la religión católica. Sus extraordinarios poderes y la forma de matar a sus víctimas son extremadamente raros.

Stanley caminaba de un lado a otro de la sala mientras el padre explicaba. Esperaba el momento exacto para hacerlo explotar:

–Si es cierto que él está poseído, padre, con un simple acto de exorcismo se solucionaría el problema, ¿verdad?– preguntó Stanley deteniendo su andar.

–No es tan fácil.

Stanley extendió sus brazos:

–¿Cómo que no? Según tengo entendido, las posesiones siempre son revocadas por un exorcismo. Pero usted alega que en este caso ese método no funcionaría. Entonces ¿qué clase de posesión es esta, padre?

–Tal como le dije, señor Stanley, este es un caso único y de tal manera hay que tratarlo. Es necesario estudiar los procedimientos a seguir y las reacciones de la persona poseída. Para combatir el maleficio de la posesión, primero hay que tener fe en la religión y luego saber contra qué se lucha.

–¿Tener fe?– Morgan caminó hacia el jurado y volviéndose a verlo con rapidez, le gritó:

–¡Thomas Santiago ha matado brutalmente a veinte personas en casi dos años y medio, entre los cuales hay mujeres y niños! ¿Y usted nos pide que se lo dejemos todo a la fe? ¿No cree que eso es ridículo? ¿Sabe usted lo que nos está diciendo?

El padre Damián no pudo aguantar más su coraje, sus ojos brillaban intensamente y su respiración era cada vez más agitada:

–¡Ustedes piden a la gente que se siente aquí para ser interrogada, le piden que ponga la mano sobre la Biblia y que jure decir la verdad y nada más que la verdad... en el nombre de Dios; algo, desde luego, que no pueden probar en la corte!

El padre Damián miró al jurado y al juez, respiró profundamente y continuó:

–Ustedes no creen en Dios; nosotros, los religiosos, creemos en él, pues vivimos bajo sus designios. Ustedes solamente utilizan a Dios para empujar sus leyes terrenales.

Luego le dijo a Stanley:

–¡Y no tenga el descaro de preguntarme si en verdad creo en lo que le estoy diciendo!

La sala quedó en silencio. Stanley miraba impresionado al sacerdote, mientras todos esperaban su próxima pregunta.

–Déjeme hacerle una pregunta a usted, señor Stanley –el padre Damián tomó de nuevo la palabra–. Dos mil años atrás, un hombre que se atrevió a llamarse a sí mismo hijo de Dios era llevado ante los tribunales y sentenciado a muerte como el peor de los criminales; lo golpearon, lo azotaron y al fin fue crucificado ante todo el mundo. Dos mil años después otro hombre puede cometer el mismo crimen y todo el mundo le pondrá la mano en el hombro y le dirá, tienes razón... ¿Qué es lo que hemos perdido en estos últimos dos mil años, señor Stanley? ¿Nuestra culpabilidad ante los ojos de la ley o nuestra ignorancia?

Stanley permanecía callado, sin saber qué decir. El padre Damián cruzó sus piernas y continuó:

–¿Qué tal este otro caso? Miles de años atrás, un hombre llegó a su pueblo diciendo que había visto un árbol de zarza que ardía, en la cima de una montaña, y que había oído la voz de Dios que le decía que fuera a liberar a su pueblo que era esclavo del más grande ejército de aquellos tiempos. Como defensa contra aquel ejército, ¿sabe usted qué le dio? Un pedazo de madera...

Stanley entrecruzó sus brazos en silencio y dejó que el sacerdote continuara:

–Estoy seguro de que si fuera ante cualquier psicólogo, hoy en día, y le contara aquellas historias me diría que sufro de esquizofrenia o paranoia. Pero miles de años atrás fueron maravillosos milagros de Dios...

El padre Damián suspiró y juntó sus manos sobre el borde de madera. Entre la multitud, buscó con la mirada al doctor Marcus y terminó diciendo:

–El puente que divide la fe de la locura es sumamente pequeño, señor Stanley. Muchos hombres en el pasado vieron cosas y escucharon voces en sus cabezas; algunos perdieron la cordura y se volvieron locos, mientras que otros tuvieron fe y se convirtieron en los grandes hombres de nuestra historia.

Todos permanecían callados, la corte completa estaba en silencio. Las palabras del padre Damián habían abierto una inmensa grieta en los corazones de los presentes.

–Las bases en que se fundamenta la fe dependen mayormente de factores psicológicos y emocionales, que tienen poco o nada que ver con la lógica, las probabilidades o las evidencias. Esa es sin duda la mayor debilidad de la fe y a la vez, indudablemente, su más grande poder.

El padre Damián se volvió hacia el juez:

–Su señoría, si usted me lo permite me gustaría marcharme...

–Señor fiscal, ¿tiene alguna otra pregunta para el testigo?

Stanley negó con la cabeza, el Padre Damián se levantó de la silla y bajo las miradas impresionadas de los presentes abandonó la corte. El juez golpeó el martillo de madera sobre el estrado y rompió así el denso silencio.

–Esta corte se reunirá nuevamente pasado mañana, cuando ambas partes presentarán sus discursos de clausura. Se levanta la sesión.

E Butte Av.

81

Prisión Estatal de Arizona en Florence
1305 E. Butte Ave.
Florence

–¡Padre Damián!– exclamó Thomas, colmado de alegría al verlo llegar.

–¿Cómo estás, hijo?– le preguntó el sacerdote con una gran sonrisa, mientras era revisado por uno de los soldados.

–Yo estoy bien... ¿Usted cómo se siente?

–Muy bien– afirmó mientras recibía a Thomas entre sus brazos.

Thomas recostó la cabeza en su hombro y apretándolo fuertemente, le dijo:

–Perdóneme, padre. Usted sabe que yo nunca le haría daño a propósito...

–Ya te dije que no te preocuparas, no es tu culpa.

El sacerdote le acarició suavemente la cabeza.

Vio que le habían puesto un televisor en la celda y sonriendo afirmó:

–Vaya, veo que te están dando mejor trato...

–¡Oh! Lo dice por el televisor; Samuel los convenció de que no sería conveniente que yo estuviera solo y sin nada que hacer, pues me quedaría más tiempo para dormir, y como a los soldados les tienen prohibido hablarme, decidieron ponerlo para que me entretuviera.

El padre Damián lo miró y en un instante notó que algo le pasaba. Lo tomó por la barbilla y levantándole el rostro le preguntó:

–¿Qué es lo que te preocupa?

–¿Qué va ha pasar ahora, padre?

–No lo sé, quedaron en reunirse y dejarme saber luego...Pero no te preocupes: todo parece estar bien, no tendrán más alternativa que hacerme caso...

82

CORTE SUPERIOR DEL CONDADO DE MARICOPA
2001 W. JEFFERSON
PHOENIX, ARIZONA

–¡Todos de pie!– gritó el oficial con voz firme.

El juez hizo su entrada y de inmediato se dirigió al fiscal:

–Señor Stanley, puede empezar su discurso de clausura.

Stanley se puso de pie. Lucía un hermoso traje negro con una brillante corbata roja de pequeñas estrellas amarillas. Se encaminó hacia el centro del salón y comenzó diciendo:

–Damas y caballeros del jurado: no tengo la menor duda de que estamos frente a uno de los más impresionantes casos que se hayan visto en la historia de este país...

Se acercó a los jurados y se tomó un instante para mirar fijamente a cada uno de ellos.

–Y está en vuestras manos decidir cuál será el rumbo que esto tomará en nuestra historia.

Se dio vuelta y apuntó hacia Thomas:

–Thomas Santiago mató a diecisiete personas antes de que fuera capturado, tres más después de que fuera traído a juicio. ¿Y cuál es la alegación de la defensa? Locura temporal. ¡Por Dios! De acuerdo con nuestro sistema legal, *"Para que una persona sea declarada inocente por razones de locura temporal debe probarse, sin ninguna duda, que no tenía conocimiento de lo que hacía en el momento del acto"*.

Se acercó rápidamente a Thomas y levantó la voz:

–¿Ustedes creen que alguien que mató a veinte personas y que escribió en las paredes, con la misma sangre de las víctimas, las barbaridades de sus hallazgos no sabía lo que estaba haciendo?

Retrocedió y miró a la audiencia. Notó que todos los ojos lo seguían, que las cámaras de televisión le enfocaban directamente el rostro. Sintió que estaba en su momento, que había llegado la hora de descargarlo todo en contra de Thomas. Llenó de aire sus pulmones y continuó:

–Claro que sí. Hay algo de lo que estoy completamente seguro, damas y caballeros, y es de que Thomas Santiago cumple todos los requisitos para ser un asesino en serie; sus procedimientos al asesinar a sus víctimas nos revelan su sadismo y crueldad.

Stanley se dio la vuelta y miró al jurado:

–No dejen que su carita de niño inocente los engañe. Todos pudimos ver con nuestros propios ojos la inmensa bestia en que se convierte y cómo, sin ninguna compasión, asesina a sus víctimas.

Bajó la mirada y respiró profundamente.

–Hay varias cosas en nuestra sociedad que enfurecen a nuestros ciudadanos hasta el extremo, a un punto tal que los lleva a actuar erráticamente y tratan de tomar la justicia en sus propias manos. Lamentablemente, una de esas cosas es que un asesino escape al castigo de la ley. Se sienten burlados y humillados ante tal suceso...

Extendió su mano hacia la audiencia y terminó diciendo:

–No le den a nuestra gente ese trago amargo; no dejen que este asesino se burle de nuestros tribunales. Denles a nuestros ciudadanos la tranquilidad de saber que aún hay algo en este país en lo que pueden confiar a plenitud: el buen sentido común de nuestra justicia. Gracias.

–Damas y caballeros, creo que por primera vez desde que empezó este juicio estoy de acuerdo con el fiscal Stanley– dijo Samuel levantándose lentamente de su asiento.

–Este es sin dudas el caso más grande en la historia de este país. Creo que desde que los esclavos del barco La Amistad pisaron nuestras playas, en 1844, no se habían visto las salas de nuestras cortes tan repletas y a todos los ciudadanos de nuestro país tan atentos a cada paso de la justicia.

Samuel caminó hacia el centro del salón y, mirando a los presentes, extendió su mano hacia adelante y prosiguió:

–América es un país de gente con una ideología; a través de tiempos buenos o malos, de guerra o de paz, el sueño con que se fundó este país ha permanecido intacto. América es un lugar donde la justicia prevalece, donde las personas nacen con derechos que ni un rey les puede quitar.

Samuel metió la mano derecha en el bolsillo del pantalón y volteó hacia el jurado:

–En 1954, cuando el estado de Maryland se enfrentó a Durhan y se abrieron las puertas de nuestros tribunales a los psicólogos y psiquiatras, la corte acordó *"Que una persona no debe ser declarada culpable de comprobarse que sus actos fueron producto de un defecto o enfermedad mental"*.

Dio la vuelta y señalando a Thomas agregó:

–Todos conocemos los videos en que se ve claramente cómo aquella presencia se apodera de Thomas Santiago, y lo convierte en una extraña figura.

Samuel se acercó de nuevo a los jurados y, poniendo las manos sobre la barandilla de madera, los miró y les dijo:

–Si eso no es un trastorno mental, no sé cómo llamarlo... Y es más, me atrevería a jurar que ustedes piensan igual que yo. Pudimos escuchar las declaraciones de los doctores y psiquiatras que fueron llamados a testificar; ni uno de ellos pudo explicarnos lo que sucede con Thomas.

Samuel abrió sus brazos y mirándolos fijamente preguntó:

–¿No es esa una señal de que lo que pasa con él no es normal?

Respiró profundamente y con un tono de voz apacible continuó:

–Ustedes escucharon también al padre Damián Santos quien, como hombre de religión, dio su opinión sobre lo que está pasando con mi cliente. Nadie puede negar que es el único que nos ha dado una razón lógica. Pero aunque todo parezca difícil de creer, y aunque esta pesadilla parece no tener final, no podemos olvidar que la justicia se basa en evidencias y en hechos. Y evidencias hemos tenido de sobra para convencernos de que, racionalmente, Thomas Santiago no pudo haber matado a varias de las víctimas. Es imposible que en tan poco tiempo, según el reporte del médico forense sobre las horas en que ocurrieron los asesinatos, Thomas haya ido desde la reservación de Ship Rock o Flag Staff y tomar el autobús para ir a la escuela al día siguiente.

Samuel volvió a su mesa y levantó un paquete de fólderes, para que todos lo vieran. Se dirigió al jurado y dijo:

–Estos son los expedientes de las víctimas y en ninguno de ellos el reporte policial señala la más mínima pista sobre quién pudo ser el asesino...

Samuel los puso de nuevo sobre la mesa y caminó hacia el jurado:

–Si basamos este caso en los videos de seguridad, ninguna mente razonable puede negar que lo que vimos matando a Patrick McKinney es un ser humano.

Volvió lentamente hacia el medio del salón y, poniendo una mano en el bolsillo de su pantalón, apuntó con la otra hacia Thomas; con voz exaltada continuó:

–¡No condenen a este pobre niño a pasar el resto de su vida en prisión! ¡Denle la oportunidad de encontrar la ayuda que necesita para curarse! Nadie es culpable de actuar en contra de su voluntad y mucho menos cuando lo que nos forzó a actuar es algo sobrehumano.

El salón completo quedó en silencio, mientras Samuel volvía lentamente a su mesa y tomaba asiento. Varios de los miembros del jurado parecían meditar profundamente. Algunos de los presentes bajaban la cabeza, buscando en sus mentes la potestad de aceptar la verdad de todo lo sucedido.

–Ahora los miembros del jurado se reunirán y llegarán a un veredicto– indicó el juez, acercándose al micrófono y mirando al jurado.

Los miembros del jurado se fueron poniendo de pie, uno por uno, y en perfecto orden abandonaron la sala. Los presentes permanecieron de pie mientras el juez abandonaba la corte. Los periodistas corrían hacia afuera para reportar lo ocurrido y Thomas era llevado por los seis oficiales que siempre lo acompañaban, a la cárcel de espera.

83

Varias horas habían pasado y todavía los jurados no habían salido.

–¿Cuánto tiempo más van a durar para dar el veredicto?– preguntó Thomas.

–Pueden durar una hora, un día, dos... ¿quién sabe?– contestó Samuel recostándose en los barrotes de la celda.

–Solo tenemos que ser pacientes y rezar para que todo salga bien– agregó el padre Damián.

–¿Qué crees que vaya a pasar?– volvió a preguntar Thomas, mirando a Samuel con una gran preocupación.

–En realidad no lo sé; hemos hecho todo lo que hemos podido para demostrar tu inocencia. Owens nos dijo que no nos preocupáramos, que él se haría cargo de todo.

–¿Qué pasará si me encuentran culpable?

–No lo sé, tendríamos que apelar la decisión y pedirle a la suprema corte de justicia que se te haga otro juicio...

–Eso de nada serviría, Samuel –dijo el padre Damián–; la razón por la que quieren mantenerlo en prisión no es porque sea culpable o inocente; es simplemente porque saben el peligro que representa para todos; pero ellos saben con certeza que Thomas es inocente...

S 2nd Street

E Washington St

84

M.J.A ABOGADOS
BANK OF AMERICA TOWER,
201 E. WASHINGTON, PHOENIX

Al día siguiente, Samuel estaba en su oficina junto a Oliver y el padre Damián. Habían pasado ya veinte horas y el jurado aún no había llegado a un veredicto.

–Esto es desesperante –dijo Samuel mirando por la ventana–. Cada minuto que pasamos sin saber nada es como una hora de martirio.

–Mientras más tiempo se tomen será mejor para nosotros. Eso quiere decir que todavía están en desacuerdo– le respondió Oliver con calma desde su asiento, mientras ojeaba lentamente el periódico.

-¿Cómo amaneció Thomas, padre?- se interesó Samuel.

-No muy bien; no pudo dormir pensando en lo que podía pasar...

-Todos estamos igual- agregó Oliver.

Repentinamente, Marcos entró en la oficina de un salto y con voz excitada dijo:

-¡Samuel: llamaron de la corte; parece que ya darán el veredicto!

Corrieron hacia la puerta; Samuel tomaba su portafolios, cuando Marcos agregó:

-El juez quiere verte antes en su oficina...

Samuel miró a Oliver y al padre Damián, sorprendido. Oliver pudo leer el miedo en sus ojos y le dijo:

-No saques conclusiones anticipadamente; esperemos a ver qué tiene que decir...

1st Avenue

3rd Avenue

W. Jefferson St.

85

CORTE SUPERIOR DEL CONDADO DE MARICOPA
OFICINA DEL JUEZ FIELDMORE,
2001 W. JEFFERSON
PHOENIX, ARIZONA

La secretaria abrió la puerta y los hizo pasar.

Samuel percibió de inmediato que el rostro del juez mostraba una gran preocupación. Una nueva figura formaba parte del grupo: el obispo estaba sentado al lado de la gobernadora. Ambos sacerdotes se acercaron a él y le se inclinaron para besar su anillo. Owens estaba de pie, en tanto los demás se encontraban sentados.

–Adelante –dijo Owens– y esperó a que Samuel y sus acompañantes tomaran asiento. Luego habló:

–Ahora que estamos todos aquí, les contaré cuál es el plan a seguir. El veredicto no será dado hasta el día de mañana, lo cual nos dará suficiente tiempo para prepararnos...

–¿Prepararnos para qué?– intervino el juez.

–En estos momentos, quinientos soldados están en camino; tanto la policía como la guardia nacional vigilarán las calles, en caso de que haya alguna protesta. Mañana, a las seis de la mañana, todo el estado estará bajo estricta vigilancia...

Owens puso las manos sobre la mesa e inclinándose hacia delante, terminó diciendo:

–Una vez que sea dado el veredicto, Thomas será trasladado a una estación secreta, junto con el padre Damián y el doctor Marcus. El resto del plan se les hará saber después...

–¿Qué hay sobre el señor obispo y el mensaje de reflexión para la comunidad?– preguntó el padre Damián.

El obispo lo miró con asombro y levantó sus hombros:

–¿Qué es lo que puedo decir yo de todo esto?

–Ya pensaremos en algo, monseñor– lo tranquilizó el padre Damián.

–Esta noche a las ocho, la gobernadora se dirigirá a la comunidad. Aprovecharemos la ocasión para que hable también el obispo. Con los demás, nos veremos mañana en la corte–. Owens dio por terminada la reunión.

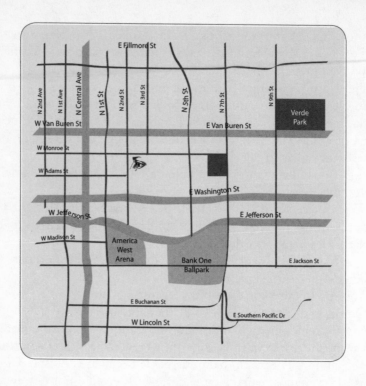

86

Hotel Hyatt
122 N. 2nd St.
Phoenix, Arizona

A las 7:45 de la tarde, en el bar del hotel Hyatt, el doctor Marcus y el doctor Phillips se reunieron para escuchar el discurso de la gobernadora.

—¿Ya hablaste con Owens?— preguntó Phillips.

—No, dijo que me llamaría después.

El doctor Marcus comenzó a mover el hielo de su vaso con el dedo índice, mientras reflexionaba.

—¿Estás bien?— quiso saber el doctor Phillips, al ver su reacción.

—¿Sabes qué? Cuando comencé la universidad pensaba que el comportamiento humano era predecible, o por lo menos diagnosticable. Pero este caso ha logrado hacer que piense diferente... Tengo que admitir que ha sido sumamente impresionante... –concluyó Marcus, mientras tomaba un sorbo de su bebida–. Pero aún sigo creyendo que la psiquiatría es una gran ciencia.

El doctor Marcus miró a través del cristal de la ventana que daba hacia la calle y le pareció que todo pasaba en cámara lenta; sentía que su mente y su razón debatían sobre cuál camino tomar.

–Yo siempre estuve impresionado por la fe de los seres humanos en ciertas cosas, por los efectos que se reflejan en el cuerpo a causa de estados psicológicos, pero esto sobrepasa toda ciencia y todo estudio...

–Marcus, esto no es más que un descontrol mental que de alguna manera está ligado a sus creencias religiosas; el que no hayamos encontrado la explicación a lo que le pasa a ese niño, no quiere decir que no la haya...

–No, Phillips. Esto es algo más; es un caso único en la historia...

El doctor Phillips lo miró fijamente y sonrió:

–¿No me irás a decir que ahora te me vas a volver religioso?

El doctor Marcus lo miró seriamente:

–¿No fuiste tú quien una vez me habló de que Platón decía *"Que era imposible probar o desmentir la existencia de los dioses"*?

–Sí, pero eso no quiere decir que todo esto sea un Apocalipsis...

El doctor Phillips miró hacia uno de los televisores que colgaban de la pared del restaurante y vio que la gobernadora estaba a punto de empezar su discurso. Le dijo a la mesera:

–¿Podría subirle el volumen, por favor?

–Sé que ha sido mucha la tensión por la que hemos pasado estos últimos meses –se oyó decir a la gobernadora, mientras se acercaba al micrófono–. Pero debemos confiar en que nuestras autoridades están haciendo todo para manejar esta situación de la manera más profesional posible.

La gobernadora bajaba levemente su vista para leer el papel que tenía enfrente. La expresión de su rostro y unas leves ojeras, que podían notarse a pesar de su maquillaje, demostraban la enorme tensión por la que estaba pasando.

–Permítanme asegurarles que ya estamos llegando al final de lo que ha sido para nuestro estado una pesadilla. No debemos perder la cordura; yo los exhorto a que nos comportemos civilizadamente y que mañana, cuando sea anunciado el veredicto, todos podamos volver a casa sin ningún temor.

Este es un asunto sumamente delicado, por lo cual necesitamos su cooperación.

Hizo una pausa y respiró profundamente:

–Nuestras fuerzas armadas han sido reclutadas, para asegurar que todo salga bien y para impedir cualquier desorden.

Trataba con todas sus fuerzas de mantener la compostura, pero era inútil; su nerviosismo era demasiado evidente.

–Ahora los dejaré con el señor obispo, quien tiene un mensaje de suma importancia para todos.

Salió casi corriendo del salón, a pesar de la insistencia de los periodistas por colmarla de preguntas.

El obispo subió lentamente al podio, puso el discurso que traía delante de él y se colocó sus anteojos para comenzar:

–Este es un momento en que la hermandad de los seres humanos debe prevalecer y en que debemos estar unidos, no importa cuál sea nuestra preferencia religiosa. Ha llegado la hora de que, a una sola voz como pueblo, le pidamos a Dios que nos ayude y nos libere de esta gran amenaza.

Miró directamente a las cámaras y continuó:

–Ha llegado la hora de que, como pueblo de Dios, enfrentemos este problema, que oremos juntos y busquemos el mejor camino. El que sea devoto de la religión católica que siga nuestro consejo; el que no, que haga lo que le dicte su corazón...

El obispo hizo una pausa para pasar a la segunda página de su discurso:

–Mañana a las siete, antes de que oscurezca, cada creyente encenderá un velón frente a su casa, como señal ante Dios de que pedimos su iluminación. Que la familia rece unida para que el Señor nos aleje de esta desgracia. Haremos esto por las siguientes siete noches, como penitencia y ruego. Todas las iglesias de nuestra comunidad estarán abiertas hasta altas horas de la noche, para quienes deseen ir a rezar allí.

Pedimos a nuestros hermanos, los budistas, protestantes, evangélicos, mormones y de otras creencias que se unan a nuestra lucha contra esta maldición que hoy habita entre nosotros...

87

CORTE SUPERIOR DEL CONDADO DE MARICOPA
2001 W. JEFFERSON,
PHOENIX, ARIZONA

Las calles estaban repletas de personas. Desde la primera calle hasta la quinta avenida se habían puesto barricadas para evitar el paso de los vehículos; en cada esquina había soldados armados.

Una gran cantidad de gente se había aglomerado frente a la corte, ya que por razones de seguridad solo a un selecto grupo le fue permitido el acceso a la sala del juicio.

A las nueve de la mañana el juez hizo su entrada en la corte.

–¡Todos de pie!– se oyó gritar al oficial.

El juez tomó asiento y, mirando a la multitud, les dijo:

–Pueden sentarse.

El padre Damián, junto con Mariela y Juan Manuel, estaban sentados justo detrás de Thomas y Samuel. En el otro extremo, el doctor Marcus, Phillips y Owens se ubicaron detrás del fiscal.

–Haga pasar a los miembros del jurado, por favor– dijo el juez al oficial.

Los jurados fueron entrando en el mismo orden en que una vez habían abandonado la sala. Luego de que tomaran asiento, el juez los observó con suma firmeza y preguntó:

–¿Han llegado los miembros del jurado a un veredicto?

–Sí, su señoría– contestó uno de ellos, poniéndose de pie.

El oficial se le acercó y, tomando el papel de sus manos, se lo llevó al juez.

Este se puso sus anteojos, leyó, alzó la vista y miró al acusado. Thomas y Samuel se pusieron de pie.

El suspenso se apoderó del recinto, todos guardaban silencio y parecía que aguantaban la respiración.

–Thomas Santiago –el juez habló con un tono de voz fuerte y penetrante–. En los cargos en su contra por asesinato en primer grado, el estado de Arizona lo encuentra...

Hizo una pausa por un segundo y tragó bruscamente:

–Inocente.

La sala entera estalló en ese instante; todos estaban sorprendidos y enfurecidos por el veredicto. Los soldados, al ver el alboroto, empuñaron sus armas. Stanley dejó caer sus brazos y, bajando el rostro, agitó su cabeza en señal de descontento.

Samuel sintió como si hubiera recibido una puñalada en su pecho: sus ojos se humedecieron, abrazó a Thomas y esperó el final del veredicto.

El juez se quitó sus espejuelos y los puso sobre el estrado; luego tomó el martillo de madera y golpeó con fuerzas demandando silencio.

Volvió a mirar a Thomas y continuó:

–Mas, debido a su condición mental y al peligro que representa para toda la comunidad, se le ordena permanecer bajo custodia del gobierno, en un lugar especialmente preparado, hasta que sea encontrada la manera de controlar su enfermedad.

El juez golpeó nuevamente sobre el estrado y terminó diciendo:

–Se levanta la sesión.

Los periodistas comenzaron a salir de la sala a toda velocidad; todos querían ser los primeros en divulgar la noticia sobre el veredicto.

El padre Damián abrazó a Thomas:

–No tengas miedo; de ahora en adelante, todo estará en manos de Dios.

Thomas fue tomado por los policías que lo escoltaban y, una vez que volvieron a encadenarlo, le pidieron que caminara.

–¿Qué es lo que pasa?– preguntó Mariela a Samuel, al ver que se llevaban a Thomas.

–¡Samuel!– gritó Thomas, asustado y llorando.

–¡No tengas miedo, te veré en un minuto!–, le respondió el abogado, mientras lo veía desaparecer al cruzar la puerta.

–¡Samuel! ¿Qué es lo que está pasando? Ellos dijeron que él era inocente... ¿Por qué se lo llevan?– Mariela lloraba histéricamente.

–Sí, es inocente, lo sé, pero el juez dijo también que permanecería bajo custodia del estado hasta que se pueda corregir lo que le pasa...

–¿Eso qué quiere decir? ¿Que lo encontraron inocente pero que aun así permanecerá en prisión?– preguntó Juan Manuel.

–Ustedes tienen que entender que no pueden dejar ir a Thomas así nomás, sabiendo todo el mundo lo que le pasa– respondió Samuel, acercándose y abrazando a Mariela.

–Nana, sabes que te amo como si fueras mi propia madre, sé que esto es muy doloroso para ti, pero tienen que confiar en mí...

El padre Damián se aproximó:

–Pierda cuidado, señora; de ahora en adelante su nieto estará en buenas manos...

–Vamos a ver qué nos dirán en la próxima reunión– suspiró Samuel, mirando al padre Damián.

88

Samuel y el padre Damián fueron a la celda donde tenían a Thomas, quien se encontraba cabizbajo y triste.

–Vamos, no estés así; todo estará bien de ahora en adelante– le dijo el padre Damián, animándolo.

–Deberás estar bajo vigilancia por un corto tiempo más, pero luego todo estará bien– agregó Samuel, al ver que seguía sin prestar la más mínima atención.

El padre Damián se le acercó y acariciándole la cabeza le dijo:

–Las cosas cambiarán. Ellos me han prometido que seguirán mis planes y, cuando eso pase, verás qué diferentes serán las cosas.

Thomas recostó su cabeza en el pecho del sacerdote y comenzó a llorar desconsoladamente. El padre Damián miró a Samuel, que entrecruzó sus brazos y tristemente negó con la cabeza.

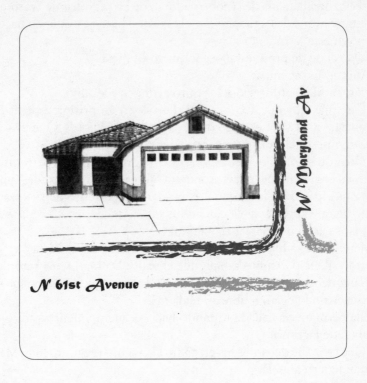

89

RESIDENCIA FAMILIA SANTIAGO
6610 EAST 61TH AVE.
GLENDALE, ARIZONA

-¡Hola! Pasen adelante-. Mariela saludó a Samuel y al padre Damián al abrir la puerta.

-Nana, necesitamos hablarte- le dijo Samuel, en tanto pasaban y tomaban asiento.

-¿Quién es, mamá?- preguntó Juan Manuel, entrando a la sala.

-El padre Damián y Samuel...

-¿Qué pasa?-. Juan Manuel presentía que algo ocurría.

-Recibí una llamada de la gobernadora y de las personas de Washington que están encargadas de supervisar el caso de Thomas, y quieren hacernos una propuesta...

-¿Qué clase de propuesta?- se inquietó Mariela.

-Aún no lo sabemos.

Juan Samuel, enfurecido, los miró a ambos y les dijo:

-¿Qué más quieren hacer con él? Lo tienen en prisión a pesar de su inocencia; ya su vida está destruida ante la sociedad... ¿Qué es lo que quieren, nuestra aprobación para poder matarlo?

-Claro que no, hijo -le respondió el padre Damián-, pero primero debemos escuchar cuál es su propuesta. Yo no creo que ustedes quieran pasar sus vidas de esta manera, con guardias enfrente de su casa, con miedo de que la gente de la ciudad los vaya a quemar vivos cada vez que Thomas se escape y mate a alguien más...

Mariela miró a Juan Manuel quien, al igual que su abuela, bajó el rostro y guardó silencio. Ambos sabían que el padre Damián tenía razón.

-Nana, debemos tener en consideración el peligro que Thomas representa, y que ellos no lo dejarán libre así nada más.

Ella permanecía callada mirando hacia el suelo, mientras sus ojos se llenaban de lágrimas.

-¿Qué cree que debamos hacer, padre Damián?- preguntó Juan Manuel, abrazando a su abuela.

-Como dice Samuel, lo primero es escuchar cuál es la propuesta y luego, desde ahí, decidir qué hacer.

-Nana, tú sabes que yo no dejaría que nadie le haga daño a Thomas- le dijo Samuel, acercándose y dándole un beso en la frente.

Ella lo abrazó y comenzó a llorar.

90

Oficina de la gobernadora
1700 W. Washington St.
Phoenix, Arizona

Esperaban nerviosamente la llegada de Owens en la oficina de la gobernación. La gobernadora caminaba de un lado a otro, tratando de calmar su ansiedad; miró el reloj que estaba en la pared y le preguntó a su asistente:

–¿Por qué diablos no ha llegado?

–No lo sé; me pidió que todos estuviéramos a tiempo– contestó mirando por la ventana para ver si lo veía llegar.

–Ya son las seis y pronto anochecerá– señaló el padre Damián mientras cruzaba sus brazos.

–Perdonen la tardanza –se disculpó Owens que entró en la oficina rápidamente, acompañado de su grupo de doctores y técnicos de Washington–. Hubo varios cambios de último minuto.

Owens se dirigió al padre Damián y a Samuel:

–Esta es nuestra propuesta: sacaremos a Thomas del país; el padre Damián y el doctor Marcus serán los responsables de cuidarlo y de estudiar la forma de controlarlo...

–¿Dónde lo llevarán? ¿Qué pasará con su familia?– preguntó Samuel extendiendo sus brazos.

–El presidente les propone darles una nueva vida en Puerto Rico, bajo nuevas identidades: un trabajo para su abuela en la oficina de correos de un pequeño pueblo y un sitio en la iglesia para el hermano mayor, como asistente del párroco.

Samuel miró al padre Damián para ver su reacción, pero este parpadeó varias veces y no dijo nada.

–Puerto Rico es el único lugar al que podemos mandarlo; los otros países se rehusaron a ayudarnos con él.

Samuel permanecía callado, pensaba en tantas cosas al mismo tiempo.

–Deberán decidir esta noche– los presionó Owens.

–¿Por qué tanta prisa?– reaccionó Samuel con rapidez.

–Porque creo que el padre Damián tiene razón, hay que sacarlo de aquí lo más pronto posible...

–Tenemos que hacer algo; la ciudad entera está bajo una fuerte tensión, ya se han presentado protestas y varias personas han resultado heridas– agregó la gobernadora.

–Aumentaremos la vigilancia en esas zonas y pediremos toque de queda a más tardar a las ocho de la noche– respondió Owens.

–Me reuniré con la abuela de Thomas y les daré una respuesta más tarde– concluyó Samuel en tanto se ponía de pie.

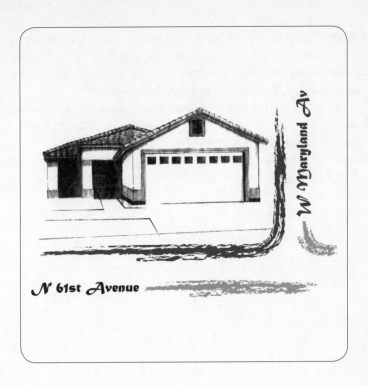

91

RESIDENCIA FAMILIA SANTIAGO
6610 EAST 61TH AVE.
GLENDALE, ARIZONA

Eran ya las ocho de la noche; Samuel había ido a ver a Mariela y Juan Manuel. Las calles estaban totalmente desiertas. Solo se veía el continuo patrullar de los vehículos militares.

–¿Puerto Rico?–, repitió Juan Manuel al escuchar la propuesta.

–No he estado en la isla en más de catorce años– murmuró Mariela, mientras bajaba la cabeza sorprendida.

–Ustedes son de Puerto Rico; sería como volver de nuevo a casa–. Samuel los miró a ambos.

Mariela se puso de pie y comenzó a caminar, cruzó sus brazos y agregó:

–No he vuelto a la isla desde que mi hija murió; toda mi vida está aquí, por eso me vine a este lugar con los niños: para estar lo más lejos posible de todo aquello... ¿Y ahora me quieren hacer volver?

–Tenemos que darles una respuesta esta noche– le dijo Samuel acercándose.

–¿Qué?– exclamó Juan Samuel.

–Sé que nos están presionando para que tomemos su oferta, pero eso no quiere decir que tenemos que aceptar– les aclaró Samuel.

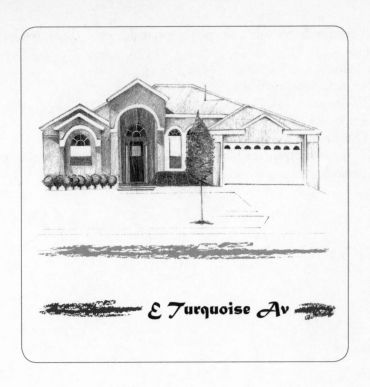

E Turquoise Av

92

Residencia Familia Escobar
6889 East Turquoise Ave.
Scottsdale, Arizona

Había llegado las once y media de la noche. Samuel miraba las noticias mientras acariciaba a su pequeña hija. La reportera señalaba con su dedo índice hacia abajo ya que trasmitía desde un helicóptero:

–Como pueden ver, las calles están totalmente vacías, gran parte de la ciudad se encuentra iluminada debido a la gran cantidad de velas que han sido encendidas enfrente de las viviendas. Todas las iglesias están repletas de personas que se han congregado siguiendo el pedido de vigilia del obispo. De un lado a otro de la ciudad parece como si un inmenso manto de estrellas hubiera caído sobre el estado...

El celular de Samuel comenzó a sonar de pronto. Sorprendido, lo levantó:

–¿Hello?

–Samuel, es Whitefields.

–¿Qué pasa?

–Será mejor que venga a la prisión.

–¿Qué ha pasado, Thomas se ha vuelto a escapar?

–No, pero aunque usted lo vea con sus propios ojos, no creerá lo que está pasando...

E Butte Av.

93

PRISIÓN ESTATAL DE ARIZONA EN FLORENCE
1305 E. BUTTE AVE.
FLORENCE

Samuel llegó lo más pronto que pudo a la prisión.

Sintió que su corazón casi estallaba al ver lo que estaba sucediendo: el padre Damián se hallaba hincado frente al ángel que flotaba encima de la cama, envuelto en una gigantesca bola de luz.

–¡Oh, Dios! Está ocurriendo de nuevo– exclamó Samuel que se acercó al cristal para observar mejor lo que sucedía.

–El padre Damián lleva casi dos horas de rodillas, rezando– dijo el doctor Marcus a sus espaldas

Myrick se acercó al grupo que observaba por la ventana de cristal y, cruzando sus brazos, explicó:

–Pusimos un dispositivo de alarma en su celda que registra cada cambio de temperatura o alteración de luz. Como a las diez y cuarenta y tres oímos la alarma, corrimos a ver lo que pasaba y encontramos al padre Damián tal y como está, desde entonces hemos estado esperando...

Todos guardaron silencio mientras miraban a través de la ventana de cristal al padre Damián que rezaba intensamente.

–¿Habló con los familiares del niño?– preguntó Owens poniéndose delante de Samuel.

–Sí, pero aún no nos hemos decidido...

–¡Vamos, señor Escobar! ¿No está viendo lo que sucede?– le gritó Owens enfurecido.

El doctor Marcus puso su mano sobre el hombro de Samuel y señalando a Thomas le dijo:

–Le pido que recapacite, señor Escobar; no podemos vivir bajo esta incertidumbre de terror. ¿Cuánto tiempo más cree usted que el padre Damián podrá detenerlo?

Samuel vio al sacerdote que seguía hincado en el suelo, rezando, y a Thomas, suspendido en el aire, inconsciente. Entonces introdujo su mano en el bolsillo de la chaqueta y comenzó a marcar un número en su celular:

–Nana, necesito que hablemos...

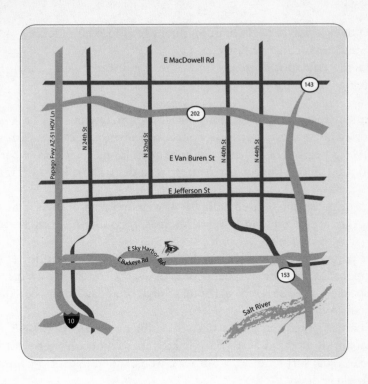

94

AEROPUERTO DE PHOENIX
3400 EAST SKYHARBOR BULEVAR,
PHOENIX, ARIZONA

Al día siguiente, a las nueve de la noche, un jet privado aterrizó en el aeropuerto de Phoenix. Una camioneta Chevrolet color negro se acercó a él, y de ella salieron Samuel, Mariela y Juan Manuel:

–Samuel, asegúrate de que me manden todo– le pidió Mariela al desmontarse.

–Sí Nana, no te preocupes– le respondió él con un beso en la frente.

–Diles que tengan cuidado con mi virgencita que está en la sala, que no se vaya a romper...

Samuel se volvió hacia Juan Manuel y lo abrazó con fuerza:

–Cuídala mucho, por favor...

–Pierde cuidado, recuerda que es mi madre también– sonrió Juan Manuel.

En ese instante una escolta policial se aproximaba; dos policías en motocicletas y cuatro carros de policía rodeaban a otros dos carros Lincoln color negro. Los policías que venían en las motocicletas se pararon al lado del avión; los dos carros negros se detuvieron justo delante de las escaleras.

La primera persona en salir fue Owens y luego el doctor Phillips. Samuel se acercó esperando ver a Thomas, pero Owens le señaló con el dedo el otro vehículo.

El padre Damián y el doctor Marcus salieron del segundo vehículo acompañados de Thomas quien estaba esposado, con las manos detrás de su espalda. Owens se acercó a Thomas y sacó unas llaves de su bolsillo con las cuales soltó las esposas.

Thomas sintió como si la tierra se hubiera abierto bajo sus pies; la sensación de libertad le corría por las venas como un fuerte torrente. Alzó sus ojos, sorprendido, y miró a Owens, quien le sonrió y mirando a Mariela le dijo:

–Adelante...

Thomas dios algunos pasos con temor pero al ver a Mariela que le abría los brazos, corrió a su encuentro.

–Padre, gracias por todo – dijo Owens estrechando la mano del sacerdote–. Todo está preparado tal como pidió: su amigo de México llegará aproximadamente una hora más tarde...

–Gracias, señor Owens: lo mantendremos informado de todo.

El padre Damián se dio vuelta y le sonrió dulcemente a Samuel, quien lo abrazó y con sus ojos humedecidos le dio las gracias y le pidió que cuidara de Thomas y de Mariela.

–¿Podría preguntarle algo, señor Owens?

Ambos observaban el avión que se iba alejando.

–¿Qué?

–Me gustaría saber cómo pudo manipular el veredicto de los jurados...

Owens sonrió levemente y viendo el jet que comenzaba a tomar altura en el cielo, respondió:

–Hay algo que tiene que entender, señor Escobar: todos somos criminales, por algo pequeño o grande, la diferencia es que muchos de nosotros nunca fuimos descubiertos...

Y mientras ambos se encaminaban hacia sus vehículos, agregó:

–Hay veredictos que son sumamente importantes para el desarrollo o el futuro del país. Por eso deben ser controlados por oficiales del gobierno; no pueden ser dejados en manos de personas ordinarias...

Owens abrió la puerta del vehículo con la mano derecha y volviéndose a verle continuó:

–Descubrimos que varios de los jurados tenían pequeños secretos en sus vidas y familiares que habían tenido problemas con la ley; muchos de ellos mentían en la declaración de sus impuestos y con un poco de exageración no fue difícil persuadirlos...

Samuel sonrió al darse cuenta de lo fácil que le era al gobierno controlar tantas cosas.

–Una vez mi jefe me dijo... –continuó Owens, cerrando la puerta y bajando la ventana–, antes de mandarme a una misión que no me parecía justa, que muchas veces lo justo no era el mejor camino, porque si Dios fuera cien por ciento justo no hubiera dejado que el diablo maltratara a Job, por el simple hecho de hacerle ver a Satanás que Job le era fiel; pero eso tenía que pasar para que todos aprendiéramos la lección.

Owens le extendió la mano y se despidió.

Samuel levantó la mirada y vio que el avión comenzaba a perderse en la oscuridad del cielo; metió ambas manos en los bolsillos de su pantalón y sonrió levemente.

OCÉANO ATLÁNTICO

Puerto Rico
(U.S.A.)

San Juan

Isabela
Aguadilla
Arecibo
Manatí
Vega Baja
Carolina
Luquillo
Culebra
Rincón
San Sebastián
Bayamón
Guaynabo
Trujillo Alto
Fajardo
Dewey
Lares
Ciales
Ceiba
Utuado
Orocovis
Caguas
Naguabo
Mayagüez
San Lorenzo
Isabel Segunda
Maricao
Adjuntas
Villalba
Humacao
Cabo Rojo
Coamo
Cayey
Yabucoa
Vieques
San Germán
Yauco
Patillas
Guánica
Ponce
Santa Isabel
Guayama
Maunabo

Mar Caribe

95

AGUADILLA, PUERTO RICO

Dos años después, en una pequeña comunidad de la isla de Puerto Rico, un grupo de personas se aglomeraba alrededor del televisor en un bar, para escuchar una noticia de último minuto.

Escuchaban con atención a la reportera que decía:

–Es espeluznante lo que ha pasado en el día de hoy, aquí en la ciudad de Aguadilla, en la isla de Puerto Rico. El hallazgo de la policía en la pequeña iglesia de Santa Lucía, esta mañana, ha estremecido a todo el país. El cura de la parroquia fue encontrado crucificado en la pared, completamente desnudo, precisamente junto al crucifijo con la imagen de Jesús.

Sobre su cabeza, había un mensaje escrito con su propia sangre, que decía: "En el nombre del Padre, del Hijo..."